CW01614257

De la même autrice :

On se reverra
Comme toi
Tous tes secrets
Ils sont chez nous
Je serai ton ombre
Rentre avant la nuit

CE LIVRE EST ÉGALEMENT DISPONIBLE
AU FORMAT NUMÉRIQUE

www.editions-hauteville.fr

Lisa Jewell

Comme toi

Traduit de l'anglais (Grande-Bretagne)
par Adèle Rolland-Le Dem

Hauteville

Hauteville est un label des éditions Bragelonne

Titre original : *Then She Was Gone*
Copyright © Lisa Jewell 2017
Publié avec l'autorisation de Century,
un département du groupe Penguin Random House UK.
Tous droits réservés.

© Bragelonne 2018, pour la présente traduction

ISBN : 978-2-38122-556-2

Bragelonne – Hauteville
60-62, rue d'Hauteville – 75010 Paris

E-mail : info@editions-hauteville.fr
Site Internet : www.editions-hauteville.fr

À Lor

Prologue

Ces derniers mois, ceux qui avaient précédé sa disparition, avaient été les plus beaux de sa vie, vraiment. Tout était parfait. Chaque instant vécu était un cadeau qui lui tombait dans les mains en déclarant : « Me voilà, je suis un nouveau moment incomparable, regarde-moi, vois comme je suis précieux. » Tous les matins, en s'approchant des grilles de l'école, son pouls s'accélérait, ses cils maquillés battaient plus vite, elle avait des papillons dans le ventre, et son cœur chavirait quand elle croisait enfin son regard. Le lycée n'était plus une cage, c'était le décor animé, bouillonnant, de leur histoire d'amour.

Ellie Mack ne comprenait toujours pas comment Theo Goodman avait bien pu avoir envie de sortir avec elle. C'était sans conteste le garçon le plus beau de seconde. Il avait aussi été le garçon le plus beau de troisième, de quatrième et de cinquième. Pas de sixième, non. En sixième, les garçons n'étaient pas beaux. C'étaient encore des bébés minuscules avec des yeux exorbités, des pieds immenses et des uniformes trop grands.

Theo n'avait jamais eu de copine avant, alors les mauvaises langues disaient qu'il était gay. Il était un peu trop mignon pour un garçon, et très fin. Et aussi très, très gentil.

Ellie rêvait de lui parler depuis des années, qu'il soit gay ou non. Elle aurait tellement aimé devenir son amie ! Sa mère, si jeune et si jolie, le déposait au lycée tous les matins. Elle portait des vêtements de sport, avait les cheveux noués en queue-de-cheval, et tenait en laisse un petit chien blanc que Theo prenait toujours dans ses bras avant de franchir les grilles du lycée. Ensuite, il collait un baiser sur la joue de sa mère et passait le portail avec une démarche nonchalante. Le regard des autres ne l'inquiétait pas ; la présence de sa mère ou du petit chien ne le gênait pas. Il avait *confiance en lui*.

L'année dernière, un peu après la rentrée de septembre, il lui avait parlé. Comme ça. À la cantine, il lui avait posé une question sur leurs devoirs, ou quelque chose de ce genre, et Ellie, qui pourtant ne savait vraiment rien de rien, avait immédiatement su qu'il n'était pas gay et que, s'il lui parlait, c'est parce qu'il n'était pas insensible à son charme. C'était flagrant. Alors ils avaient commencé à sortir ensemble. Ça avait été beaucoup plus simple que ce à quoi elle s'attendait.

Mais il avait suffi d'un faux mouvement, d'un petit accroc, pour que tout s'effondre. Pas seulement son histoire d'amour, mais aussi sa jeunesse, sa vie, Ellie Mack. Disparue, pour toujours. Si elle pouvait revenir en arrière, dérouler le fil de son existence, elle verrait les nœuds qui s'étaient formés, les avertissements. C'était tellement évident, maintenant. Mais à ce moment-là, quand elle ne savait rien de rien, elle ne l'avait pas vu venir. Elle s'était jetée dans la gueule du loup les yeux grands ouverts.

Première partie

Chapitre premier

Laurel ouvrit la porte de l'appartement de sa fille, si sombre et triste malgré le soleil qui brillait à l'extérieur. La fenêtre qui donnait sur la rue était prise d'assaut par une glycine tenace, et un espace boisé derrière l'immeuble plongeait l'appartement dans une pénombre constante.

Un achat compulsif, voilà ce que c'était. Hanna avait reçu sa première prime et avait voulu investir dans quelque chose de tangible avant que l'argent ne s'évapore. Les anciens propriétaires avaient très bien aménagé l'espace, mais Hanna n'avait jamais le temps de penser à la décoration de son appartement, qui donnait l'impression d'appartenir à une personne récemment divorcée. Le fait que sa mère vienne y faire le ménage prouvait bien que, pour elle, ce logement n'était qu'une sorte de chambre d'hôtel un peu plus confortable.

Comme d'habitude, Laurel commença par un rapide coup de balai dans l'entrée terne avant d'aller chercher les produits d'entretien sous l'évier de la cuisine. Sa fille n'avait pas dormi là la nuit précédente. Pas de bol dans l'évier, pas de trace de lait sur le plan de travail, pas de tube de mascara laissé à moitié ouvert sur le rebord de la fenêtre de la salle de bains… Un frisson glacé lui parcourut l'échine.

Hanna dormait toujours chez elle. Elle n'avait nulle part où aller en dehors de cet appartement. Laurel sortit son téléphone de son sac à main, composa le numéro d'Hanna d'une main tremblante et faillit perdre l'équilibre quand elle tomba sur le répondeur, même si sa fille éteignait toujours son portable au bureau. Le téléphone s'échappa de sa main et tomba sur son pied avant de glisser sur le sol, intact.

— Merde ! maugréa-t-elle à voix basse.

Elle le ramassa.

Merde.

Elle n'avait personne à appeler, personne à qui demander s'il avait vu Hanna, s'il savait où elle était. La vie de sa fille ne fonctionnait pas comme cela. Elle ne faisait rien pour relier les différentes sphères de son entourage ; elle naviguait entre des îlots d'existence déconnectés les uns des autres.

Il était possible, quoique improbable, qu'Hanna ait rencontré un homme récemment. Mais sa fille n'avait jamais eu de copain, pas un seul, jamais. On lui avait un jour suggéré qu'elle se serait sentie trop coupable d'être avec quelqu'un alors que sa petite sœur n'aurait jamais cette chance. Une théorie qui permettait également d'expliquer cet appartement misérable et sa vie sociale inexistante.

Laurel savait que sa réaction était à la fois tout à fait démesurée et parfaitement raisonnable. Quand vous êtes la mère d'une enfant qui est partie un matin avec un sac à dos rempli de livres pour aller réviser à la bibliothèque située à moins d'un quart d'heure de chez vous et qui n'est jamais revenue, on imagine le pire. Si Laurel redoutait qu'on retrouve sa fille morte au fond d'un fossé simplement parce qu'il n'y avait pas de bol dans l'évier, c'était tout à fait normal et sensé au regard de sa propre expérience.

Elle chercha le numéro de l'entreprise d'Hanna sur Internet et le composa. Le standard la redirigea vers son bureau. Laurel ne pouvait presque plus respirer.

— Allô ?

Elle reconnut la voix sèche et monotone de sa fille.

Laurel raccrocha sans rien dire, puis elle ouvrit le lave-vaisselle et rangea son contenu.

Chapitre 2

À quoi ressemblait la vie de Laurel dix ans plus tôt, quand elle avait trois enfants, et non pas deux ? Se réveillait-elle tous les matins le cœur en fête ? Non, certainement pas. Laurel avait toujours été quelqu'un qui voit le verre à moitié vide. Il y avait toujours une raison de se plaindre, même dans les situations les plus plaisantes, et la joie qu'elle éprouvait à l'annonce d'une bonne nouvelle était de courte durée ; elle se faisait toujours du souci pour l'avenir. Elle se réveillait tous les matins persuadée qu'elle avait mal dormi, même quand cela n'avait pas été le cas, trouvait son ventre trop gras, ses cheveux trop courts ou trop longs, sa maison trop grande ou trop petite, son compte en banque trop vide, son mari trop paresseux, ses enfants trop bruyants ou trop calmes. Quand elle ne se faisait pas un sang d'encre à l'idée qu'ils allaient bientôt quitter la maison, elle se mettait à redouter qu'ils ne la quittent jamais. Ses pensées la torturaient sans répit. Elle se réveillait et remarquait tout de suite les quelques poils de chat dispersés sur la jupe noire qu'elle avait délicatement déposée sur le dossier de la chaise la veille au soir afin de la porter. Elle ne trouvait pas son second chausson, elle détectait avec inquiétude les cernes sous les yeux d'Hanna, essayait de faire abstraction du sac de vêtements qu'elle aurait dû porter au pressing il y avait déjà un mois, de l'éraflure sur la tapisserie de l'entrée, de la barbe mal rasée de Jake, de l'odeur rance de pâtée pour chat sortie depuis trop longtemps, de la poubelle que personne ne semblait vouloir changer et qui débordait de déchets déposés là par les mains paresseuses de ceux qui vivaient sous son toit.

C'était comme ça qu'elle voyait sa vie parfaite, comme une succession de mauvaises odeurs, de tâches inaccomplies, de petits soucis et de factures à payer.

Mais un matin, sa fille, sa fille chérie, sa benjamine, son bébé, son âme sœur, sa fierté et sa joie, était partie à la bibliothèque et n'était jamais revenue.

Qu'avait-elle ressenti pendant les premières heures de l'interminable attente ? Qu'est-ce qui avait assiégé son esprit et son cœur à la place des petits tracas quotidiens ? La terreur. Le désespoir. La peine. L'horreur. L'agonie. La tourmente. Le déchirement. L'effroi. Et bien d'autres mots tout aussi dramatiques, tout aussi dérisoires.

— Elle doit être chez Theo, lui avait dit Paul. Tu as appelé sa mère ?

Laurel savait déjà qu'elle n'était pas chez Theo. En partant, Ellie lui avait dit :

— Je serai de retour pour le déjeuner. Il reste des lasagnes ?

— Une portion, oui.

— Garde-la-moi, OK ?

— D'accord.

Puis elle avait entendu la porte se fermer et le calme s'installer dans la maison soudain moins peuplée. Il y avait eu un lave-vaisselle à remplir, un appel à passer, un paracétamol à monter à Paul, dont le rhume l'agaçait plus que tout.

— Paul a un gros rhume.

À combien de personnes avait-elle bien pu dire ça depuis la veille, en soupirant, en levant les yeux au ciel ?

Paul a un gros rhume. Quel fardeau que ma vie ! Ayez pitié.

Elle avait tout de même appelé la mère de Theo.

— Non, lui avait répondu Becky Goodman. Non, je suis désolée. Theo est resté à la maison aujourd'hui et il n'a pas vu Ellie. Dites-moi si je peux faire quoi que ce soit.

La fin d'après-midi s'était transformée en soirée, et après avoir appelé tous les amis d'Ellie, après être allée à la bibliothèque, après avoir regardé leurs enregistrements de vidéosurveillance et avoir découvert que sa fille n'était pas venue du tout ce jour-là, après le coucher du soleil, dans sa maison plongée dans une obscurité déchirée de temps en temps par les éclairs d'un orage silencieux, elle avait finalement succombé à l'angoisse qui la submergeait irrésistiblement au fur et à mesure que l'heure avançait, et avait appelé la police.

C'est ce soir-là qu'elle avait détesté Paul pour la première fois. Pieds nus, en robe de chambre, pas lavé, le nez coulant et reniflant de longues minutes avant de finir par se moucher… Le bruit répugnant de ses narines qui se vidaient et sa respiration buccale le faisaient passer pour un monstre agonisant aux oreilles délicates de Laurel.

— Habille-toi, lui avait-elle ordonné sèchement. S'il te plaît.

Il avait acquiescé comme un enfant qui vient de se faire gronder et était descendu quelques minutes plus tard en tenue d'été, avec un bermuda kaki et un tee-shirt coloré. Tout faux. Faux, faux, faux.

— Et mouche-toi, avait-elle ajouté. Une bonne fois pour toutes.

Il s'était exécuté sous le regard méprisant de sa femme, avant de replier son mouchoir et de traverser la cuisine d'un pas piteux pour le jeter à la poubelle.

La police était arrivée.

Ça avait commencé.

Et ça ne s'était jamais terminé.

Elle se demandait parfois si les choses se seraient passées différemment si Paul n'avait pas eu un rhume ce jour-là, s'il avait quitté son travail en urgence quand elle l'aurait appelé, élégant et propre, inquiet et actif, s'il s'était assis à ses côtés en lui tenant la main, s'il n'avait pas respiré par la bouche, reniflé, s'il n'avait pas eu cette dégaine épouvantable. Son couple aurait-il tenu, ou quelque chose d'autre l'aurait-elle poussée à le détester ?

La police était arrivée à 20 h 30. Peu de temps après, Hanna était descendue dans la cuisine.

— Maman, j'ai faim, avait-elle déclaré, l'air défait.

— Mince, avait répondu Laurel en jetant un œil à l'horloge de la cuisine. Oui, tu dois avoir une faim de loup.

Elle s'était levée rapidement pour aller voir ce qu'il y avait dans le réfrigérateur.

— Ça ? avait demandé Hanna en désignant un Tupperware contenant la dernière portion de lasagnes.

— Non !

Laurel avait presque crié et Hanna l'avait regardée sans comprendre.

— Pourquoi ?

— Non, c'est tout, lui avait-elle répété, plus doucement cette fois.

Elle lui avait fait un toast avec des haricots, s'était assise et ne l'avait pas quittée des yeux pendant qu'elle mangeait. Hanna. Sa cadette. Plus difficile. Plus fatigante. Celle avec qui elle n'aurait pas aimé se retrouver seule sur une île déserte. Soudain, une idée terrible lui traversa l'esprit, si vite qu'elle eut à peine le temps de la déchiffrer.

C'est toi qui aurais dû disparaître. C'est elle qui devrait être à cette table.

Elle avait caressé la joue de sa fille avec tendresse avant de quitter la pièce.

Chapitre 3

Avant

La première chose qu'Ellie aurait dû éviter, c'était cette mauvaise note en maths. Si elle avait travaillé plus, si elle avait été plus intelligente, si elle n'avait pas été si fatiguée et si distraite le jour du devoir, si elle n'avait pas passé plus de temps à bâiller qu'à réfléchir, si elle avait eu un A au lieu d'un B+, tout aurait été différent. En remontant encore un peu plus loin, avant le contrôle, si elle n'était pas tombée amoureuse de Theo, si elle était sortie avec un garçon nul en maths, un garçon qui se fichait d'avoir de mauvaises notes, qui n'avait pas d'ambition. Ou si elle n'avait pas eu de petit ami. Alors, elle n'aurait pas eu l'impression d'avoir raté et se serait largement contentée d'un B+. Elle n'aurait pas supplié sa mère ce soir-là de lui payer des cours particuliers.

Voilà où se trouvait le premier dérapage dans sa chronologie. Aux alentours de 16 h 30 ce mercredi après-midi de janvier.

Elle était rentrée à la maison de très mauvaise humeur. Ce qui lui arrivait souvent, sans qu'elle parvienne à se l'expliquer. Elle ne le prévoyait jamais, ça la prenait d'un coup. Dès qu'elle voyait sa mère ou qu'elle entendait sa voix, elle ne pouvait plus rien supporter et toutes les choses qu'elle n'avait pas pu dire ou faire au lycée (parce que pour ses camarades elle était une gentille fille et que quand on a ce genre de réputation, il faut la préserver), tout sortait d'un coup.

— Mon prof de maths est nul, avait-elle râlé en laissant tomber son sac à dos dans l'entrée. Tout pourri. Je le déteste.

Elle ne le détestait pas. C'est elle qu'elle détestait pour cet échec, mais elle ne pouvait pas dire ça.

Sa mère faisait la vaisselle dans la cuisine.

— Qu'est-ce qu'il s'est passé, ma chérie ?

— Je viens de te le dire !

Elle n'avait encore rien dit, elle le savait bien.

— Mon prof de maths est nul à chier. Je vais rater mes exams. J'ai besoin de cours particuliers. Genre, vraiment, vraiment besoin.

Elle était entrée dans la cuisine et s'était laissée tomber sur une chaise avec un air désespéré.

— On n'a pas les moyens de te payer des cours particuliers, Ellie. Tu pourrais aller aux sessions de soutien, non ?

Un nouveau dérapage. Si elle n'avait pas été une petite fille gâtée, si elle ne s'était pas attendue à ce que sa mère sorte une baguette magique et résolve tous ses problèmes à sa place, si elle s'était souciée de la situation financière de ses parents, si elle s'était intéressée à quoi que ce soit d'autre qu'elle-même, la conversation se serait terminée là.

OK, je comprends. J'irai au cours de soutien.

Mais elle n'avait rien fait de tout ça. Elle avait insisté, encore et encore. Elle avait proposé de payer avec son argent de poche. Elle avait parlé des élèves de sa classe qui avaient *beaucoup moins* d'argent qu'eux mais qui avaient quand même un prof particulier.

— Et si tu demandais à un de tes camarades ? Quelqu'un qui t'aiderait en maths pour une part de gâteau et cinq livres ?

— Quoi ? Mais ça va pas ! Ce serait trop la honte !

Une nouvelle chance de s'en sortir lui avait échappé, glissant entre ses doigts. Disparue. Et elle n'en savait rien.

Chapitre 4

Depuis ce jour de mai 2005 où Ellie n'était pas rentrée à la maison, il n'y avait eu aucune piste sérieuse concernant sa disparition. Pas une seule. Jusqu'à il y avait très exactement deux minutes.

Elle avait été aperçue pour la dernière fois par une caméra de surveillance de Stroud Green Road à 10 h 43. Sur la vidéo, on la voyait s'arrêter un instant pour examiner son reflet dans la fenêtre d'une voiture stationnée (la police avait d'ailleurs pensé qu'elle s'était arrêtée pour regarder quelqu'un à l'intérieur ou parler au conducteur, mais on avait retrouvé le propriétaire, qui avait pu prouver qu'il était en vacances quand Ellie avait disparu et que sa voiture était restée garée là plusieurs jours). C'était tout. Sa vie connue s'était interrompue là.

La police avait fait du porte-à-porte dans le quartier, convoqué les gens condamnés pour pédophilie dans la région, analysé les images des caméras de surveillance de tous les commerces de Stroud Green Road, enregistré une alerte enlèvement pour la télévision avec un message de Laurel et Paul. Elle avait été vue par plus de huit millions de personnes, mais rien n'avait permis de reconstituer les événements au-delà de cette dernière image d'Ellie se regardant dans la vitre à 10 h 43.

La police n'avait pas été aidée par l'apparence d'Ellie ce jour-là : un tee-shirt noir, un jean, ses beaux cheveux dorés noués à la va-vite en queue-de-cheval, un sac à dos bleu marine, des baskets blanches basiques achetées au supermarché. C'était comme si elle avait voulu se rendre invisible.

Sa chambre avait été passée au peigne fin pendant quatre heures par deux inspecteurs de police en bras de chemise. Ellie n'avait apparemment emporté avec elle que des choses ordinaires. Si elle avait pris des sous-vêtements, Laurel aurait été bien incapable de s'en apercevoir. Et de la même façon elle avait peut-être emporté une tenue de rechange, mais, comme beaucoup de filles de quinze ans, elle avait beaucoup trop de vêtements pour que sa mère puisse savoir ce qu'il manquait. Sa tirelire en cochon contenait encore les quelques billets de dix livres qu'elle y fourrait après son anniversaire. Sa brosse à dents et son déodorant campaient obstinément dans la salle de bains. Ellie ne serait jamais partie sans.

Deux ans après sa disparition, le dispositif de recherche avait été revu à la baisse. Laurel savait ce que les enquêteurs pensaient. Pour eux, elle avait fugué.

Mais comment pouvaient-ils penser cela alors qu'il n'y avait aucune trace d'elle sur les vidéos prises par les caméras de surveillance des gares, des arrêts de bus ou des rues aux abords de celle où elle avait disparu ? La décision de cesser les recherches avait dévasté Laurel.

Et la réaction de Paul n'avait rien arrangé.

— J'imagine qu'il faut tourner la page, maintenant.

Ces paroles avaient été le dernier clou qui avait achevé de sceller le cercueil de leur mariage.

Pendant ce temps-là, ses autres enfants grandissaient, la vie suivait son cours sans encombre. Hanna avait fini le lycée. Jake avait obtenu son diplôme de géomètre-expert à l'université de West Country. Paul essayait d'obtenir une promotion au travail, s'achetait de nouveaux costumes, voulait changer de voiture, passait en revue les hôtels qui cassaient leurs prix pour les vacances d'été. Paul n'avait pas un mauvais fond. C'était même un homme bien. Elle avait épousé un homme bien, comme elle l'avait voulu. Mais la façon dont il avait essayé de combler l'immense gouffre qu'avait laissé dans leur vie la disparition d'Ellie lui avait prouvé qu'il n'était pas assez grand, pas assez fort, pas assez *audacieux*.

Il l'avait profondément déçue, mais Laurel ressentait des choses si fortes à ce moment-là qu'elle l'avait à peine remarqué. Quand, un an après la disparition, il avait déménagé, cela ne lui avait presque rien fait. Ce n'était pas grand-chose à ses yeux. D'ailleurs, il lui restait très peu de souvenirs de cette époque. Ce qui l'avait hantée à ce moment-là, c'était la nécessité de poursuivre les recherches. Tant qu'on recherchait sa fille, tout espoir n'était pas perdu.

— Est-ce qu'on peut essayer de recueillir d'autres témoignages ? avait-elle supplié la police. Ça fait presque un an qu'on ne l'a pas fait. On découvrirait peut-être quelque chose qu'on n'avait pas trouvé la dernière fois, non ?

L'inspecteur lui avait souri.

— Nous en avons déjà parlé, madame, mais ce n'est pas la bonne stratégie. Pas maintenant. Peut-être dans un an. On verra.

Puis en janvier dernier, alors qu'il ne se passait plus rien, la police l'avait appelée pour lui annoncer que l'émission « Crimewatch » voulait faire un épisode anniversaire pour les dix ans de la disparition d'Ellie. Une nouvelle reconstitution.

L'émission avait été diffusée le 26 mai, mais il n'y avait eu aucun nouveau témoignage, aucune nouvelle piste.

Rien.

Jusqu'à maintenant.

Au téléphone, l'inspecteur était resté prudent.

— C'est peut-être une fausse alerte, mais nous voudrions que vous veniez au commissariat.

— Qu'est-ce que vous avez trouvé ? Un corps ? De quoi s'agit-il ?

— Nous voudrions nous entretenir avec vous de vive voix, madame Mack.

Dix ans sans rien, puis, enfin, quelque chose.

Elle s'était précipitée hors de chez elle.

Chapitre 5

Avant

Noelle Donnelly avait été recommandée par l'un des voisins. Ellie se leva de sa chaise quand la sonnette retentit et jeta un coup d'œil dans l'entrée quand sa mère ouvrit la porte. Elle avait une quarantaine d'années, et un fort accent irlandais.

— Ellie ! Viens dire bonjour.

Ses cheveux roux étaient retenus par une grosse pince à l'arrière de son crâne.

— Bonjour, Ellie. J'espère que tes neurones sont prêts au décollage.

Elle n'arrivait pas à savoir si Noelle plaisantait ou la menaçait. Elle se contenta d'acquiescer poliment.

— Très bien.

Elles s'installèrent sur la table de la salle à manger pour la première leçon. La mère et la fille avaient descendu une lampe supplémentaire, fait de la place et sorti deux verres, un pichet d'eau et la trousse à pois noirs et rouges d'Ellie.

Laurel alla dans la cuisine préparer un thé pour Noelle, pendant que cette dernière observait leur chat, assis sur le banc du piano.

— Un bon gros matou. Comment s'appelle-t-il ?

— Teddy. Enfin, Teddy *Bear*, en entier.

Ses premiers mots à Noelle. Elle ne les oublierait jamais.

—Ça lui va comme un gant ! On dirait un petit ours hirsute.

Qu'avait-elle pensé de Noelle ce jour-là ? Elle n'en avait pas le moindre souvenir.

Ellie lui sourit et passa ses doigts dans la fourrure laineuse de son chat. Elle aimait Teddy et était heureuse qu'il soit là pour la protéger de cette présence étrangère.

Noelle Donnelly sentait l'huile de cuisson et avait les cheveux sales. Elle portait un jean, un pull camel bouloché, une montre Timex à son poignet parsemé de taches de rousseur, des bottes marron abîmées, des lunettes pendues à son cou au bout d'un cordon vert. Ses épaules étaient particulièrement larges et sa nuque légèrement courbée, avec une petite bosse en haut du dos. Elle avait des jambes fines et élancées. Elle donnait l'impression d'avoir passé sa vie dans une pièce avec un plafond très bas.

—Alors, commença-t-elle en chaussant ses lunettes et en sortant des documents de son cartable en cuir marron. J'ai apporté des exercices tombés les années précédentes. On va commencer directement par ça, pour voir où tu en es. Mais d'abord, je voudrais que tu me dises ce dont tu as besoin, à ton avis.

Laurel entra dans la salle à manger avec une tasse de thé et une assiette de cookies aux pépites de chocolat qu'elle déposa sur la table sans dire un mot. Elle se comportait comme si Ellie et Noelle Donnelly discutaient d'affaires confidentielles.

S'il te plaît, maman, reste avec nous. Je ne veux pas être toute seule avec une inconnue.

Elle suivit des yeux sa mère qui quittait la pièce sur la pointe des pieds, désolée d'avoir dérangé, et refermait doucement la porte avec un petit cliquetis de serrure.

Noelle se retourna vers Ellie et lui sourit. Elle avait de toutes petites dents.

— Bien, reprit-elle en remontant ses lunettes sur son nez long et fin. Où en étions-nous ?

Chapitre 6

Sur la route du commissariat de Finsbury Park, le monde semblait regorger de présages. Laurel conduisait aussi vite que les limitations de vitesse le lui permettaient. Dans les rues, les piétons avaient l'air mauvais et agressifs, comme s'ils s'apprêtaient à commettre un crime. Les volets battaient au vent comme des ailes de rapaces. Les panneaux publicitaires pouvaient s'abattre à tout moment sur la chaussée, sur elle.

Une poussée d'adrénaline avait eu raison de son épuisement.

Laurel n'avait pas réussi à dormir correctement depuis 2005.

Elle vivait seule depuis sept ans. Elle était restée dans leur maison dans un premier temps, puis avait déménagé dans un appartement quand Paul avait fait une croix sur leur couple en rencontrant une autre femme. Elle lui avait proposé de s'installer dans la maison, et il avait accepté. Laurel n'avait jamais compris comment il avait réussi cet exploit, à prendre un nouveau départ malgré le naufrage de leurs vies. Elle ne lui en voulait pas. Pas du tout. Elle aurait voulu faire la même chose. Elle rêvait de faire ses valises et de dire adieu à l'ancienne Laurel, de la remercier pour les bons souvenirs, la regarder affectueusement pendant un long moment avant de fermer la porte doucement, la tête haute, encouragée par la lumière du soleil matinal, en marche vers le futur éclatant qui l'attendait. Si ces lendemains meilleurs étaient à portée de main, elle n'hésiterait pas une seconde.

Jake et Hanna avaient quitté la maison, eux aussi. Plus vite et plus tôt que si leurs vies n'avaient pas déraillé dix ans auparavant, probablement. Certains des amis de Laurel avaient des enfants du même âge que les siens qui n'étaient pas encore partis. Ses amis se plaignaient d'eux, des briques vides de jus d'orange laissées dans le réfrigérateur, des grincements de lit incessants, des retours alcoolisés de boîte de nuit à 4 heures du matin qui réveillaient le chien, c'est-à-dire toute la maisonnée. Elle aurait tant aimé entendre l'un de ses enfants tituber jusqu'à sa chambre aux premières heures du jour. Elle aurait tant aimé trouver de la vaisselle dans son évier et des joggings froissés ou des sous-vêtements abandonnés çà et là. Mais ses enfants étaient partis dès qu'ils en avaient eu l'occasion. Jake vivait dans le Devon avec sa copine, Blue, qui le couvait littéralement et parlait déjà d'avoir des enfants un an après l'avoir rencontré. Hanna vivait à quelques minutes de chez Laurel dans un petit appartement sans âme et travaillait quatorze heures par jour à la City, même le week-end, sans autre motivation que l'argent. Ni l'un ni l'autre n'allait changer le monde, bien sûr. Malgré les espoirs, les rêves de devenir danseuse, chanteur, pianiste ou génie des sciences, ils finissaient tous dans des bureaux. Tous.

Laurel vivait dans un appartement moderne à Barnet. Il y avait une chambre d'amis, un balcon assez grand pour y mettre des plantes en pot, une table et des chaises, une cuisine avec des meubles rouges laqués et une place de parking réservée. Pas vraiment le genre de logement dont elle rêvait, mais c'était pratique et elle s'y sentait en sécurité.

Comment occupait-elle ses journées depuis le départ de ses enfants, depuis le départ de son mari, depuis la mort du chat, qui avait déployé des efforts surhumains pour rester en vie le plus longtemps possible, jusqu'à ses vingt et un ans ? Laurel avait un boulot à mi-temps. Trois jours par semaine, elle travaillait dans le service marketing du centre commercial de Barnet. Elle rendait visite à sa mère à la maison de retraite d'Enfield une fois par semaine. Enfin, elle faisait le ménage chez Hanna tous les jeudis. Le reste du temps, elle s'affairait à diverses tâches en s'efforçant de se convaincre qu'elles avaient de l'importance. Elle achetait des plantes pour son balcon, rendait visite à des amis qu'elle n'appréciait plus vraiment pour boire un café qu'elle ne savourait pas vraiment et discuter de choses qui ne l'intéressaient pas vraiment. Elle allait à la piscine une fois par semaine, pas pour garder la forme, mais parce que c'était quelque chose qu'elle avait fait toute sa vie et qu'elle avait été incapable de trouver une bonne raison d'arrêter.

Alors il lui semblait très étrange de devoir quitter son domicile en urgence après toutes ces années, pour une mission importante de surcroît.

On allait lui montrer quelque chose. Un os, peut-être, des lambeaux de tissu ensanglantés, la photo d'un cadavre boursouflé flottant dans des eaux sombres. Après dix ans dans le noir, elle allait enfin *savoir*. On avait peut-être la preuve que sa fille était encore en vie. Ou morte. Le poids dans sa poitrine la faisait pencher en faveur de la seconde possibilité.

Entre ses côtes, son cœur battait, lourd, sur la route de Finsbury Park.

Chapitre 7

Avant

Après quelques visites hivernales, Noelle Donnelly avait fini par avoir raison des réticences de son élève. D'abord, c'était une très bonne enseignante et Ellie faisait maintenant partie des meilleurs de sa classe. Elle aurait probablement une bonne note à son examen. Ensuite, elle lui offrait souvent des petits cadeaux : des boucles d'oreilles achetées chez *Claire's*, un baume à lèvres fruité, un joli stylo. « Pour ma meilleure élève. » Si Ellie refusait par politesse, elle répliquait :

— Je faisais des courses à Brent Cross et j'ai vu ça. C'est vraiment trois fois rien.

Elle lui demandait toujours comment allait Theo, qu'elle avait rencontré en coup de vent lors de leur deuxième ou troisième cours.

— Comment se porte ton beau petit bout d'homme ?

Sa façon de parler échappait au ridicule grâce à cet accent irlandais qui rendait tout ce qu'elle disait bien plus drôle et plus intéressant.

— Il va bien, répondait toujours Ellie.

Noelle recourbait un peu la fente raide qui lui servait de bouche.

— Tu as tiré le bon numéro.

Les examens de fin de seconde approchaient à grands pas. Le mois de mars avait commencé et Ellie comptait les semaines qui lui restaient pour se préparer. Ses cours du mardi après-midi avec Noelle se déroulaient de mieux en mieux car elle assimilait plus facilement les théorèmes et les formules. La cadence des leçons s'accélérait. C'est pourquoi, lors du premier cours de mars, Ellie comprit immédiatement qu'il y avait un problème.

— Bonjour, jeune fille, la salua Noelle en posant son sac sur la table. Comment vas-tu ?

— Très bien.

— Parfait. Tu as fait tes devoirs ?

Ellie lui tendit les exercices dûment complétés. D'habitude, Noelle chaussait ses lunettes et les corrigeait tout de suite, mais ce jour-là elle s'était contentée de pianoter sur la table.

— C'est bien. Tu es vraiment une jeune fille parfaite.

Ellie lui lança un regard interrogateur et attendit le signal qui marquerait le début de leur leçon. Mais il n'arriva pas. Noelle gardait son regard vide rivé sur les exercices.

— Dis-moi, Ellie, demanda-t-elle soudain en plantant ses yeux dans les siens. Quelle est la pire chose qui te soit jamais arrivée ?

Elle haussa les épaules.

— Alors ? Un hamster mort, peut-être ?

— Je n'ai jamais eu de hamster.

— Ah, alors c'est peut-être ça, la pire chose qui te soit arrivée ? Ne jamais avoir eu de hamster ?

— Non, répondit-elle d'un air détaché. Je n'en ai jamais vraiment voulu.

— Qu'est-ce que tu voulais et que tu n'as jamais eu, alors ?

Autour d'elles, Ellie entendait la télé allumée dans la cuisine, l'aspirateur que sa mère passait à l'étage, sa sœur qui discutait au téléphone, la vie des membres de sa famille qui continuait sans conversation bizarre sur les hamsters avec leur prof de maths.

— Rien, je crois. Enfin, comme tout le monde, des vêtements, de l'argent.

— Tu n'as jamais voulu avoir de chien ?

— Pas vraiment.

Noelle soupira et se pencha sur les exercices.

— Tu as eu beaucoup de chance, alors. Tu t'en rends compte ?

Ellie hocha la tête.

— Bien. Tu verras, quand tu auras mon âge, tu auras envie de choses que tout le monde a autour de toi, et tu attendras patiemment ton tour. Mais ça ne t'arrivera jamais. Et tu ne pourras rien y faire. Rien du tout.

Un silence pesant s'installa avant que, doucement, Noelle mette ses lunettes et regarde la première page des exercices d'Ellie.

— Voyons comment ma meilleure élève s'en est sortie cette semaine.

— Dis-moi, jeune fille, quels sont tes rêves ?

Ellie soupira intérieurement. Noelle Donnelly était mal lunée, une fois de plus.

— Je veux avoir de bons résultats aux GCSE. Et réussir mon bac pour aller dans une très bonne université.

— Mais qu'est-ce que vous avez tous à être obsédés par l'université ? rétorqua Noelle en levant les yeux au ciel. Alors ça, quand je suis entrée à Trinity, on en a fait tout un foin ! C'était la nouvelle du siècle ! Ma mère ne pouvait pas s'empêcher de le dire à tout le monde. Sa seule fille intégrait le Trinity College ! Et regarde ce que je suis devenue. Une misérable.

Ellie ne savait pas quoi répondre.

— Je t'assure, il n'y a pas que l'université dans la vie, Miss Intello. Les diplômes, les examens, ce n'est pas tout. Moi, j'en ai à revendre, et regarde ce que j'en fais : je passe l'après-midi à faire cours dans ta belle maison, en buvant ton délicieux Earl Grey, payée des clopinettes pour te farcir la tête de savoir, avant de rentrer chez moi, seule. *Seule*, tu comprends ? ajouta-t-elle d'une voix dure.

Puis, d'un seul coup, Noelle lui lança un grand sourire, remonta ses lunettes sur son nez et la leçon commença.

Une fois son enseignante partie, Ellie alla voir sa mère dans la cuisine.

— Maman, je ne veux plus prendre de cours de maths.

Sa mère se retourna vers elle, l'air suspicieux.

— Pourquoi ?

Ellie pensa à lui dire la vérité.

Noelle me fait peur, elle me raconte des choses bizarres et je n'ai plus envie de passer une heure par semaine toute seule avec elle.

Si seulement elle l'avait fait… Si elle avait dit la vérité, sa mère aurait peut-être pu tout arranger et les choses auraient été différentes. Mais elle avait inventé une excuse, craignant que sa mère ne lui dise que ce n'était pas une raison suffisante et qu'elle devait continuer jusqu'à l'examen, ou que son honnêteté ne cause des problèmes à Noelle. Elle lui avait donc dit, avec un sourire convaincu :

— Je crois que je n'en ai plus vraiment besoin. J'ai les annales, ça me suffit. Et puis on fera des économies.

— Tu es sûre que c'est une bonne idée ?

— Oui, je ferais mieux de me concentrer sur d'autres matières. La géographie, par exemple. J'ai besoin d'y passer plus de temps.

C'était un mensonge pur et simple. Ellie était à jour dans toutes les matières. Une heure de plus par semaine n'y changerait rien. Mais elle tenta d'amadouer sa mère avec un nouveau sourire et attendit patiemment sa décision.

— D'accord, ma chérie. Comme tu voudras, tu sais mieux que moi où porter tes efforts.

Ellie hocha la tête vigoureusement en repensant aux saillies étranges de Noelle, à son odeur de graillon, ses cheveux sales, ses sautes d'humeur et ses questions pesantes, déplacées, indiscrètes.

— Si tu n'en as pas besoin, c'est vrai que ça ne nous ferait pas de mal de garder cet argent.

— Exactement, maman.

Une vague de soulagement l'envahit.

— OK, conclut sa mère en ouvrant la porte du réfrigérateur pour en sortir un pot de sauce bolognaise. Je l'appellerai demain pour le lui dire.

— Super, répondit Ellie d'un ton léger, soudain libérée d'un poids. Merci !

Chapitre 8

Le jeune policier maladroit qui accueillit Laurel semblait fatigué et assez nerveux. Il la mena dans une salle d'interrogatoire.

— Merci de vous être déplacée, commença-t-il comme si elle aurait pu ne pas venir.

Désolée, je suis pas mal prise aujourd'hui. Je vous rappelle la semaine prochaine ?

On lui apporta un verre d'eau. Quelques instants plus tard la porte s'ouvrit de nouveau et Paul entra.

Paul. Mais bien sûr, Paul. Elle n'y avait même pas pensé. Elle avait réagi comme si cela ne concernait qu'elle. Le policier avait pensé à le prévenir. Il s'engouffra dans la pièce, cheveux gris en bataille, costume froissé, les effluves de la City lui collant à la peau. Il posa rapidement sa main sur l'épaule de Laurel en passant, mais elle n'eut pas la force de se retourner pour le saluer. Elle se contenta d'un petit sourire forcé, à l'intention de celui qui observait leur échange.

Il s'assit à ses côtés, les mains posées sur sa cravate pour dissimuler ses faux plis. On lui apporta une tasse de thé. Laurel eut envie d'envoyer valser le thé. Elle en voulait à Paul.

— Nous intervenons en ce moment sur un site près de Douvres, suite à l'appel d'un promeneur. Son chien a déterré un sac.

Un sac. Laurel hocha la tête frénétiquement. Un sac, pas un corps.

L'inspecteur Dane sortit des grandes photos d'une enveloppe rigide. Il les posa sur la table et les fit glisser vers Laurel et Paul.

— Vous reconnaissez ces objets ?

Laurel attrapa les clichés.

C'était le sac d'Ellie. Son sac à dos, celui qu'elle avait nonchalamment jeté sur son dos le jour où elle était partie à la bibliothèque, des années plus tôt. Il y avait le petit logo rouge qui avait été l'un des éléments centraux de l'avis de recherche lancé par la police. C'était en fait l'un des seuls éléments distinctifs qui auraient pu permettre de la retrouver.

Sur la deuxième photo, il y avait un tee-shirt noir assez ample à col large, sans manches. Marque : New Look. Ellie le portait en le rentrant à l'avant de son pantalon.

Sur la troisième, un soutien-gorge en jersey gris à pois noirs. Marque : Atmosphere.

Sur la quatrième, un jean bleu clair. Marque : Top Shop.

Sur la cinquième, une paire de baskets blanches sales.

Sur la sixième, un sweat à capuche noir avec une cordelette blanche. Marque : Next.

Sur la septième, un jeu de clés avec une petite chouette en plastique dont les yeux s'illuminaient quand on appuyait sur son ventre.

Sur la huitième, des cahiers et des livres verdâtres et moisis.

Sur la neuvième, une trousse noire avec des pois rouges, pleine de crayons et de stylos.

Sur la dixième, une serviette hygiénique enflée, indécente.

Sur la onzième, un porte-monnaie en cuir violet et rouge, avec une fermeture Éclair sur trois côtés et un pompon rouge.

Sur la douzième, un vieil ordinateur portable.

Sur la dernière, un passeport.

Laurel approcha la photo de son visage. Paul se pencha vers elle et elle la reposa sur la table, entre eux.

Un passeport.

Ellie n'avait pas pris son passeport. Laurel l'avait encore chez elle. Elle le sortait parfois du carton contenant les affaires de sa fille pour regarder son visage fantomatique en pensant aux voyages qu'elle ne ferait jamais.

Mais ce n'était pas le passeport d'Ellie.

C'était celui d'Hanna.

— Je ne comprends pas. C'est le passeport de ma fille aînée. On pensait qu'elle l'avait perdu, mais…

Laurel s'arrêta pour regarder une nouvelle fois la photo, faisant courir ses doigts sur le papier.

— Il était dans le sac d'Ellie tout ce temps. Où l'avez-vous trouvé ?

— Dans un sous-bois dense, à proximité des terminaux de ferries. Il n'est pas exclu qu'elle ait tenté de se rendre en Europe. Ce qui expliquerait le passeport.

Laurel sentit la colère monter en elle. C'était mal, ce qu'ils faisaient. Ils cherchaient à prouver la théorie qu'ils avaient toujours soutenue, celle de la fugue.

— Mais ce sont les affaires qu'elle a prises quand elle avait quinze ans. Vous pensez qu'elle aurait emporté les mêmes affaires pour quitter le pays, des années après ? Ce n'est pas logique.

Dane lui lança un regard presque compatissant.

— Nous avons fait analyser les vêtements, et ils ont été portés jusqu'à l'usure.

Le cœur de Laurel se serra quand elle imagina sa petite fille si parfaite, si propre, sentant si bon, errant pendant des années avec les mêmes vêtements.

— Et… où est-elle ? Où est Ellie ?

— Nous la cherchons.

Elle sentait le regard de Paul posé sur elle. Il voulait lui parler pour assimiler ces nouvelles informations, mais elle était incapable de croiser son regard et de partager quoi que ce soit avec lui.

— Vous savez, nous nous sommes fait cambrioler quelques années après sa disparition. À l'époque, j'avais dit à la police que c'était elle. Les objets manquants, l'absence d'effraction, cette impression de…

Elle s'arrêta avant d'entrer dans le détail de ses sensations inexplicables.

— C'est à ce moment qu'elle a dû prendre le passeport d'Hanna. Peut-être qu'elle…

Sa voix se brisa. Et si la police avait eu raison depuis le début ? Si elle avait fugué ? Si sa fille avait voulu se sauver ?

Mais se sauver de quoi ? Où ? Et pourquoi ?

La porte s'ouvrit de nouveau et un policier s'approcha de l'inspecteur Dane pour lui chuchoter quelque chose à l'oreille. Les deux hommes regardaient fixement Laurel et Paul. Puis l'enquêteur se redressa sur sa chaise et toucha machinalement sa cravate.

— Nous avons trouvé des restes humains.

Instinctivement, Laurel prit la main de Paul.

Elle la serra si fort qu'elle sentit ses os ployer.

Chapitre 9

Avant

— Qu'est-ce qu'on fait cet été ?

Theo avait la tête posée sur les genoux d'Ellie, son visage tourné vers elle, un sourire aux lèvres.

— Rien, lui répondit-il. On ne fait absolument rien.

Elle referma son livre et posa la main sur la joue de Theo.

— Non ! J'ai envie de *tout* faire ! Tout sauf réviser, travailler, potasser. Je veux faire du parapente. Ça te dirait ? Allez !

— Donc en fait, cet été, tu veux mourir ? demanda-t-il en riant. T'es trop bizarre !

Elle lui tapota la joue.

— Je ne suis pas bizarre. Je veux prendre mon envol.

— Au sens propre ?

— Oui ! Et maman a dit qu'on pouvait aller tous les deux chez ma grand-mère à la campagne, si on voulait.

Theo souriait jusqu'aux oreilles

— Vraiment ? Tous les deux ?

— Ou avec des amis.

— Ou peut-être seulement *tous les deux* ? insista-t-il avec un air espiègle, ce qui la fit rire.

— C'est possible, oui.

C'était un samedi après-midi de mai, une semaine avant les examens. Ils faisaient une pause dans leurs révisions dans la chambre d'Ellie. Dehors, le soleil brillait. Teddy Bear était allongé à leurs côtés et l'air était chargé de pollen et d'espoir. La mère d'Ellie disait que le mois de mai était le vendredi soir de l'été, un aperçu chaud et lumineux de tous les bons moments à venir, une invitation à vivre. Et ce futur réjouissant l'appelait, de l'autre côté du tunnel noir des examens, avec ses chaudes nuits et ses longues journées passées dans la légèreté de n'avoir rien à faire, nulle part où être. Elle pensa à tout ce qu'elle pourrait faire une fois ce chapitre de sa vie tourné, tous les livres qu'elle lirait, les pique-niques qu'elle préparerait, les fêtes foraines, les après-midi shopping, les vacances, les fêtes, et tout à coup cette perspective lui coupa le souffle, la submergea, retourna son estomac et fit battre son cœur plus vite.

— J'ai vraiment hâte que tout soit fini.

Chapitre 10

L'enquête qui avait suivi le cambriolage de leur maison n'avait rien donné. La police n'avait pas trouvé d'empreinte digitale ou de trace suspecte, et les vidéos de caméra de surveillance ne montraient personne ressemblant à Ellie, ou à une autre adolescente, pendant les deux heures durant lesquelles Laurel s'était absentée. Le « cambrioleur » avait pris un vieil ordinateur portable, l'ancien téléphone de Paul, l'argent que Laurel cachait dans son tiroir à sous-vêtements, deux chandeliers en argent qu'ils avaient reçu en cadeau de mariage de la part de gens fortunés qui ne comptaient plus parmi leurs amis, et le gâteau qu'Hanna avait préparé la veille, posé dans la cuisine en attendant qu'elle fasse le glaçage.

Les bijoux de Laurel étaient encore là, même ses bagues de mariage et de fiançailles, qu'elle ne portait plus depuis quelques mois et qui se trouvaient sur la commode de sa chambre, exposés à la vue de tous. On n'avait pas pris le Mac, qui était pourtant plus récent et valait au moins le double de l'ordinateur manquant, ni ses cartes de crédit, qu'elle rangeait dans un tiroir de la cuisine pour ne pas risquer de les perdre si elle se faisait voler son sac dans la rue.

— Il a peut-être manqué de temps, lui avait expliqué l'un des deux policiers qui étaient arrivés dix minutes après son appel. Ou bien il opérait sur commande et savait ce qu'il pouvait revendre.

— C'est bizarre, avait répondu Laurel, les bras croisés. C'est… Je ne sais pas. Vous savez, ma fille a disparu il y a quatre ans. Ellie Mack, vous vous souvenez ?

Elle les observa, l'un après l'autre. Ils échangèrent un regard avant de se tourner de nouveau vers elle.

— Je sens que c'était elle, continua-t-elle en sachant qu'ils la prendraient pour une folle. Quand je suis rentrée, je pouvais sentir la présence de ma fille.

Les deux policiers échangèrent un nouveau regard.

— Certaines de ses affaires ont disparu ?

— Je ne crois pas. Je suis allée dans sa chambre, rien n'a bougé.

Les policiers ne parlaient plus, visiblement embarrassés.

— Il n'y a aucune serrure ou fenêtre endommagée. Comment le voleur est-il entré, selon vous ?

— Je ne sais pas…

— Y avait-il une fenêtre ouverte ?

— Non, je ne crois pas.

Elle n'avait même pas songé à cette possibilité.

— Vous laissez une clé à l'extérieur ?

— Non. Jamais.

— Chez un voisin ? Un ami ?

— Non, non. Nous sommes les seuls à avoir la clé. Moi, mon mari, mes enfants.

Son cœur s'emballait à mesure qu'elle parlait. Ses mains étaient devenues moites.

— Et Ellie. Ellie avait une clé, quand elle a disparu. Dans son sac à dos. Peut-être…

Ils la regardaient, l'air incrédule.

— Peut-être qu'elle est revenue ? Si ça se trouve, elle était désespérée, et c'est pour ça qu'elle n'a pris que des choses sans intérêt. Elle sait que je n'aime pas ces chandeliers. Je disais toujours que je les ferais expertiser un jour, parce qu'ils valaient probablement beaucoup d'argent. Et le gâteau !

— Le gâteau ?

— Il y avait un gâteau au chocolat dans la cuisine, que ma fille a fait hier. Mon autre fille. Enfin, quel genre de voleur vole un *gâteau* ?

— Un voleur qui a faim ?

— Non, répliqua Laurel, qui consolidait sa théorie. C'est Ellie. Ça doit être elle. Elle adorait les gâteaux d'Hanna. Elle en était folle, elle…

Elle s'arrêta net. Elle allait trop vite et était en train de se décrédibiliser aux yeux de ceux qui étaient venus l'aider.

Les voisins n'avaient rien remarqué de spécial, mais la plupart d'entre eux n'étaient pas à leur domicile au moment du cambriolage. Aucun des objets dérobés n'avait été retrouvé. Encore une impasse. Encore un trou béant dans la vie de Laurel.

Pendant les années qui avaient suivi, Laurel ne s'absentait jamais trop longtemps, au cas où Ellie reviendrait. Chaque fois qu'elle rentrait chez elle, elle inspirait profondément l'air de l'entrée, espérant retrouver le parfum de sa fille disparue. C'est durant cette période qu'elle avait perdu contact avec les deux enfants qui lui restaient. Elle n'avait plus rien à leur offrir, et ils s'étaient lassés de l'attendre en vain.

Trois années auparavant, Laurel avait définitivement abandonné l'espoir qu'Ellie rentre à la maison. Elle avait fini par accepter qu'il s'agissait d'un simple cambriolage et qu'elle avait besoin d'un nouveau départ, dans un nouveau lieu. Elle était sortie de la chambre de sa fille pour la dernière fois et avait refermé la porte derrière elle dans un silence qui l'avait presque tuée.

Depuis trois ans, elle s'efforçait de penser à Ellie le moins possible. Elle s'était imposé une nouvelle routine, immuable et serrée comme une camisole. Depuis trois ans, elle gardait sa folie à l'intérieur et ne la partageait avec personne.

Jusqu'à ce moment, jusqu'à ce qu'elle imagine les os de sa fille entassés dans des sacs en plastique par des mains étrangères gantées de caoutchouc, que la folie surgisse dans le silence de sa voiture par le biais d'un rugissement effrayant, de ses poings frappant le volant, encore et encore.

Puis elle remarqua Paul de l'autre côté de la rue, à côté de sa propre voiture, son visage émacié, ses épaules tombantes. Il la regardait fixement, choqué par la scène à laquelle il venait d'assister. Lentement, il se dirigea vers elle. Elle mit le contact de sa voiture et s'éloigna le plus vite possible.

Chapitre 11

Avant

Ellie n'avait pas vraiment pensé à Noelle Donnelly depuis leur dernier cours.

Selon sa mère, Noelle avait « assez mal pris » la nouvelle. Si elle avait su qu'elle donnerait si peu de cours, elle n'aurait jamais accepté parce qu'elle se retrouvait maintenant avec un créneau vide qu'elle n'allait pas pouvoir réattribuer, et ce n'était vraiment pas correct de leur part, c'était un préjudice considérable, etc. Sa mère l'avait rassurée, Ellie n'avait aucune raison de se sentir coupable.

— Ne t'inquiète pas, c'est le genre de femme qui se formalise pour rien, mais ça va aller. Je suis sûre qu'elle trouvera un autre élève, avec les examens qui approchent. Le quartier regorge de parents paniqués.

Satisfaite, Ellie avait éjecté Noelle Donnelly de la partie de son cerveau qui s'inquiétait des nombreux problèmes de l'ici et maintenant.

C'est pourquoi, quand elle l'avait croisée dans la rue ce mardi matin des vacances de mai, elle ne l'avait pas tout de suite reconnue. Elle allait à la bibliothèque parce que sa sœur avait invité une amie à la maison qui avait un rire *très fort* et *très énervant*. Il lui fallait un peu de calme, et un livre sur les hospices au XIXe siècle.

Rétrospectivement, elle aurait pu dire que c'était la faute de l'amie de sa sœur au rire tonitruant si elle s'était retrouvée là à ce moment précis, mais elle ne le ferait pas. Chercher des responsables l'épuisait et lui faisait perdre la tête. Toutes les voies possibles se divisaient chacune en un millier de nouveaux chemins, et ce voyage ne la ramènerait jamais chez elle.

Un sourire insondable se dessina sur le visage de Noelle lorsqu'elle aperçut Ellie. L'adolescente se plongea dans les espaces reculés de son cerveau pendant une nanoseconde, y récupéra les informations nécessaires et rendit son sourire à Noelle.

— Ma meilleure élève !

— Bonjour !

— Comment vas-tu ?

— Très bien ! Tout va bien ! J'ai de bons résultats en maths.

— C'est une très bonne nouvelle.

Malgré le temps chaud et sec qui avait été annoncé pour cette journée, l'enseignante portait un ciré kaki. Ses cheveux roux étaient attachés avec des pinces en écaille de tortue. Elle portait des baskets noires de mauvaise qualité et serrait un sac en tissu sous son aisselle.

— Alors, prête pour le grand jour ?

— Absolument ! s'exclama Ellie pour éviter que l'enseignante ne lui reproche d'avoir arrêté leurs leçons.

— C'est mardi, c'est ça ?

— Oui, à 10 heures. Et la deuxième partie la semaine d'après.

Noelle acquiesça. Elle ne quittait pas Ellie des yeux.

— J'ai fait faire à mes autres élèves un examen blanc, ils disent tous que ça les a beaucoup aidés. Et, *d'après mes informations*, les exercices sont très proches de ce que vous aurez cette année. Je peux te le donner, si tu veux.

NON! aurait-elle voulu crier depuis le futur. *NON! JE NE VEUX PAS DE VOS EXERCICES.* Mais la Ellie du temps présent, celle qui voulait faire du parapente et perdre sa virginité, celle qui allait manger une pizza ce soir-là et voir son petit ami le lendemain, *cette* Ellie-là eut une tout autre réaction.

— Oui, d'accord. C'est une bonne idée.

— Mais comment faire ? demanda Noelle en posant son index sur son menton. Je peux le déposer chez toi ce soir, je dois passer dans le quartier.

— Parfait, merci beaucoup.

— Ou alors... Ce serait plus pratique, d'ailleurs, reprit-elle en jetant un coup d'œil rapide à sa montre. J'habite juste à côté, tu sais.

Elle lui montra du doigt le bout de la rue.

— À deux pas. Tu pourrais le prendre maintenant, ce serait réglé.

Il y avait du monde dans la rue ce mardi matin, autour d'elles. Ellie avait souvent pensé à ces passants plus tard, en se demandant s'ils les avaient remarquées, si l'un d'entre eux se souvenait d'une adolescente avec un sac à dos, un tee-shirt noir et un jean parlant à une femme en ciré kaki avec un sac beige. Elle s'imaginait la reconstitution de cette scène dans « Crimewatch ». Qui jouerait son rôle ? Hanna, sans doute. Elles faisaient presque la même taille. Et il y aurait aussi une policière rousse cachée sous un horrible ciré vert, pour Noelle.

— Et vous ? demanderait Nick Robinson, le présentateur, en plissant les yeux vers la caméra. Étiez-vous là ce mardi 26 mai au matin ? Avez-vous vu une femme d'une quarantaine d'années parler à Ellie Mack devant le magasin de la Croix-Rouge de Stroud Green Road ? Il était 10 h 45. C'était le jour du violent orage sur Londres. Avez-vous vu cette femme au manteau kaki marcher avec Ellie vers Harlow Road ?

Une image de vidéosurveillance où Ellie et Noelle marchaient côte à côte s'afficherait à l'écran, l'adolescente apparaissant dans toute sa fragilité, sa vulnérabilité, avant de tourner à l'angle, se précipitant sans le savoir vers son destin.

— Si vous vous rappelez quoi que ce soit, si vous avez vu Ellie Mack aux alentours d'Harlow Road, s'il vous plaît, manifestez-vous. Nous avons besoin de votre aide.

Mais personne n'avait remarqué Ellie ce matin-là. Personne ne l'avait vue discuter avec une femme rousse. Personne ne l'avait aperçue sur Harlow Road. Personne n'avait vu Noelle Donnelly ouvrir la porte de la petite maison délabrée derrière le beau cerisier en fleur. Personne ne l'avait entendue inviter Ellie à entrer. Personne n'avait vu la jeune fille avancer. Personne n'avait entendu la porte se refermer derrière elle.

Chapitre 12

Laurel et Paul enterrèrent une partie des restes de leur fille un après-midi, sous le soleil indolent d'un interminable été indien. Ses fémurs, ses tibias et ce qui restait de son crâne.

Les analyses médicales leur avaient appris qu'Ellie avait été renversée par un véhicule, que son corps brisé avait ensuite été traîné dans la forêt, puis déposé dans une cavité peu profonde où les animaux étaient venus déterrer ses os et les avaient éparpillés dans les bois. Une brigade canine avait fouillé la zone pendant plusieurs jours en espérant retrouver de nouveaux ossements, en vain.

La police avait demandé aux garagistes de la région s'ils avaient récemment reçu en réparation un véhicule avec des dommages correspondant à un choc très violent. Ils avaient déposé des avis de recherche dans les environs : avez-vous remarqué une auto-stoppeuse, une voyageuse, une jeune femme avec un sac à dos bleu marine ? A-t-elle loué une chambre dans votre établissement ? A-t-elle dormi chez vous ? Dans la rue ? Reconnaissez-vous ce visage d'une femme de vingt-cinq ans fabriqué sur ordinateur à partir de la photo d'une adolescente de quinze ans ? Reconnaissez-vous ces chandeliers ? Les avez-vous vendus, vus, achetés ? Personne ne se manifesta. Personne ne savait rien. Et, après douze semaines d'intense activité, l'enquête se retrouva une fois de plus au point mort.

Mais, cette fois, Ellie était morte. Il n'y avait plus d'espoir. Laurel était seule, et sa famille brisée. Elle n'avait plus rien. Plus rien du tout.

Jusqu'à ce que, un mois après l'enterrement, elle rencontre Floyd.

Deuxième partie

Chapitre 13

Laurel tend une pièce de deux livres à la jeune fille qui lui a lavé les cheveux.

— Merci, Dora, ajoute-t-elle en lui adressant un sourire.

Elle donne à la coiffeuse un billet de cinq livres.

— Merci, Tania, c'est très bien, comme d'habitude.

Elle se regarde une dernière fois dans le miroir avant de sortir. Ses cheveux blonds, brillants et aériens, lui arrivent maintenant aux épaules, mais ce masque capillaire impeccable n'est qu'un simulacre. Le problème ne réside pas dans son cuir chevelu. Si Laurel pouvait trouver quelqu'un à Stroud Green qui ferait un shampoing-coupe-brushing à son âme pour quatre-vingts livres, elle lui donnerait bien plus que cinq livres de pourboire.

Le vent souffle fort en cet après-midi d'automne, et ses cheveux sont un tissu soyeux soulevé par les bourrasques. Il est un peu tard et elle a faim. Trop faim pour attendre de rentrer et de se préparer un repas chez elle, alors elle entre dans un café à côté du salon de coiffure pour acheter un sandwich au fromage et un cappuccino décaféiné. Elle mange vite. Le fromage fondu fait des filaments qui se détachent lentement du pain et se collent à son menton.

Elle est en train de s'essuyer avec une serviette en papier quand un homme entre dans le café.

Il a une cinquantaine d'années, et est de taille et de corpulence moyennes. Ses cheveux sont courts, gris au niveau des tempes et plus sombres au sommet de son crâne peu garni. Il porte un jean seyant, une chemise ajustée, des chaussures à lacets et des lunettes à monture en écaille. C'est tout à fait le genre de tenue que Paul porterait, et malgré les sentiments terriblement confus qu'elle ressent actuellement à son égard, il faut reconnaître qu'il a de l'allure.

Elle se rend compte, à sa grande surprise, qu'elle admire l'homme qui vient d'entrer. Il a quelque chose de spécial, un charisme naturel et une sorte d'étincelle dans le regard. Elle l'observe pendant qu'il fait la queue au comptoir et remarque de nouveaux détails : un ventre plat mais souple, des mains fortes, une oreille à peine plus décollée que l'autre. Il n'est pas d'une beauté canonique, mais il a l'air d'un homme qui a depuis longtemps renoncé à séduire en jouant de son physique ; il a le charme de ceux qui misent sur leur personnalité.

Il commande une part de gâteau aux carottes et un café noir, avec un accent que Laurel ne reconnaît pas tout à fait. Il est peut-être américain, ou alors c'est un étranger qui a appris l'anglais avec des Américains. Il s'assied à la table à côté d'elle. La respiration de Laurel s'accélère. Il ne semble pas avoir remarqué qu'elle l'observait. Pourquoi choisit-il la table la plus proche de la sienne dans un café pourtant presque vide ? Elle redoute de l'avoir inconsciemment invité à s'intéresser à elle. Elle ne veut pas qu'il le fasse. Elle ne veut pas qu'on s'intéresse à elle.

Ils sont maintenant assis l'un à côté de l'autre. Il ne la regarde pas, pas une seule fois, mais Laurel sent cette intention irradier de lui. Il est absorbé par son téléphone.

Laurel achève de manger son sandwich en prenant des petites bouchées. Rien ne se passe, ça devait être dans sa tête. Elle finit son café et s'apprête à partir.

— Vos cheveux sont magnifiques.

Elle se retourne, sous le choc.

— Pardon ?

— C'est très réussi.

— Merci, répond-elle en se passant machinalement la main dans les cheveux. Je sors de chez le coiffeur. Ils ne sont pas aussi beaux en temps normal.

Il lui sourit.

— Vous avez déjà goûté leur gâteau aux carottes ?

Elle fait non de la tête.

— Il est excellent. Vous en voulez ?

— Non, merci, je…

Elle a un rire gêné.

— J'ai une cuillère propre, tenez.

Il pousse le couvert vers elle.

— Allez-y, je ne vais jamais manger tout ça.

Un rayon de soleil traverse le café, vif comme celui d'une lampe de poche, et éclaire la cuillère, qui étincelle, et le gâteau entamé. L'instant est étrangement intime, et l'instinct de Laurel lui dit de reculer, de fuir. Mais, face à cette cuillère qui scintille, elle sent quelque chose s'ouvrir en elle. Quelque chose qui ressemble à de l'espoir.

Elle la saisit et coupe un petit morceau du gâteau, là où il est encore intact.

Il s'appelle Floyd. Floyd Dunn. Il lui tend la main.

— Enchantée de vous rencontrer. Laurel Mack.

Ce contact est ferme et chaleureux.

— Je ne reconnais pas votre accent…

Elle rapproche sa chaise de la table voisine. Le soleil réchauffe sa nuque.

— C'est normal, explique-t-il en s'essuyant la bouche. Mon accent est assez unique. Je suis le fils de deux Américains ambitieux qui ont travaillé aux quatre coins du monde pour faire fortune. J'ai vécu quatre ans aux États-Unis, deux au Canada, quatre ans de plus aux États-Unis, quatre en Allemagne, un à Singapour, puis trois au Royaume-Uni. Mes parents sont rentrés en Amérique, je suis resté ici.

— Et vous êtes ici depuis longtemps ?

— Je suis arrivé…

Il plisse les yeux en calculant.

— Il y a trente-sept ans. J'ai un passeport britannique, des enfants britanniques, une ex-femme britannique. J'écoute « The Archers » à la radio. Je suis plutôt bien assimilé !

Il lui sourit, et elle rit de bon cœur.

Elle se force à prendre du recul. Elle est assise dans un café en plein après-midi, parle à un inconnu et s'esclaffe à ses bons mots. Comment en est-elle arrivée là, après tous ces jours, ces centaines de jours sombres qui ont passé depuis la disparition d'Ellie ? Est-ce que c'est ça, le deuil ? Est-ce que c'est ce qui arrive quand on enterre enfin son enfant ?

— Vous habitez le quartier ?

— Non, j'habite à Barnet. Mais j'ai vécu ici pendant plusieurs années. Je n'ai pas changé de coiffeur, ajoute-t-elle avec un petit signe de la tête en direction du salon. Je suis terrifiée à l'idée que quelqu'un d'autre touche mes cheveux, alors je reviens régulièrement.

— Apparemment, ça vaut le coup.

Oui, il y a un peu de séduction dans sa voix. Et si c'était un pervers ? Elle ne peut pas exclure cette possibilité. A-t-il quoi que ce soit d'étrange, d'inquiétant ? Y a-t-il des signes qu'elle ne parvient pas à repérer ? Va-t-il l'arnaquer, la violer, l'enlever, la suivre ? Est-il fou ? Ou…

Laurel se pose ce genre de questions chaque fois qu'elle rencontre quelqu'un. Elle n'a jamais accordé sa confiance facilement, même avant la disparition de sa fille. Paul lui disait qu'elle était un projet à long terme. Elle avait refusé de l'épouser jusqu'à ce qu'ils aient leur premier enfant, car elle avait peur qu'il ne soit pas sérieux et lui fasse faux bond le jour de la cérémonie. Et maintenant elle se pose ces questions avec encore plus de sérieux, parce qu'elle sait qu'il vaut mieux s'attendre au pire.

Cependant, même en observant attentivement cet homme aux yeux et aux cheveux gris, à la peau douce et aux chaussures élégantes, elle ne trouve rien à lui reprocher. Mis à part le fait qu'il ait fait un pas vers elle.

— Merci, lui répond-elle après son compliment.

Elle recule sa chaise, prête à partir, espérant secrètement qu'il lui demandera de rester.

— Vous devez déjà y aller ?

— Oui, déclare-t-elle en cherchant une excuse. Il faut que je passe voir ma fille.

Elle ne doit pas passer voir sa fille. Elle ne voit jamais sa fille.

— Vous avez donc une fille ?

— Oui, et un fils.

— Un de chaque.

— Oui, murmure-t-elle, le cœur transpercé par la douleur de nier l'existence d'Ellie. Un de chaque.

— Moi, j'ai deux filles.

— De quel âge ? demande-t-elle en attrapant son sac.

— Vingt et un et neuf ans.

— Elles vivent avec vous ?

— Celle de neuf ans, oui. Celle de vingt et un ans vit avec sa mère.

— Ah oui ?

— C'est un peu compliqué, conclut-il avec un sourire.

— Qu'est-ce qui ne l'est pas ?

Elle lui rend son sourire.

Puis il déchire un coin du journal laissé sur la table d'à côté et sort un stylo de sa poche.

— C'était agréable de discuter avec vous, mais c'était beaucoup trop court. J'aimerais vous inviter à dîner.

Il griffonne un numéro sur le morceau de papier et le lui tend.

— Appelez-moi.

Appelez-moi.

Si simple, si confiant, si direct. Elle ne savait pas que les êtres humains pouvaient se comporter ainsi.

Elle prend le morceau de papier et le froisse entre ses doigts.

— D'accord. Enfin… peut-être.

Il éclate de rire, révélant au passage quelques plombages sur ses dents.

— Peut-être, c'est déjà ça !

Elle sort du café précipitamment, sans se retourner.

Ce soir-là, pour la première fois de sa vie, Laurel passe chez sa fille à l'improviste. Quand elle ouvre la porte, le visage d'Hanna se fige dans une expression où se mêlent l'incompréhension et l'inquiétude.

— Maman ?

— Bonsoir, ma chérie.

Hanna jette un coup d'œil derrière sa mère, comme s'il devait nécessairement y avoir une raison visible à sa présence devant chez elle.

— Il y a un problème ?

— Non, tout va bien. Je… je passais dans le quartier et je me disais qu'on ne s'est pas vues depuis longtemps.

— On s'est vues dimanche.

Hanna était passée lui donner son vieil ordinateur mais n'était même pas entrée prendre un thé.

— Oui, c'est vrai. Mais ce n'était pas vraiment...

Hanna, pieds nus, se balance d'une jambe sur l'autre.

— Tu veux entrer ?

— Volontiers, Hanna, merci.

Hanna porte un jogging et un tee-shirt blanc moulant où est écrit « Chéri ». Elle ne s'est jamais beaucoup intéressée à la mode. Au travail, elle met des tailleurs noirs de chez Banana Republic et à la maison des vêtements confortables. Sa mère ne sait pas comment elle s'habille quand elle sort, puisqu'elles ne sortent jamais ensemble.

— Tu veux une tasse de thé ?

— C'est un peu tard pour moi.

Hanna lève les yeux au ciel. Elle pense que sa mère prétend être sensible à la théine pour l'énerver.

— Moi, je me fais un café. Qu'est-ce que tu veux ?

— Rien, ne te dérange pas.

Elle observe sa fille se déplacer dans sa petite cuisine, ouvrir et refermer les placards, avec ce langage corporel si fermé et discret. Elle se demande si elle a déjà été proche de sa fille un jour.

— Tu étais où alors ?

— Pardon ?

— Tu as dit que tu étais dans le quartier.

— Oui, bien sûr. Chez le coiffeur, se reprend-elle en touchant ses cheveux, l'omission proférée lui brûlant les lèvres.

— C'est joli.

— Merci, ma chérie.

Avant de poursuivre, elle met la main dans sa poche et touche le morceau de journal sur lequel Floyd a griffonné son numéro.

— Il m'est arrivé quelque chose d'intéressant aujourd'hui.

Hanna lui lance un regard inquiet, comme chaque fois que Laurel lance un sujet de conversation, comme si elle avait peur de se faire happer dans une histoire qu'elle n'aurait pas la force de supporter.

— Un homme m'a donné son numéro de téléphone et m'a invitée à dîner.

Le regard inquiet se transforme en terreur, et Laurel se dit qu'elle aurait payé cher pour avoir cette discussion avec Ellie, et pas avec Hanna. Ellie crierait, sauterait de joie, la prendrait dans ses bras en la serrant de toutes ses forces, en lui disant que c'était fantastique, incroyable, génial. Et ses adjectifs seraient devenus une réalité grâce à son enthousiasme débordant.

— Je ne vais pas l'appeler, bien sûr que non. Mais ça m'a fait penser à nous, à notre famille. Nous vivons tous à la dérive les uns des autres, comme des petits îlots séparés.

— En effet, commente Hanna, une pointe d'accusation dans la voix.

— Ça fait longtemps maintenant, et nous n'avons toujours pas trouvé le moyen d'être une famille unie après toute cette histoire. C'est comme si on était coincés, retenus ce jour-là. Toi, par exemple…

Au moment où ces mots franchissent ses lèvres, Laurel sait qu'elle n'aurait pas dû dire ça.

— Quoi moi ? réplique Hanna.

— Tu es formidable, bien entendu, et je suis très fière de toi, de ton travail, de ta réussite. Mais tu n'as pas l'impression, parfois, de vivre dans une seule dimension ? Enfin, tu n'as même pas de chat.

— Un *chat* ? Mais qu'est-ce que tu racontes ? Comment je pourrais m'occuper d'un chat ? Je passe mon temps à travailler, je ne le verrais jamais, je…

— Oublie cette histoire de chat, l'interrompt Laurel en posant sa main sur le bras de sa fille. C'était un exemple. Ce que je voulais savoir, c'est s'il y a quelque chose dans ta vie en dehors du travail. Des amis ? Un homme ?

Hanna cligne lentement des yeux.

— Pourquoi tu me parles d'homme ? Je n'ai pas le temps pour ça. Je n'ai le temps pour rien d'ailleurs, pas même pour cette conversation.

Laurel soupire et se passe la main dans la nuque.

— J'ai remarqué récemment, quand je venais faire le ménage, que tu ne dormais plus ici tous les soirs.

Hanna rougit et pince les lèvres.

— Et tu t'es dit que j'avais un copain…

— Peut-être, oui. Je me suis posé la question.

Hanna lui lance un sourire condescendant.

— Non, maman. Malheureusement, je n'ai pas de copain. Je suis invitée à des soirées de temps en temps, à boire un verre, c'est tout. Il m'arrive de dormir chez des amis.

Elle hausse les épaules et recommence à triturer les peaux mortes qu'elle a autour des ongles.

Laurel est incrédule. Hanna, faire la fête ? Elle n'arrive pas à se l'imaginer, et sa fille a l'air très mal à l'aise. Elle n'insiste pas.

— Je vois, reprend-elle en souriant.

Hanna se radoucit et se rapproche de sa mère.

— Je suis encore jeune, maman. J'ai tout mon temps pour les hommes et les chats. Pour le moment, c'est impossible.

Et nous alors ? voudrait lui répondre Laurel. *Quand est-ce que notre relation évoluera ? Quand est-ce que nous pourrons de nouveau nous comporter comme une mère et une fille ?*

Quand est-ce que l'une d'entre nous pourra enfin rire de bon cœur sans se sentir coupable ?

Mais elle se tait. Elle pose sa main sur celle d'Hanna.

— Tu as raison, ma chérie. Je sais bien. Je veux simplement que tu sois heureuse, que nous soyons tous heureux. Je veux…

— Tu veux qu'Ellie revienne.

Elle lève les yeux vers sa fille, surprise.

— Oui, je veux qu'Ellie revienne.

— Moi aussi. Mais on sait maintenant qu'elle ne reviendra pas, et qu'il va falloir vivre sans elle.

— Oui, c'est vrai. Tu as tout à fait raison.

Ses doigts trouvent de nouveau le petit morceau de journal, elle le touche et un frisson lui parcourt l'échine.

Chapitre 14

— Bonjour Floyd, c'est Laurel. Laurel Mack.

— Madame Mack.

La voix un peu traînante des Américains, paresseuse et sèche.

— C'est votre nom de jeune fille ?

— Non, mais je suis séparée.

— Madame Mack, donc. Je suis très heureux d'avoir de vos nouvelles.

Laurel sourit.

— Tant mieux.

— Voulez-vous aller dîner ?

— Oui, je crois. Sauf si…

— Il n'y a pas de « sauf si ». Sauf si vous avez un « sauf si » spécifique en tête ?

— Non, aucun, répond-elle en riant.

— Très bien ! Que diriez-vous de vendredi soir ?

— Ça me convient parfaitement.

Elle n'a pas besoin de vérifier, elle n'a rien de prévu.

— Voulez-vous aller dans le centre-ville, profiter de la nuit londonienne ? Ou dans mon quartier ? Ou dans votre quartier ?

— Va pour la nuit londonienne ! s'exclame-t-elle avec une voix de petite fille.

— C'est ce que je préférais aussi. Vous aimez la cuisine thaï ?

— J'adore ça !

— Parfait, je m'occupe de tout. Je vous envoie les détails de la réservation par message.

— D'accord. Vous êtes…

— Efficace ?

— Oui, et…

— Enthousiaste ?

Elle rit de plus belle.

— Ce n'est pas ce que j'avais en tête !

— Mais je vous assure que c'est vrai. Je suis palpitant, amusant et aventureux. Vous ne vous ennuierez pas.

— Vous êtes drôle.

— Merci.

— On se voit vendredi, alors ?

— Oui. Sauf si…

Laurel a toujours fait attention à son apparence. Même pendant les jours qui ont suivi la disparition d'Ellie, elle se douchait, s'habillait avec soin, dissimulait ses cernes avec du maquillage hors de prix, se coiffait et faisait briller ses cheveux. Elle ne s'était jamais laissée aller. À cette époque-là, tout ce qui lui restait, c'était elle-même.

Avoir l'air présentable, oui, mais ça faisait bien longtemps qu'elle n'avait pas essayé d'être belle. Probablement depuis 1985, quand elle avait emménagé avec Paul. Alors, face au miroir, elle redécouvre son visage fatigué et ouvre nerveusement la palette de maquillage. Elle se lance un regard implacable quand elle confond son mascara avec son eye-liner. Pourquoi a-t-elle laissé son visage en friche ?

Pourquoi n'est-elle pas née avec le patrimoine génétique de Christy Turlington ?

Elle grimace et enlève le mascara avec du démaquillant.

— Merde.

Elle a étalé sur son lit toute sa garde-robe. Évidemment, le temps est changeant aujourd'hui : il fait lourd pour cette période de l'année, des averses sont prévues et le vent souffle fort. Laurel a toujours fait du 38 et elle a une silhouette agréable, mais elle n'a pas acheté de robes depuis dix ans. Trop courtes, trop fleuries, trop petites manches, trop décolletées. Rien ne va. Elle se décide pour un haut gris à manches longues et un pantalon noir évasé. Un peu triste, mais correct.

Il est 19 h 05. Elle doit partir d'ici dix minutes si elle veut être à l'heure à son rendez-vous. Elle se maquille rapidement et sort de sa chambre sans savoir si elle a embelli ou détérioré son visage. Il est trop tard pour s'en préoccuper.

Elle s'arrête devant la porte de son appartement. Sur le meuble de l'entrée, elle garde des photos de ses trois enfants. Elle a l'impression qu'ils lui disent bonjour ou au revoir quand elle passe devant eux. Elle prend la photo d'Ellie. Elle avait quinze ans, c'était les dernières vacances d'automne avant sa disparition. Au Pays de Galles. Son visage est rougi par le vent vif de la côte et la partie de volley disputée avec son frère et sa sœur. Elle a la bouche grande ouverte, on pourrait presque voir ses amygdales. Elle porte un bonnet en laine marron avec un gros pompon. Ses mains sont enfouies dans les manches de son grand gilet à capuche.

— J'ai un rendez-vous, Ellie. Avec un homme très gentil qui s'appelle Floyd. Je pense qu'il te plairait.

Elle passe son doigt sur le sourire de sa fille, sur le bonnet à pompon.

C'est génial, maman ! Je suis tellement heureuse pour toi. Amuse-toi bien !

— Je vais essayer, dit Laurel d'une voix blanche. Je te le promets.

Floyd a choisi un restaurant à la lumière tamisée, aux murs laqués en noir et or, aux meubles sombres, aux abat-jour faits de perles d'améthyste pendues autour d'ampoules halogènes. Quand elle arrive, avec deux minutes de retard, il est déjà là. Il a l'air plus jeune dans cette lumière, remarque-t-elle, et Laurel espère qu'elle donne la même impression. Revigorée par cette réflexion, elle s'approche de lui. Il se lève et lui fait la bise.

— Vous êtes époustouflante.

— Merci, vous aussi.

Il porte une chemise à carreaux noirs et gris et une veste sombre en velours côtelé, et il a pris soin d'aller chez le coiffeur avant leur rendez-vous. Il sent le cèdre et le citron vert.

— Le restaurant te plaît ? lui demande-t-il avec un air faussement incertain.

— Bien sûr, c'est magnifique.

— Ouf !

Elle lui sourit.

— Tu es déjà venu ici ?

— Oui, mais seulement pour déjeuner. J'ai toujours rêvé de venir un soir, quand le restaurant est plongé dans l'obscurité et rempli de gens louches.

Laurel regarde autour d'elle. Les autres clients sortent du travail ou profitent d'un tête-à-tête romantique.

— Pas si louches que ça.

— J'ai remarqué. Je suis vraiment *très* déçu.

Elle lui sourit et il lui tend le menu.

— Tu as faim ?

— Je meurs de faim !

Elle était si nerveuse qu'elle n'a rien pu avaler de la journée. Mais, maintenant qu'elle le voit, elle se souvient pourquoi elle a accepté de manger son gâteau, pourquoi elle l'a appelé, pourquoi elle a accepté le rendez-vous, et son ventre réclame son dû.

— Tu aimes la nourriture épicée ?

— J'adore ça.

Floyd rayonne.

— Quelle chance ! Je ne m'entends vraiment bien qu'avec les gens qui aiment ce qui pique. L'inverse n'aurait pas été de très bon augure.

Ils prennent leur temps pour choisir. Floyd lui pose beaucoup de questions. Est-ce que tu travailles ? Est-ce que tu as des frères et sœurs ? À quoi ressemble ton appartement ? Qu'est-ce que tu aimes faire dans la vie ? Est-ce que tu as un animal de compagnie ? Et, avant même que leurs boissons soient arrivées, il lui demande l'âge de ses enfants.

— Ils ont…, commence-t-elle, tout en serrant le poing sous la table. Ils ont vingt-sept et vingt-neuf ans.

— Non, c'est impossible ! s'exclame-t-il en lui lançant un regard incrédule. Tu ne peux pas avoir des enfants de cet âge-là. Tu es trop jeune. Des adolescents, peut-être.

Elle sait qu'il ment. Perdre un enfant fait vieillir plus vite que passer sa vie à fumer comme un pompier en plein soleil.

— J'ai presque cinquante-cinq ans, et il me semble que je fais mon âge.

— Je ne trouve pas, réplique-t-il. Tu fais dix ans de moins. C'est fou, le temps n'a pas de prise sur toi.

Elle hausse les épaules, peu convaincue.

Floyd sourit et sort une paire de lunettes de sa poche de veste.

— Qu'est-ce qu'on mange ?

Ils commandent beaucoup trop de choses. De nouvelles assiettes arrivent constamment, toutes plus grosses les unes que les autres, et ils passent une partie de la soirée à changer la disposition de la table, déplacer les verres, les bouteilles et leurs téléphones portables pour faire de la place.

— C'est le dernier ? se demandent-ils quand un nouveau plat arrive. S'il te plaît, dis-moi que c'est le dernier.

Ils boivent d'abord une bière, puis commandent du vin blanc.

Floyd raconte à Laurel son divorce avec la mère de sa plus grande fille, Sara-Jade.

— Je voulais l'appeler Sara-Jane, ma femme voulait l'appeler Jade. On a trouvé un compromis. Moi je l'appelle Sara, mon ex Jade, et elle se fait appeler SJ, ajoute-t-il en haussant les épaules. De toute façon, peu importe le nom qu'on leur donne, ils n'en font qu'à leur tête !

— Comment est-elle ?

— Sara ? Elle est…

Pour la première fois, le regard de Floyd s'assombrit et il perd son enthousiasme naturel.

— Elle est spéciale, elle…, hésite-t-il. Je crois qu'il faudra que tu te fasses ta propre idée.

— Tu la vois souvent ?

— Oui, assez. Elle vit encore chez mon ex-femme, mais elles ne s'entendent pas très bien. Elle vient chez moi quand elle ne peut plus la supporter. Presque tous les week-ends, en fait. Ce qui me rend très heureux… la plupart du temps !

— Et ta deuxième fille, comment s'appelle-t-elle ?

— Poppy.

Son visage s'illumine en prononçant son nom.

— Elle est très différente de Sara-Jade ?

— Oui, c'est le jour et la nuit, répond-il avec un hochement de tête exagéré. Rien à voir. Poppy est incroyable ! Elle est très brillante, surtout en maths, elle a un sens de l'humour incroyable, et elle ne se laisse jamais marcher dessus. Elle me permet de garder les pieds sur terre et me rappelle que je ne suis pas le centre de l'univers. Elle est très mûre.

— Elle a l'air extra !

Laurel aurait pu décrire Ellie de la même façon.

— Elle l'est. J'ai beaucoup de chance.

— Et pourquoi est-ce qu'elle ne vit pas chez sa mère ?

— Ça, c'est l'aspect moins joyeux de l'histoire. Poppy et Sara-Jade n'ont pas la même mère. Celle de Poppy… Ce n'était pas une relation très sérieuse, et c'est… un accident, si tu vois ce que je veux dire. Nous n'avions pas prévu d'avoir un enfant, pas du tout. On a essayé d'être un couple pendant quelque temps, mais ça n'a pas marché. Puis un jour, quand Poppy avait quatre ans, elle a disparu.

— Disparu ?

Le cœur de Laurel s'emballe en entendant ce mot qui résonne si fort en elle.

— Oui. Elle a déposé Poppy chez moi, a vidé son compte en banque, abandonné sa maison et son travail, et personne ne l'a vue depuis.

Il attrape son verre et avale une longue gorgée, comme pour laisser cette révélation faire son effet.

Laurel a machinalement posé sa main sur sa gorge, submergée par l'impression d'être le jouet du destin. Et si sa rencontre avec ce bel inconnu n'était pas le fruit du hasard comme elle le pensait, mais la réunion de deux individus aux vies trouées qui attendaient l'un comme l'autre que quelqu'un tombe du ciel sans crier gare pour les combler ?

— Pauvre Poppy…

Floyd regarde fixement la table et fait rouler un grain de riz sous ses doigts.

— Oui, vraiment.

— Qu'est-ce qu'elle est devenue, à ton avis ?

— Sa mère ? Je n'en ai aucune idée. C'était une femme très particulière. Dieu sait où elle est.

Laurel l'observe un moment avant de poser sa question suivante.

— Tu penses qu'elle est morte ?

Il plante ses yeux sombres dans les siens. C'était peut-être le mot de trop.

— Qui sait ? Je ne peux pas exclure cette possibilité.

Floyd se force à sourire, change de sujet de conversation, recommande deux verres de vin, et leur dîner retrouve sa joie.

Chapitre 15

En rentrant chez elle, Laurel allume son ordinateur portable, met ses lunettes et tape le nom Floyd Dunn dans son moteur de recherche. Ils ont discuté toute la soirée, jusqu'à ce que le restaurateur les chasse poliment. Il lui a proposé de poursuivre leur rendez-vous ailleurs, prétextant l'appartenance à un club des environs (« Mais pas un de ces endroits insipides, un bar avec des fauteuils et des vieux schnocks qui grommellent en sirotant du cognac. »), mais Laurel ne voulait pas rater le dernier métro pour rentrer à High Barnet. Ils se sont séparés à Piccadilly Circus, et Laurel a passé le voyage du retour à sourire bêtement à son reflet éméché dans la vitre du wagon de la Northern Line.

Maintenant, elle est en pyjama, une brosse à dents dans la bouche. Les vêtements qu'elle avait étalés sur le lit sont empilés sur le fauteuil et son maquillage est éparpillé sur sa coiffeuse. Elle ne les rangera pas tout de suite, elle veut se maintenir dans cette parenthèse hors du temps sans que le reste de sa vie s'y immisce.

En quelques secondes, Laurel découvre que Floyd Dunn n'est pas un simple mathématicien, comme il le lui a dit lors du dîner, mais aussi l'auteur de plusieurs livres sur la théorie de nombres et la physique mathématique.

Elle clique sur l'onglet « Images » et observe son visage à des moments divers de sa vie. Sur certaines photos, il est plus jeune. La trentaine, les cheveux un peu longs, la chemise ouverte. C'est ce portrait qui est utilisé sur ses premiers livres. Elle ne plaît pas à Laurel, qui n'aurait certainement pas partagé une part de gâteau avec un prof de fac solitaire des années 1980. Sur des photos plus récentes, il ressemble au Floyd qu'elle connaît. Même s'il a les cheveux plus sombres, décoiffés et que ses vêtements sont moins élégants, c'est bien l'homme avec lequel elle a dîné.

Elle veut tout savoir de lui, plonger dans son univers fascinant, et le revoir, encore et encore. Puis elle pense à Paul, à sa Bonny, et à l'incrédulité apathique qu'elle avait ressentie quand il lui avait annoncé qu'il avait rencontré une autre femme et qu'ils allaient emménager ensemble. Elle n'avait jamais compris comment il avait réussi à éprouver de la tendresse pour autrui, faire des projets et tomber amoureux. Mais enfin, la même chose lui arrivait, et elle mourait d'envie de le lui raconter.

Paul, j'ai rencontré un type fabuleux. Il est intelligent, drôle, sexy et gentil.

C'est la première fois depuis des années qu'elle a envie de parler à Paul de quelqu'un d'autre qu'Ellie.

Le silence radio du lendemain est insupportable.

D'habitude, Laurel retrouve ses amies Jackie et Bel le samedi. Elle les connaît depuis l'école primaire, à Portsmouth. À l'époque, elles formaient un trio inséparable. Mais un jour, il y a une trentaine d'années, quand elles faisaient leurs études à Londres, Laurel les avait retrouvées dans un bar de Soho et ses amies lui avaient annoncé qu'elles s'étaient avoué leur amour mutuel, et qu'elles étaient ensemble. Onze ans auparavant, à quarante-quatre ans,

Bel avait donné naissance à des jumeaux. Au moment où les enfants de Laurel sortaient enfin de l'enfance, ses amies étaient devenues mères. Après la disparition d'Ellie, leur maison d'Edmonton pleine de couches, de tétines et de yaourt rose en tube lui avait souvent servi de refuge.

Mais elles ne sont pas là ce week-end. Les jumeaux ont un tournoi de rugby à Shropshire. Les minutes s'écoulent lentement dans l'atmosphère lourde de son appartement. Le bruit des voisins qui ferment les portes, appellent leurs enfants, démarrent leur voiture ou sortent promener leur chien accentue son sentiment de solitude. Floyd ne l'appelle pas, ne lui écrit pas. Elle n'a plus l'âge de jouer à ce genre de jeu, et avant la fin de la journée elle considère que cette histoire est finie. C'était une mauvaise idée, c'était impossible. Laurel est une personne brisée au passé suintant de tristesse, et Floyd a profité de son charme pour obtenir un rendez-vous avec une femme, ce qu'il peut faire tous les jours si ça lui chante. D'ailleurs, il est probablement assis à cet instant dans un café, en train de partager une part de gâteau aux carottes avec une autre proie.

Le dimanche, Laurel va voir sa mère. En général, elle s'y rend le jeudi. Elle en a fait une visite obligatoire pour s'empêcher d'annuler. Mais, aujourd'hui, elle ne supporte plus d'être toute seule chez elle. Elle doit faire quelque chose.

La maison de retraite de sa mère est située à Enfield, à vingt minutes en voiture. C'est un bâtiment récent en brique rouge avec des vitres teintées qui empêchent les passants de regarder à l'intérieur et d'y apercevoir le triste spectacle de ce qui les attend. Ruby a fait trois crises cardiaques. Elle ne parle plus très bien, sa vue baisse et sa mémoire lui joue des tours. Elle est malheureuse et exprime très clairement, à chaque visite, son envie de mourir.

Quand Laurel arrive à 11 h 30, sa mère est installée dans un fauteuil roulant. Elle a une assiette de biscuits à l'avoine et un verre de lait devant elle, comme si elle avait quatre ans. Laurel lui prend la main et caresse sa peau parcheminée. Elle la regarde dans les yeux et essaie, comme toujours, de voir l'autre personne, celle qui l'attrapait par un bras et une jambe avant de la jeter dans la piscine quand elle était petite, qui lui courait après à la plage, qui passait des heures à la coiffer et lui cuisinait des œufs comme ceux de son émission de télé préférée. Sa mère avait une énergie inépuisable, symbolisée par ses cheveux noirs bouclés que tous les élastiques et les foulards du monde n'auraient pu dompter. Elle portait de petits talons pour pouvoir courir jusqu'au bus, sauter par-dessus des murets et rattraper les voleurs.

Quatre mois après la disparition d'Ellie, elle avait fait sa première crise cardiaque. Elle n'avait plus jamais été la même.

— J'ai été dîner avec un homme cette semaine.

Sa mère hoche la tête et allonge sa bouche en un sourire. Elle essaie de dire quelque chose, mais ne trouve pas le mot.

— F-F-F-F… F-F-F-F…

— Je sais que tu es contente, maman.

— Fantastique ! s'exclame-t-elle.

— Oui, c'était très bien. Mais maintenant je suis toute stressée, comme une ado. Je regarde mon téléphone sans arrêt, dans l'espoir qu'il m'appelle. C'est pathétique…

Ruby lui sourit de nouveau, avec cette grimace que lui permet son cerveau endommagé.

— N… nom ?

— Il s'appelle Floyd, Floyd Dunn. Il est américain. Il a mon âge, il est extrêmement intelligent, beau, drôle. Il a deux filles. La plus jeune vit avec lui, la plus âgée chez son ex-femme.

Sa mère hoche encore la tête.

— Tu… tu… tu… tu…

Laurel caresse la main de sa mère et lui adresse un sourire encourageant.

— Tu… tu l'appelles !

— Impossible !

Laurel éclate de rire et Ruby secoue la tête avec un air désapprobateur.

— Vraiment ! C'est déjà moi qui l'ai appelé la première fois, c'est à son tour maintenant.

Sa mère lève les yeux au ciel.

— Peut-être que je pourrais lui envoyer un message pour le remercier. On verra ce qu'il en fait.

Ruby approuve et tapote la main de Laurel avant de la serrer doucement.

Elle a toujours adoré Paul, depuis le premier jour. « Ma chérie, bravo, tu t'es trouvé un homme bien. Prends soin de lui. Fais tout pour le garder. » Laurel, gênée, avait souri. Elle n'avait jamais cru aux contes de fées. Sa mère n'avait pas bien vécu la rupture, mais elle avait compris. Elle avait beau être romantique, elle savait se montrer réaliste quand il fallait. La combinaison parfaite.

Ruby tend le bras vers le sac à main de Laurel, fouille un instant, sort son téléphone portable et le tend à sa fille.

— Maintenant ?

Ruby acquiesce. Laurel soupire et commence à écrire.

— Ce sera ta faute si ça se passe mal ! la prévient-elle avec un air faussement sérieux.

Elle envoie le message et range son téléphone dans son sac, horrifiée par ce qu'elle vient de faire.

— Merde ! s'écrie-t-elle en se prenant la tête des deux mains. T'es vache ! Je n'en reviens pas que tu m'aies fait faire ça !

Sa mère rit de ce rire étrange, enroué, qui vient du fond de sa gorge. C'est tout de même un éclat de rire, et c'est le premier que Laurel entend depuis très longtemps.

Deux secondes plus tard, son téléphone sonne. C'est lui.

Chapitre 16

Laurel et Floyd se voient de nouveau le mardi suivant. Cette fois, ils se retrouvent dans son quartier à lui. Il l'emmène dans un restaurant érythréen que Laurel a toujours voulu essayer, ce que Paul refusait à cause de la note du contrôle d'hygiène (3/5) affichée en vitrine.

Floyd est habillé de façon décontractée. Il porte un polo vert bouteille à manches longues et un jean. Laurel, elle, a mis une robe sans manches en lin par-dessus un chemisier en coton blanc avec des collants noirs et des bottes noires. Elle s'est attaché les cheveux avec une pince. En fait, on dirait une nonne à la mode dans cette tenue sérieuse, presque cléricale. Elle vient de s'en rendre compte.

— Tu es magnifique ! la complimente Floyd, qui ne remarque pas sa déconvenue vestimentaire. Tu as beaucoup trop de style pour moi ! J'ai l'air d'un sac à côté de toi.

— Pas du tout, le rassure-t-elle en s'asseyant. Tu es très bien.

Étonnamment, elle se sent détendue. Les causes de stress qui avaient parasité leur premier rendez-vous se sont évaporées. Le restaurant n'est pas très bien tenu, l'éclairage est trop fort, mais cette fois son apparence et son âge ne l'inquiètent plus.

Elle observe les mains de Floyd quand il parle. Elle voudrait les attraper en plein vol et les guider jusqu'à sa joue. Elle suit le mouvement de son visage, remarque les petites rides qu'il a au coin des yeux et jette des coups d'œil discrets aux quelques poils qu'elle distingue dans le col du polo ouvert. Elle a terriblement envie de coucher avec lui. Cette pensée la choque et la plonge dans un silence troublé.

— Tout va bien, Laurel ? lui demande-t-il en remarquant sa gêne.

— Oui, bien sûr ! Désolée.

Elle lui sourit, ce qui a l'air de le rassurer, et la conversation reprend.

Il est très chaleureux avec les employés du restaurant, qu'il a l'air de bien connaître, et qui leur apportent des plats supplémentaires à goûter.

— Tu sais, commence-t-elle en trempant un morceau de galette dans le ragoût de mouton, mon ex refusait qu'on vienne ici à cause de la note d'hygiène.

Elle regrette immédiatement d'avoir dit ça, d'avoir rabaissé Paul et de donner une impression négative de lui à cet inconnu, alors qu'il y aurait beaucoup plus à dire.

— Oui, enfin, les notes d'hygiène... Tout ce que je sais, c'est que je n'ai jamais eu de problème ici, et ça fait des années que je viens. Ils savent ce qu'ils font.

— Tu vis dans le quartier depuis longtemps ?

— Depuis toujours ! Enfin, depuis que mes parents sont retournés aux États-Unis. Ils m'ont donné de l'argent en me disant d'acheter une baraque à retaper proche du centre. J'ai trouvé une maison divisée en petites chambres indépendantes. C'était répugnant. Parfois, les gens vivent vraiment n'importe comment. Il y avait des rats morts, tout était bouché, de la merde sur les murs...

Il s'interrompt et frissonne.

— Mais c'est la meilleure décision que j'ai prise de ma vie. Ma maison vaut une fortune maintenant !

Laurel peut facilement se l'imaginer, ayant elle-même vendu sa maison de Stroud Green il y a quelques années.

— Tu aimerais retourner aux États-Unis ?

Il fait non de la tête.

— Je ne m'y suis jamais senti chez moi. Je ne me suis jamais senti chez moi avant d'habiter ici.

— Et tes parents, ils sont toujours en vie ?

— Oui, ils se portent même à merveille ! Ils étaient jeunes quand ils m'ont eu, alors ils sont encore fringants. Et les tiens ?

— Mon père est mort quand j'avais vingt-six ans. Ma mère est en maison de retraite, elle est très fragile. Je pense qu'il ne lui reste plus beaucoup de temps à vivre parmi nous.

Elle s'interrompt, le sourire aux lèvres, avant de reprendre :

— En fait, c'est elle qui m'a conseillé de t'appeler. Dimanche. Elle a beaucoup de mal à s'exprimer, elle met très longtemps à dire un mot, et en temps normal elle ne parle que de sa mort. Mais c'est elle qui m'a encouragée. Elle m'a dit que notre rencontre était fantastique. Elle m'a mis le téléphone dans la main, littéralement. C'est…, hésite-t-elle. C'est la chose la plus maternelle qu'elle ait faite depuis dix ans. La chose la plus humaine depuis des mois. Ça m'a émue.

Floyd tend le bras à travers la table et pose ses mains sur les siennes et la couve de ses doux yeux gris.

— Je lui en suis infiniment reconnaissant.

Elle lui serre affectueusement les mains. Le contact de sa peau est à la fois doux et ferme, charnel et chaste. Cette caresse lui fait ressentir des choses qu'elle avait oubliées et ne pensait pas pouvoir ressentir de nouveau un jour. Ses pouces remontent vers ses poignets et s'arrêtent en sentant son pouls. Elle caresse la peau douce de ses avant-bras et ses mains s'engouffrent sous la laine de ses manches. Elle atteint ses coudes, lui trouve les siens, et ils se tiennent l'un l'autre pendant un long moment, avant de se détacher et de demander l'addition.

La maison de Floyd ressemble à s'y méprendre à l'ancienne maison de Laurel. Elle est située trois rues plus loin. C'est une demeure victorienne classique, avec un pignon à volutes et un balcon au-dessus du porche d'entrée. Un chemin de dalles mène à la porte principale, encadrée de deux vitres de verre teinté et surmontée d'une imposte arrondie. Il y a un petit jardin carré devant la maison, très bien entretenu, et deux grandes poubelles rangées sur le côté. Laurel a une image précise de l'intérieur avant même que Floyd sorte sa clé : ce sera exactement comme chez elle.

Et en effet, elle ne s'est pas trompée. L'entrée carrelée où débouche l'escalier, dont la rampe s'enroule à son extrémité ; la marche en bois à descendre pour entrer dans la grande cuisine lumineuse ; la porte entrouverte à gauche qui lui permet d'apercevoir une salle avec des étagères, la lumière d'une télé et deux pieds nus croisés posés sur une table basse. Laurel les voit bouger, descendre jusqu'aux lattes décapées du parquet, puis elle découvre un petit visage inquiet dans l'embrasure, des cheveux d'un blond presque blanc, des oreilles couvertes d'anneaux, un épais trait d'eye-liner bleu.

— Papa ?

La tête se recule dès qu'elle aperçoit Laurel dans l'entrée.

— Salut, ma chérie !

Floyd se retourne vers Laurel et articule silencieusement « Sara-Jade » avant d'ouvrir un peu plus la porte.

— Tu as passé une bonne soirée ?

— Ça va, répond sa fille d'une voix douce et grave.

— Ça a été avec Poppy ?

— Oui, oui.

— Elle s'est couchée à quelle heure ?

— Il y a une demi-heure environ. Tu rentres tôt.

La tête gracieuse réapparaît un instant avant de se reculer d'un coup.

— Sara, commence-t-il avant de faire signe à Laurel de s'avancer. Je voudrais te présenter quelqu'un.

Il prend la main de Laurel et la propulse devant lui.

— Laurel, je te présente ma fille aînée, Sara-Jade.

— SJ, le reprend la jeune femme fine en se levant lentement du fauteuil où elle était assise.

Elle tend une main minuscule à Laurel, qui la serre.

— Enchantée !

Puis elle se laisse retomber dans le fauteuil et replie sous elle ses petits pieds diaphanes émaillés de veines bleus.

Elle porte un tee-shirt noir trop grand et des leggings en velours noir. Elle est si maigre que Laurel se demande si elle est anorexique ou si c'est sa physionomie naturelle.

Elle regarde une émission de téléréalité où les candidats cherchent l'amour lors de rendez-vous organisés dans un restaurant surexposé. Sur le sol, près de ses pieds, Laurel remarque une assiette avec des traces de ketchup et une canette de Coca Light vide. Sur l'accoudoir du fauteuil, un emballage chiffonné de barre chocolatée. Pas de trouble alimentaire, donc. Laurel se fait une image mentale de la mère de Sara-Jade, une sorte de petite fée sautillante aux grands yeux qui rentre dans du 34. Elle en est même pathétiquement jalouse pendant un moment.

— On va dans la cuisine. Tu veux du thé ?

Sara-Jade secoue la tête sans rien dire. Laurel suit Floyd dans la cuisine, qui est exactement comme elle l'avait imaginée : des meubles élégants en bois clair avec de grosses poignées, une cuisinière vert foncé, un îlot central entouré de tabourets. Contrairement à son ancienne cuisine, celle-là a une extension où se trouve une table à manger en pin recouverte de piles de journaux et de magazines et de deux ordinateurs. Un manteau en fourrure rose est posé sur le dossier d'une des chaises, une veste de costume sur une autre.

Laurel s'assied sur un tabouret et regarde Floyd préparer une tasse de camomille pour elle, un café filtre pour lui.

— J'aime beaucoup ta maison.

— Merci ! Même si je dois te dire que l'endroit précis où tu te trouves était la place attitrée du pot de chambre de l'un des anciens locataires. Ce que je sais parce qu'il me l'a laissé en partant, *sans l'avoir vidé*.

— Ce n'est pas vrai ! C'est ignoble !

— C'est le moins qu'on puisse dire.

— Mon ancienne maison ressemblait beaucoup à la tienne, c'est drôle. Elle n'est pas strictement identique, mais c'est la même distribution des pièces et les mêmes meubles.

— Dans ce quartier, toutes les maisons ont été construites en même temps. À l'époque, c'étaient des logements très modernes destinés aux employés de la City.

Il lui tend sa tasse de thé avec un sourire.

— C'est bizarre de se dire que les générations futures raffoleront de ce type de maison et essaieront de les garder dans leur jus. Ne changez pas cette alcôve en plastique, c'est vintage !

— Quand on pense, renchérit Laurel, que les anciens propriétaires ont retiré les armoires encastrées avec des portes-miroirs coulissantes ! On en pleurerait !

Floyd rit et la regarde avec affection. Puis il retrouve son sérieux et son regard se fait plus intense.

— Tu sais, j'ai cherché ton nom sur Internet après notre premier dîner.

Le visage de Laurel se fige immédiatement.

— Je sais pour Ellie.

— Oh, articule Laurel en serrant sa tasse entre ses mains.

— Tu te doutais que ça allait arriver, non ?

Elle sourit tristement.

— Je ne sais pas. Oui, j'ai dû y penser. Je t'en aurais parlé, tôt ou tard. J'hésitais. Mais ce n'est pas le sujet de conversation le plus indiqué pour un premier rendez-vous.

— Je comprends, dit-il dans un souffle.

Elle fait tourner la tasse entre ses mains, ne sachant plus quoi dire.

— Je suis désolé…, hésite-t-il avant de soupirer. Je ne peux même pas imaginer. Enfin si, imaginer. Assez précisément même, et c'est insupportable. Non pas que mon avis ait une quelconque importance. Mais de penser à toi… et ta fille… c'est vraiment… *Mon Dieu.*

Il soupire de plus belle.

— J'avais envie de te le dire toute la soirée, c'était malhonnête de discuter avec toi de choses et d'autres alors que je *savais*, et que tu n'en avais aucune idée, et…

— Je suis bête. J'aurais dû m'en douter.

— C'est ma faute. J'aurais dû attendre que tu m'en parles de toi-même, quand tu aurais été prête.

Laurel sourit, relève les yeux et les plonge dans le regard ému de Floyd. Puis elle regarde ses mains, celles qui ont caressé ses bras de façon irrésistible au restaurant, et cette maison chaleureuse, agréable.

— Je suis prête. Je peux t'en parler.

Il se penche par-dessus le comptoir et place sa main sur son épaule. Elle y pose machinalement sa joue.

— Tu es sûre ?

— Oui, certaine.

Il est presque 1 heure du matin quand Floyd guide finalement Laurel jusqu'à sa chambre. Sara-Jade a appelé un taxi à minuit pour rentrer chez elle et est partie en souhaitant une bonne nuit à son père, sans dire un mot à Laurel.

Les murs de la chambre de Floyd sont bordeaux et décorés de peintures à l'huile abstraites intrigantes, qu'il dit avoir trouvées dans la cave quand il rénovait la maison.

— C'est plutôt moche, je crois, mais je les aime bien. J'aime l'idée de les avoir sorties de l'obscurité totale pour leur permettre de respirer et de vivre.

— Où est la chambre de Poppy ? demande-t-elle à voix basse.

Il pointe son doigt vers l'étage supérieur, puis vers le fond de la maison.

— Elle n'entendra rien. Et, de toute façon, elle dort comme une souche.

Puis il fait glisser la fermeture Éclair de sa robe, elle tire sur les manches de son pull chaud et doux, et ils forment rapidement une masse unie de bras, de vêtements et de jambes. Bien qu'elle ait décidé il y a longtemps qu'elle et le sexe ne s'accorderaient plus jamais, cinq minutes plus tard, cela lui arrive de nouveau, elle fait l'amour, et c'est la meilleure fois de sa vie, et quelques instants après elle veut recommencer.

Ils s'endorment blottis l'un contre l'autre quand l'aube rampe sous les rideaux de la chambre.

Chapitre 17

— Bonjour ! Vous devez être Laurel ?

Laurel sursaute. Il est 10 heures, la fille de Floyd devrait déjà être à l'école.

— Oui, se reprend-elle avec un sourire chaleureux. Et toi, tu es Poppy, j'imagine ?

— Exactement !

Elle lui lance un grand sourire, découvrant des dents de travers et une petite fossette sur la joue gauche, et Laurel manque de tomber à la renverse. Elle doit s'agripper à quelque chose, n'importe quoi, en l'occurrence, au chambranle de la porte. Elle s'y cramponne de toutes ses forces, incapable d'articuler le moindre mot.

— Pardon. Excuse-moi, mais tu ressembles…

Laurel s'interrompt. Elle ne peut pas dire : « Tu ressembles à ma fille disparue. La fossette, le front large, les yeux aux paupières lourdes, ta façon de pencher la tête sur le côté comme maintenant quand tu essaies de deviner ce que quelqu'un pense. »

— Tu me rappelles quelqu'un ! s'exclame-t-elle à la place avant d'éclater de rire.

Après sa disparition, Laurel avait l'impression de voir Ellie partout. Pas au point de suivre ces adolescentes dans la rue en criant le nom de sa fille et de poser une main sur leur épaule comme dans les films, mais souvent elle avait eu le cœur battant, le souffle saccadé et le sentiment que son monde allait exploser de joie et de soulagement. C'étaient toujours des fulgurances, et cela ne lui était plus arrivé depuis des années.

— Est-ce que vous voulez boire quelque chose ? Un thé, un café ?

— Eh bien…, hésite Laurel, surprise par ce naturel serviable chez une fillette de neuf ans. Oui, je veux bien un café. Si ça ne te dérange pas ?

Elle se retourne pour voir si Floyd arrive. Il lui a dit qu'il la rejoignait dans deux minutes, et ne l'a pas prévenue de la présence de sa fille.

— Papa m'a dit que vous étiez très belle, lui confie Poppy, de dos, tandis qu'elle prépare le café. Il ne mentait pas.

— Merci, c'est gentil. Pourtant, je dois avoir une sale tête…

Elle se passe une main dans les cheveux, essayant de démêler les nœuds qu'y a mis la nuit dernière le père de cette enfant. Elle porte un de ses tee-shirts et elle sent le sexe à plein nez.

— Vous avez passé une bonne soirée ? poursuit la fillette en versant le café en poudre dans la machine.

— Oui, merci. C'était très bien.

— Il vous a emmenée au restaurant érythréen, paraît-il ?

— Oui.

— C'est mon préféré ! On y va depuis que je suis toute petite !

— Tu dois avoir un palais très développé.

— Je mange de tout ! Sauf les pruneaux, qui sont le fruit du diable.

Elle porte une robe assez large à rayures bleues et blanches avec des collants bleu marine et des ballerines en cuir de la même couleur. Ses cheveux sont attachés par deux petites pinces rouges. C'est une tenue très chic pour une petite fille. Laurel aurait dû se battre des heures avec ses filles pour qu'elles acceptent de porter ce genre de vêtements à cet âge-là.

— Tu ne vas pas à l'école aujourd'hui ?

— Je ne vais pas à l'école. Jamais.

— Ah, mais…

— Papa me fait cours à la maison.

— Depuis longtemps ?

— Depuis toujours. Je savais déjà lire à trois ans, faire des calculs simples à quatre. Personne ne m'aurait supportée à l'école !

Elle rit d'un rire d'adulte et allume la machine à café.

— Voudrez-vous aussi du müesli et un yaourt ? Ou un toast ?

Laurel se retourne de nouveau. Floyd n'est pas descendu.

— Je crois que je vais prendre une douche en vitesse avant de manger. Je me sens un peu…, poursuit-elle avec une grimace. J'en ai pour cinq minutes.

— Bien sûr. Allez prendre une douche. Je prépare le café en attendant…

Laurel acquiesce et sort rapidement de la cuisine. Elle croise Floyd dans les escaliers, frais et dispos après sa douche, les cheveux peignés encore mouillés, la peau neuve là où il a rasé sa barbe de la veille. Il passe ses bras autour de sa taille et pose sa tête sur son épaule.

— J'ai rencontré Poppy. Tu ne m'avais pas dit qu'elle n'allait pas à l'école.

— Ah bon ?

— Non, affirme-t-elle en le repoussant. Je vais prendre une douche. Je ne peux pas discuter avec ta fille alors que j'ai l'air d'une traînée qui a passé la nuit à s'envoyer en l'air avec son père.

— Je trouve que tu sens très bon, réplique-t-il en glissant une main entre les jambes de Laurel, qui ne sait plus si elle doit le laisser faire ou l'empêcher d'aller plus loin.

— Stop ! s'exclame-t-elle en riant.

— Qu'est-ce que tu penses de ma Poppy ?

— Elle est très mignonne, et très bien élevée.

Il semble rassuré en entendant ces mots.

— Je trouve aussi. Elle est parfaite.

Il se penche vers Laurel et dépose un léger baiser sur ses lèvres avant de descendre les escaliers et d'entrer dans la cuisine où il dit bonjour à sa fille.

— Bonjour, mon petit génie. Tu as bien dormi ?

Laurel prend une longue douche dans la salle de bains attenante à la chambre de son amant, peut-être pour essayer de dissiper le vague malaise qu'elle ressent sans en comprendre la cause.

Plus tard dans la journée, Laurel se rend chez Hanna pour faire le ménage. Sa fille lui laisse toujours trente livres sous le vase de fleurs, ce qui pourrait paraître étrange, mais Laurel accepte qu'elle la paie pour nettoyer son appartement. Toutes les familles ont leurs coutumes particulières, et c'est l'une des leurs. Chaque semaine, elle dépose ces billets sur un compte en banque spécial qu'elle utilisera un jour pour faire des cadeaux aux enfants d'Hanna.

Elle plie l'argent, le range dans son portefeuille, puis elle commence son inspection de l'appartement, ce qu'elle fait depuis qu'elle s'est rendu compte que sa fille n'y dormait plus tous les soirs. Elle ne croit pas à l'explication d'Hanna, aux sorties entre collègues, aux nuits chez des amis, à la soudaine apparition d'une vie sociale. Ça ne lui ressemble pas du tout. Elle n'a jamais aimé s'amuser.

Le vase sur la table de la cuisine attire son attention : il ne s'agit pas de quelques fleurs achetées à la va-vite au supermarché, ce ne sont pas les tulipes et les lys orientaux habituels, mais un vrai bouquet de roses sombres, de gypsophiles, de jacinthes lilas et d'eucalyptus. Les tiges sont tressées ensemble et non pas attachées par une ficelle.

Elle sort les produits d'entretien de la cuisine et observe le plan de travail à la recherche d'indices. Hanna n'est pas rentrée hier soir, comme le prouve de nouveau l'absence de bol dans l'évier et de cotons démaquillants. Le principal problème que rencontre Laurel dans son enquête, c'est que s'il y a bel et bien un homme derrière ces détails inhabituels, ils passent de toute évidence leur temps chez lui, et il ne laissera aucune trace dans cet appartement. Elle soupire et ouvre la poubelle pour en sortir le sac à moitié plein qui ne pèse presque rien, comme d'habitude, puisque la vie de sa fille est vide. Elle s'apprête à faire un nœud pour le fermer quand elle remarque l'éclat d'un papier cellophane. Elle plonge la main dans le sac pour attraper l'emballage du bouquet. Elle le sort et découvre qu'une petite carte y est agrafée, avec un message griffonné par la fleuriste.

J'ai hâte de te voir demain. Ne sois pas en retard !
Je t'aime tellement.

T.

Laurel tient la carte dans sa main un long moment. Puis elle la remet dans le sac-poubelle, qu'elle ferme.

Voilà, se dit-elle, ça y est. Hanna est passée à autre chose. Hanna a un copain. Mais pourquoi ne m'en parle-t-elle pas ?

Chapitre 18

Laurel n'a pas revu Paul depuis l'enterrement d'Ellie, qu'ils avaient passé debout l'un à côté de l'autre. Il n'avait pas invité Bonny, et n'avait même pas demandé s'il pouvait le faire.

Paul est un homme bien, en tout point.

Il l'avait soutenue quand ses jambes s'étaient dérobées au moment où le cercueil était apparu sur la chanson de Keane « Somewhere Only We Know ». Après la cérémonie, ils étaient tous allés chez sa mère, et il lui avait préparé un thé, il avait été la chercher quand elle s'était isolée dans le jardin et avait réussi à la convaincre de rentrer dans la maison en lui promettant un grand verre de Baileys, son alcool préféré. Quand tout le monde était parti, ils s'étaient assis l'un à côté de l'autre en faisant tourner les glaçons dans leurs verres, en se faisant rire, et les sentiments de Laurel s'étaient désarticulés, détournés puis transformés en quelque chose de lumineux et sombre à la fois, de doré et gris. Il n'avait pas regardé son téléphone, il n'avait pas prévenu Bonny qu'il serait en retard, et ils avaient quitté la maison de sa mère vers 22 heures, en titubant légèrement jusqu'aux taxis qui passaient dans la rue. Elle l'avait laissé la prendre dans ses bras longuement et avait posé sa tête sur sa poitrine, inspirant ce parfum familier et rassurant, sentant la douceur de sa vieille chemise Jermyn Street contre sa joue, et elle avait failli tourner le visage vers lui pour l'embrasser.

Elle s'était réveillée le lendemain avec le sentiment que sa vie venait de prendre un tour complètement inédit. Et elle ne lui avait pas parlé depuis ce jour.

Mais elle sait maintenant que toute ambiguïté a disparu. Elle a fait peau neuve et peut le regarder en face. En rentrant de chez Hanna, elle l'appelle.

— Bonjour, Laurel ! la salue-t-il chaleureusement.

Paul est toujours chaleureux. C'est l'une des raisons pour lesquelles Laurel s'est mise à le détester après la disparition d'Ellie. Cette façon de sourire avec tant de sincérité à la police, aux journalistes et aux voisins fouineurs, cette façon de dire au revoir aux gens en serrant leurs mains entre ses doigts chauds, en les regardant droit dans les yeux, en leur demandant s'ils allaient bien, en minimisant les problèmes de sa famille et en essayant, toujours, de faire en sorte que tout le monde se sente mieux en permanence. Pendant ce temps, elle s'imaginait poser doucement ses mains autour de la gorge tendre de son mari, et resserrer de plus en plus son étreinte jusqu'à ce qu'il meure.

Mais, aujourd'hui, son ton enjoué est en accord avec son propre état d'esprit. Elle peut enfin l'apprécier de nouveau. L'adorable Paul Mack, un homme si bon.

— Comment vas-tu ?

— Je vais bien, merci, répond-elle. Et toi ?

— Oh, tu sais bien.

En effet.

— Je me disais, puisque c'est mon anniversaire et celui d'Hanna la semaine prochaine, on pourrait peut-être faire quelque chose tous ensemble. Non ?

Hanna était venue au monde deux minutes après minuit le jour du vingt-septième anniversaire de Laurel. L'une des plaisanteries familiales consistait à lui répéter qu'elle avait toujours voulu détourner l'attention des autres.

—Comment ça ensemble? Toi, moi et les enfants?

—Oui, avec les enfants. Et les compagnes et compagnons, si tu veux.

—Oui! s'écrie-t-il avec la voix d'un petit garçon à qui on vient d'offrir un vélo. C'est une super idée! Mercredi, c'est ça?

—Oui, mais je ne lui en ai pas encore parlé. Elle ne sera peut-être pas disponible. Je me disais qu'après cette année, après avoir retrouvé Ellie, lui avoir dit au revoir… Enfin, nous sommes une famille brisée depuis si longtemps. Peut-être que maintenant, on pourrait…

—Se retrouver, conclut-il. C'est une idée merveilleuse. Je suis partant! Je vais en parler à Bonny.

—Attends que j'en parle aux enfants. Ils sont tellement occupés, ça ne va peut-être pas se faire. Je croise les doigts.

—Tu as raison. Merci, Laurel.

—De rien.

—Ça n'a pas été facile, n'est-ce pas?

—Impossible.

—Tu m'as beaucoup manqué.

—Toi aussi, tu m'as manqué, Paul. Et…

—Oui?

Elle s'interrompt un moment, avale sa salive et trouve la force d'aller chercher au fond d'elle les mots qu'elle n'aurait jamais pensé lui dire.

—Je suis désolée.

—Mais pourquoi donc?

—Tu le sais bien, ne fais pas semblant. Je me suis comportée comme une garce.

— Bien sûr que non, Laurel. Je ne t'ai jamais considérée comme ça.

— J'étais encore pire que ça.

— Tu t'es comportée comme une mère, Laurel, c'est tout.

— D'autres mères perdent un enfant sans pour autant perdre leur mari.

— Tu ne m'as pas perdu. Je suis toujours là, et je serai toujours là pour toi.

— Mais pas seulement pour moi.

Il soupire.

— Pour ce qui compte, si. En tant que père de tes enfants, en tant qu'ami, pour ce que nous avons vécu ensemble, parce que je t'aime et que je tiens à toi. Je n'ai pas besoin d'être marié avec toi pour ça. Notre lien est bien plus fort qu'un mariage. Il est éternel.

— Merci, Paul. Merci, conclut-elle avec gêne.

Elle raccroche et tient le téléphone entre ses mains tendrement. Pendant un moment, elle regarde droit devant elle, pénétrée d'un sentiment de paix intérieure qu'elle ne pensait plus jamais pouvoir ressentir.

Hanna n'accueille pas la proposition de sa mère avec beaucoup d'enthousiasme.

— Comment ça *tous ensemble* ?

— Toi, moi, ton père, Jake, Bonny et Blue.

— Oh, là, là ! marmonne-t-elle.

Laurel insiste. Elle savait bien qu'Hanna ne serait pas facile à convaincre.

— Comme tu l'as dit l'autre jour, le moment est venu d'aller de l'avant. Nous sommes en train de panser nos plaies, et c'est une étape importante de ce nouveau départ.

— Pour toi, peut-être. Mais, maman, tu n'as jamais rencontré Bonny. Ça va être vraiment bizarre.

— Pas du tout. Ton père et moi ferons en sorte que ce ne le soit pas.

Depuis combien de temps n'avait-elle pas utilisé l'expression « ton père et moi » ?

— Nous sommes tous des adultes maintenant, nous n'avons plus d'excuse. Tu vas avoir vingt-huit ans. Je suis presque à la retraite. Nous avons enterré Ellie. Ton père a une compagne, qu'il aime. Je dois accepter ça et l'accueillir au sein de notre famille. C'est la même chose pour Jake et Blue. Et pour toi aussi, bien sûr.

— Pour moi ?

— Oui, toi et la personne qui t'a envoyé ces magnifiques fleurs.

Un silence tendu s'installe.

— Quelles fleurs ?

— Le bouquet qui est sur la table de ta cuisine.

— Il n'y a pas de bouquet.

— Ah, très bien. Alors le bouquet imaginaire avec des roses imaginaires dedans. *Celui-là.*

— Ce n'est pas un bouquet, réplique Hanna avec agacement. C'est juste quelques fleurs que j'ai achetées l'autre jour.

— D'accord, abdique Laurel avec désinvolture. J'ai dû me tromper. Désolée.

— Est-ce que tu pourrais arrêter de m'inventer un copain, s'il te plaît ? Je n'en ai pas, tu comprends ?

— Oui, d'accord.

— Et je n'aime pas du tout ton idée de grand repas de famille. C'est trop bizarre.

— Tu es libre ?

Hanna réfléchit un moment avant de répondre.

— Non.

— Vraiment ?

— Pas le jour de mon anniversaire. De *notre* anniversaire. Mais je peux m'arranger un autre jour de la semaine.

— Qu'est-ce que tu vas faire pour ton anniversaire, alors ?

— Je vais boire un verre avec mes collègues. Rien de spécial.

Laurel ferme les yeux. Elle sait que sa fille lui ment. Le mystérieux « T » a sans doute prévu de l'emmener dans un endroit particulier, mais elle se garde bien de le dire.

— Tu serais disponible vendredi ?

— Oui, si tu veux. Mais si c'est un désastre, je te préviens, je t'en voudrai pour le restant de mes jours.

Laurel sourit.

Comme si ce n'était pas déjà le cas.

Laurel propose à Floyd de le voir le jeudi soir. Cette fois-ci, elle n'avait pas vraiment eu le temps de se poser de questions. Trente minutes après avoir quitté sa maison, Floyd lui avait écrit.

C'était le meilleur rendez-vous de ma vie. Poppy t'adore. Quand est-ce que je peux te revoir ? Demain ?

Elle l'avait reçu quand le métro était sorti du tunnel dans une explosion de lumière à East Finchley. Elle s'était empêchée de rire toute seule.

Peut-être, sauf si... ☺

Elle lui avait proposé de venir dîner chez elle. Il adorerait et allait demander à SJ de garder Poppy.

C'est pour ça qu'elle fait actuellement les courses, alarmée et exaltée par l'immensité du choix qui s'offre à elle. Cela fait si longtemps qu'elle achète des aliments sans réfléchir, simplement parce qu'il faut se nourrir. Elle mange toujours les mêmes repas qu'elle prépare avec les mêmes ingrédients rangés dans les mêmes rayons. Elle fait plus ou moins attention au nombre de calories par repas : trois cents pour le petit déjeuner, quatre cents pour le déjeuner et trois cents pour le dîner, ce qui lui permet de se faire plaisir avec une barre chocolatée ou des biscuits au travail, et deux verres de vin le soir. Pour elle, la nourriture se résume à ça : des calories.

Elle a arrêté de cuisiner pour Paul et les enfants le jour où Ellie a disparu. Ils avaient progressivement vidé le réfrigérateur, puis le congélateur, jusqu'à ce que Paul et Hanna aillent au supermarché pour remplir à ras bord leur chariot de « produits de base » (des pâtes, des conserves de poisson, des saucisses, de la viande surgelée), et Paul avait pris le relais pour la préparation des repas. Grâce à lui, et malgré ses piètres qualités de cuisinier, son absence de goût et son incapacité à préparer quoi que ce soit d'équilibré, il y avait de nouveau eu quelque chose à manger dans la maison. Les Mack n'avaient pas cessé de s'alimenter, personne n'était devenu rachitique ou n'était mort de malnutrition, et c'était la seule chose qui comptait.

Mais, ce soir, Laurel doit cuisiner pour un homme. Un homme avec qui elle a couché, ce qu'elle espère refaire très vite, et qui emmène sa fille dans un restaurant érythréen depuis qu'elle est bébé. Laurel est complètement dépassée.

Elle a imprimé la recette du jambalaya du chef Jamie Oliver.

Du riz. Ça ne doit pas être sorcier.

Elle met dans son panier les poivrons, les oignons, le poulet et le chorizo pour le plat principal, mais ce sont les autres éléments qui lui posent un problème. Les amuse-bouche, l'apéritif, le dessert, le vin. Elle ne sait pas quoi faire, du tout. Elle attrape des chips étranges au pain pita et aux lentilles, puis ajoute un paquet de chips de pommes de terre salées, au cas où. Des pots de tarama, de houmous, de tzatziki, qu'elle repose quand elle se rend compte que ça ne s'accorde pas avec son plat principal. Qu'est-ce qui irait bien avec un repas américain ? Qu'est-ce qu'on grignote avant le dîner à la Nouvelle-Orléans ? Par dépit, elle choisit un ensemble de sauces tex-mex que l'on s'attendrait plus à trouver dans une fête étudiante.

Elle décide d'assurer ses arrières pour le dessert. Pour ses racines américaines, elle choisit un cheesecake new-yorkais, et pour ses penchants anglophiles un gâteau au toffee. Et s'il n'a plus faim pour le dessert ? Et s'il n'aime pas les gâteaux ? Mais qui n'aime pas les gâteaux ?! Elle opte aussi pour des After Eight, s'imaginant une conversation du type : « Tu n'es pas vraiment anglais tant que tu n'as pas mangé d'After Eight », va payer à la caisse et range ses courses dans son coffre avec soulagement.

Une nouvelle épreuve l'attend à l'appartement, qui est pourtant dans un état correct, car Laurel n'est ni désordonnée ni maniaque. En général, il lui faut une dizaine de minutes avec un aspirateur et un sac-poubelle pour le rendre présentable, mais elle s'inquiète du manque de personnalité du lieu. C'est un appartement élégant, mais sans âme. Il est neuf, propre, avant un plafond bas et des petites fenêtres, mais il n'a aucun signe distinctif. Les enfants ont pris la plupart des affaires de l'ancienne maison. Le reste, elle l'a donné. Elle n'a emporté que le strict minimum, choix qu'elle regrette amèrement en cet instant. C'était un peu comme si elle avait pensé vivre ici seulement un court moment, comme si elle allait s'évaporer progressivement, jusqu'à ce que toutes ses affaires aient disparu.

Elle se douche, se rase, se ponce et s'épile. Elle cuisine en pyjama pour ne pas salir sa tenue, et retrouve le plaisir de découper, peser, mesurer, goûter, vérifier, remuer, comme avant. Tous les jours, elle cuisinait des plats intéressants, goûteux et sains. Parfois même deux fois par jour. Elle le faisait pour sa famille, pour leur montrer qu'elle les aimait, pour les garder en bonne santé, pour les rendre plus forts. Mais sa fille avait disparu, puis lui était revenue en un petit tas d'os. Le corps que Laurel avait passé presque seize ans à choyer avait été mis en morceaux par des animaux sauvages et dispersé dans une forêt humide, malgré tous les bons petits plats qu'elle lui avait cuisinés.

Alors pourquoi se donner tant de mal ?

Néanmoins Laurel finit par admettre qu'elle ne cuisinait pas seulement pour sa famille, mais aussi pour elle-même, parce qu'elle aimait ça.

À 19 heures, elle passe une chemise noire sans manches, une jupe rouge et, puisqu'elle ne sortira pas et n'aura pas à réellement marcher avec, une paire d'escarpins rouges à talon aiguille. À 19 h 15, son téléphone vibre.

Catastrophe. SJ me laisse tomber. Je viens avec Poppy ou on reporte. C'est toi qui vois.

Elle inspire profondément. Cette situation la contrarie. Elle s'est donné tant de mal, a passé des heures à s'épiler, et a même changé les draps…

Mais ce sentiment la quitte rapidement. Après tout, pourquoi pas ? Pourquoi ne pas passer une soirée avec Floyd et sa fille, et saisir l'opportunité de la connaître un peu mieux ? De toute façon, il fallait les changer, les draps.

Elle sourit et lui répond.

Viens avec Poppy ! Je serais ravie de vous accueillir tous les deux.

Floyd lui répond immédiatement.

Fantastique ! Merci beaucoup. Juste une petite chose : Poppy est obsédée par les photos des gens. Si tu en as d'Ellie, il vaut peut-être mieux les cacher. Je ne lui ai pas parlé d'elle, et je ne pense pas que ce soit une bonne idée. J'espère que ça ne te dérange pas. ☺

Chapitre 19

Poppy porte une robe noire en velours qui lui arrive aux genoux, des chaussures rouges avec un petit nœud et un boléro carmin. Encore une fois, l'apparence de cette petite fille dérange Laurel. Poppy n'est pas influencée par ses pairs, n'a pas de mère, et ça se sent. Elle dépasse ce sentiment de malaise et guide ses invités jusqu'au salon, où les flammes des bougies vacillent et projettent sur les murs blancs des ombres dansantes. Les chips et les sauces tex-mex, présentées dans des plats en verre, les attendent sur la table basse. La musique d'ambiance donne de la chaleur à la petite pièce carrée et sévère. Une bouteille de cava fraîche est sortie, et les verres scintillent à la lumière des bougies.

— Quel joli appartement ! la complimente Floyd et lui tendant une bouteille de vin et en invitant Poppy à lui offrir les lys qu'elle tient dans ses mains depuis leur arrivée.

— Merci. C'est fonctionnel.

Poppy observe la pièce et se dirige immédiatement vers les photos de famille posées sur les rebords de fenêtre et les meubles.

— C'est ta fille ? demande-t-elle en regardant une photo d'Hanna quand elle avait six ou sept ans.

— Oui, c'est Hanna. Mais ce n'est plus une petite fille maintenant. Elle va avoir vingt-huit ans la semaine prochaine.

— Et ça, c'est ton fils ?

— Oui, c'est Jake. Mon fils aîné. Il aura trente ans en janvier.

— Il a l'air gentil. Il l'est ?

Laurel met le vin au réfrigérateur et se retourne vers Poppy.

— Oui, enfin... Oui, il est très gentil. Malheureusement, je ne le vois pas très souvent. Il vit dans le Devon.

— Il a une copine ?

— Oui, qui s'appelle Blue. Ils vivent ensemble dans une petite maison de campagne avec des poules dans le jardin. Lui est géomètre, et elle, je ne sais pas vraiment ce qu'elle fait. Quelque chose en rapport avec le tricot, je crois.

— On dirait que tu ne l'aimes pas trop.

Laurel et Floyd échangent un regard. Elle voudrait qu'il calme sa fille, qu'il la contienne, mais il n'en fait rien. Il regarde Poppy avec un air fébrile, attendant de voir jusqu'où elle osera aller.

— Je ne la connais presque pas, lui répond Laurel d'une voix douce. Elle a l'air gentille, peut-être un peu autoritaire. Mais Jake est grand, s'il veut qu'un autre être humain lui dicte ce qu'il doit faire, c'est son droit.

Elle les invite à s'asseoir et leur offre des chips. Floyd s'installe sur le canapé, mais Poppy continue à faire le tour de la pièce en observant tout.

— Tu as une photo de ton mari ?

— Mon ex-mari. Non, pas ici. Mais je dois en avoir quelque part, j'imagine.

— Comment il s'appelle ?

— Paul.

— Il est comment ?

Laurel sourit à Floyd pour qu'il vienne à sa rescousse, mais il a l'air tout aussi intéressé par la réponse que sa fille.

— Paul ? Il est très sympathique, gentil et aimable. Parfois un petit peu niais.

— Pourquoi est-ce que vous avez divorcé ?

Ah, voilà. Elle avait été bête et avait foncé tête baissée dans le piège évident qui l'attendait au bout de cette conversation. Floyd n'a toujours pas l'air décidé à l'aider, trop occupé à tremper une chips dans la sauce et la fourrer dans sa bouche.

— Eh bien… nous avions changé. Nous ne voulions plus la même chose. Les enfants étaient grands, ils n'habitaient plus avec nous, et nous nous sommes rendu compte que nous n'avions pas envie de passer le reste de nos vies ensemble.

— Il s'est remarié ?

— Non, mais il a une compagne. Ils vivent ensemble.

— Tu l'aimes bien ?

— Je ne l'ai jamais rencontrée, mais les enfants m'ont dit qu'elle était charmante.

Poppy est enfin rassasiée et va s'asseoir à côté de son père, qui pose sa main sur son genou et le serre, comme pour dire : « Bien joué, tu ne l'as pas loupée ! » Il se penche vers la table basse et attrape la bouteille de cava.

— Je peux ?

— Oui, vas-y. Comment êtes-vous venus ? En voiture ?

— Non, on a pris le métro. Tu aurais un verre en plus ?

Elle reste interloquée un instant, puis comprend qu'il veut un verre pour Poppy.

— Bien sûr, désolée. Les Français font ça, non ?

— Qu'est-ce qu'ils font, les Français ?

— Ils laissent leurs enfants boire de l'alcool. C'est assez mal vu dans les autres pays.

— C'est seulement pour le champagne, intervient Floyd. Et juste une gorgée, pour les grandes occasions.

Laurel sert le vin et ils portent un toast à SJ, qui s'est décommandée, ce qui permet à Poppy de se coucher tard et de porter une jolie robe.

— C'est une très belle robe, renchérit Laurel, s'engouffrant dans la brèche. Qui t'aide à choisir tes vêtements ?

— Papa. On les achète surtout sur Internet. Parfois, on va à Oxford Street.

— Quel magasin est-ce que tu préfères ?

— Je ne sais pas vraiment. Je trouve que Marks & Spencer est de bonne qualité, et on va souvent faire un tour chez John Lewis.

— Tu n'aimes pas H&M ou Gap ?

— Je ne suis pas du genre à porter des jeans et des sweats à capuche. J'aime avoir l'air… élégante.

Floyd pose de nouveau sa main sur le genou de sa fille pour l'encourager.

— Poppy, parle-moi un peu de ton éducation. Comment ça marche ?

— Comme à l'école ! J'écoute et j'apprends. Quand j'ai assez appris, je me détends.

— Combien d'heures par jour est-ce que tu étudies ?

— Deux ou trois. Enfin, deux ou trois avec papa. Il faut bien qu'il travaille ! Le reste du temps, j'apprends toute seule.

— Et tu ne te sens pas trop seule, justement ? Tu ne voudrais pas avoir des copains de ton âge ?

— Nooon ! s'écrie-t-elle en secouant la tête. Pas du tout.

— Poppy a quarante ans dans sa tête, renchérit Floyd avec un ton admiratif. Tu sais, quand, à quarante ans, tu te rends compte que ce qui te préoccupait avant, tu t'en fous maintenant. Poppy en est déjà là.

— Quand je rencontre des enfants de mon âge, je ne peux pas m'empêcher de lever les yeux au ciel et de les regarder comme s'ils étaient vraiment bêtes. Ça ne passe pas très bien entre nous, en général ils me détestent.

Poppy rit et boit une gorgée de vin.

Laurel acquiesce. Elle s'imagine bien qu'interagir avec cette petite fille déjà si adulte doit être difficile pour les autres enfants, mais elle n'arrive pas à croire que Poppy ne puisse pas apprendre à s'amuser avec ses pairs, à ne pas lever les yeux au ciel et à ne pas les mépriser. Elle ne sait pas que c'est comme ça qu'on grandit, avec les autres. Que porter des chaussures à nœud brillantes et que se moquer des enfants de son âge n'est pas un signe de maturité, mais la preuve qu'elle a manqué quelques étapes importantes en grandissant.

Soudain, avec la violence d'un coup dans l'estomac, Laurel se rend compte que cette enfant a besoin d'une mère. Et qu'elle, qui a été mère, a besoin d'un enfant. Poppy ressemble tant à Ellie. Les traits de son joli visage, son front et ses cheveux, la forme de son crâne, l'emplacement de ses oreilles, les mouvements de sa bouche et la vague de sa lèvre supérieure sont comme une identité mathématique.

Il y a pourtant aussi des différences. Ses sourcils sont plus épais, son cou plus long, ses cheveux n'ont pas la même implantation et pas exactement la même teinte. Ellie avait les yeux noisette, ceux de Poppy sont chocolat. Elles ne sont pas tout à fait identiques, mais il y a quelque chose, quelque chose de frappant et d'inquiétant, une expression familière que Laurel ne peut pas ignorer.

— On pourrait peut-être aller faire les magasins ensemble ? propose Laurel d'un ton enjoué. Ça te dirait ?

Poppy cherche l'approbation dans le regard de son père et se retourne vers Laurel.

— Oui ! Merci !

Laurel va au travail le lendemain. Elle travaille le lundi, le mardi et le vendredi au centre commercial près de chez elle. Elle est *coordinatrice marketing*. C'est un poste sans intérêt, un emploi de femme au foyer, un travail dans son quartier qui l'occupe et lui permet de s'acheter de nouveaux vêtements quand elle en a besoin. Elle y va, sourit, passe des appels, rédige des mails et participe à des réunions à propos des choses sans importance. Elle est payée pour faire semblant de s'y intéresser, mais, une fois rentrée chez elle, elle n'y pense plus.

Malgré tout, elle est contente d'être entourée des visages familiers de gens qui l'apprécient, même si ce n'est que superficiel. La soirée d'hier a été étrange et déstabilisante, et, en se réveillant, elle pensait que c'était peut-être un rêve. Après le départ de ses invités, elle ne se sentait plus vraiment chez elle. Les coussins du canapé étaient dérangés, même si Poppy avait essayé de tout remettre en place avant de partir, les aliments étaient rangés à des endroits inhabituels dans le réfrigérateur, la vaisselle propre entreposée à côté de l'évier (Poppy avait insisté pour la faire malgré les protestations de Laurel, qui voulait les mettre au lave-vaisselle). Les lys sur la table à manger avaient imprégné les lieux d'un parfum étrange et funeste, et Floyd avait laissé son écharpe dans l'entrée, une bande de tissu doux et gris avec une étiquette Ted Baker qui pendait au portemanteau comme une plume de fumée sombre.

Elle avait été soulagée de quitter son appartement, de mettre un peu de distance avec les souvenirs de la veille. Mais, même en allumant son ordinateur, en mélangeant le sucre dans son café, en écoutant les messages sur son répondeur, c'est encore là, comme un écho interminable. Poppy est une enfant unique en son genre, naïve et mignonne, mais aussi d'une maturité perturbante. Elle est bien plus intelligente qu'elle ne devrait l'être à cet âge, mais pas autant qu'elle se l'imagine.

Et Floyd, qui est absolument parfait quand ils sont tous les deux, devient une personne bien plus complexe quand il est avec sa fille. Laurel finit par exprimer ses doutes en racontant sa soirée à sa collègue Helen.

— C'était un peu comme quand tu as prévu de boire un verre avec une amie, mais qu'elle ramène son mari et que, d'un coup, tu deviens la cinquième roue du carrosse.

La soirée s'était rapidement transformée en spectacle du père et de sa fille, avec Poppy en star et Laurel en public un peu interloqué. Floyd et Poppy avaient le même sens de l'humour et se faisaient des blagues inaccessibles pour Laurel. Il n'y avait pas eu une seule discussion qui ne parlait pas de Poppy, de ses opinions, et il n'y avait pas eu un seul moment où Laurel s'était sentie plus importante ou plus intéressante qu'elle.

Quand elle a fermé la porte derrière eux à minuit, elle se sentait épuisée et hébétée.

— Elle se comporte comme le font souvent les enfants uniques, commente Helen en réduisant le problème à un petit morceau comestible de sens commun. En plus, c'est assez courant dans les relations père-fille, non ? Les filles à papa. Elles deviennent souvent ce genre de femmes qui ne peuvent être amies qu'avec des hommes.

Laurel acquiesce, rassurée. En effet, cela explique beaucoup de choses. Elle a déjà observé ce type de relation entre pères et filles. Pas avec ses propres filles : Ellie avait une relation particulière avec ses deux parents, et Hanna a toujours été plus renfermée. La surprise qu'elle ressent tient peut-être plus à sa propre histoire qu'à la relation entre Floyd et Poppy. La fillette est amusante d'une façon un peu maladroite, et Floyd est clairement un père merveilleux, investi et aimant.

Quand Laurel quitte le travail à 17 h 30 et va chercher sa voiture dans le parking souterrain, elle se sent plus lucide et légère.

Et elle a hâte de revoir Floyd.

Ils passent le week-end suivant ensemble. Ce n'était pas prévu, mais elle n'avait pas envie de se séparer de lui. Ils ont dîné ensemble vendredi, pris le petit déjeuner tard le samedi matin, sont allés au cinéma avec Poppy l'après-midi en passant au supermarché pour que Laurel s'achète des sous-vêtements de rechange et une brosse à dents, se sont fait livrer un repas chinois le samedi soir, puis ont partagé un brunch le dimanche midi dans un café avant qu'elle réussisse à se détacher d'eux et rentre chez elle dans la soirée, pour aller au travail le lendemain.

Au bureau, Laurel a l'impression d'avoir mué ou ressuscité, et elle a besoin de faire quelque chose pour marquer le coup.

Elle appelle Hanna.

— Qu'est-ce que tu dirais, lui soumet-elle d'une voix hésitante, si j'invitais mon copain à notre anniversaire ?

Un silence pesant s'installe.

Laurel le brise.

— Si tu ne vois pas ça d'un bon œil, ne t'en fais pas, je peux comprendre. Je me disais que ce ne serait pas mal, puisqu'on va tous de l'avant, qu'on se jette dans l'inconnu.

Le silence s'épaissit.

— Ton *copain* ? articule enfin Hanna. Depuis quand tu as un copain ?

— Tu sais, c'est cet homme dont je t'avais parlé. Floyd.

— Oui, je m'en souviens, mais, dans mon souvenir, ce n'était pas ton copain.

— En même temps, si tu répondais au téléphone…

Hanna soupire. Laurel aussi, quand elle se rend compte qu'elle vient de faire ce qu'elle s'était toujours juré d'éviter. Quand les enfants étaient petits, la mère de Laurel faisait parfois des commentaires désagréables à propos des appels rares, des visites de moins en moins courantes, ce que sa fille supportait mal.

Je ne culpabiliserai jamais mes enfants quand ils seront adultes. Je ne leur demanderai jamais plus que ce qu'ils sont capables de me donner.

— Pardon. Je ne voulais pas te blesser. Mais oui, tout est allé assez vite. J'ai rencontré ses filles, je suis allée chez lui, on passe beaucoup de temps ensemble. On a passé le week-end tous les deux, alors ce serait…

Ridicule, comprend-elle. *C'est une idée ridicule.*

— Mais je n'aurais pas dû proposer. Et puis je ne lui ai même pas demandé s'il avait envie de venir. Il dirait probablement non. Fais comme si je n'avais rien dit.

Le silence reprend, moins tendu.

— Fais comme tu veux, concède Hanna. Invite-le, je m'en fiche. De toute façon, ça va être n'importe quoi, donc autant y aller à fond, avec toute la tribu.

Floyd accepte, bien sûr. Depuis leur deuxième rendez-vous, il a toujours été extrêmement clair quant au fait qu'il était très investi dans leur histoire, et qu'il n'allait pas jouer avec elle.

— Ce serait génial ! Si ta famille en a envie.

Paul était d'accord. Très surpris, mais d'accord. Jake également. Personne ne semblait franchement réjoui, mais personne n'avait dit que c'était une mauvaise idée.

— Et Poppy ? Est-ce qu'elle voudra venir ?

Laurel espère un peu qu'elle dira non.

— Je crois qu'elle sera ravie. Elle aimerait beaucoup rencontrer tes enfants.

— Et mon ex-mari. Et sa compagne.

— Toute la smala.

Toute la smala. Toute la tribu.

Laurel réserve une table dans un restaurant d'Islington pour 20 heures, un endroit recherché, dissimulé au bout d'une petite allée pavée.

Elle doit être folle. Complètement cinglée.

Chapitre 20

Le jour de son anniversaire, Floyd lui offre un gros bouquet de jacinthes violettes avec quelques branches de laurier, la plante qui a inspiré le prénom Laurel. Paul en ajoutait toujours quand il lui offrait des fleurs, mais cela n'empêche pas Laurel d'apprécier ce geste attentionné. Le fait qu'il ait les mêmes idées que son ex-mari n'est pas un défaut, pas du tout.

Plus tard, il l'invite dans un bar de Covent Garden pour y faire une dégustation de champagne et de fromage. Pendant toute la soirée, Laurel regarde autour d'elle, espérant apercevoir Hanna, qui lui a dit qu'elle « sortait en ville avec des amis » quand elle lui a demandé ce qu'elle faisait pour son anniversaire. Mais elle ne croise pas Hanna, et le mystère « T » s'épaissit.

— Et toi, ton anniversaire ? demande-t-elle à Floyd en découpant une tartine.

— Le 31 juillet, il me semble.

— Comment ça ?

— Les choses étaient un peu chaotiques quand je suis né, dit-il en haussant les épaules.

— Vraiment ?

— Oui, tout s'est accéléré d'un coup pour mes parents. De la rue à la richesse.

— De la rue ?

Il ferme un instant les yeux et inspire profondément.

— Ma mère avait quatorze ans quand je suis né. Mon père seize. Personne ne les a aidés. Ils ont dû vivre à la rue pendant un moment. Je suis né dans les toilettes publiques d'un parc, je crois. Puis ils m'ont emmené à l'hôpital, et m'ont laissé là.

Laurel sent son cœur s'affoler.

— Je portais un pyjama bleu, une couche propre, et ils m'avaient enveloppé dans des couvertures. J'avais un petit bonnet et des moufles, et j'étais dans une couveuse molletonnée. Ils avaient laissé un mot avec mon nom, demandant qu'on s'occupe de moi. Trois jours plus tard, ils sont revenus, mais c'était trop tard, j'avais été placé dans une famille d'accueil en urgence. Les services sociaux n'allaient pas restituer un bébé abandonné à deux adolescents sales sans argent. Ils se sont battus pendant un an pour me récupérer. Je crois que c'est ce combat qui leur a inspiré leur ambition.

— Comment est-ce que tu as appris ça ? Ils te l'ont dit ?

— Oui, ils me l'ont dit. Ils me le répétaient sans cesse, en fait. Dès que je me comportais mal, ils me sortaient : « On aurait dû te laisser à l'hôpital. Peut-être qu'on devrait y retourner, d'ailleurs. »

La mâchoire de Floyd se contracte à ce souvenir.

— Et tu t'en souviens ? De cette première année ?

— Pas du tout. Mon premier souvenir, c'est mon père qui m'offre une voiture en plastique. Il y avait une petite clé, poursuit-il en faisant semblant de la tourner. Ça faisait le bruit d'un moteur qui démarre. Je passais des heures assis dedans, et je mettais le contact, sans arrêt. Je devais avoir quatre ans à l'époque, et nous vivions dans un appartement à Boston avec un grand balcon et une vue sur toute la ville, les lumières et l'océan. Non, je ne me rappelle pas mes un an, pas du tout.

— C'est la première fois que je rencontre quelqu'un qui n'est pas certain de sa date de naissance.

— Je n'en connais pas d'autre, renchérit-il en souriant.

Laurel prend un instant de recul. Pendant si longtemps, c'était elle qui avait une histoire. La femme qui avait perdu sa fille, la femme devant les journalistes, la femme à la télévision, la femme qui avait dû enterrer son enfant en petits morceaux. Mais elle est face à un autre être humain qui a un passé terrible. Combien y en a-t-il autour d'elle ? Sur combien d'histoires a-t-elle fermé les yeux pendant toutes ces années, à force d'être obnubilée par la sienne ?

— Tes parents ont l'air incroyables.

Floyd lui adresse un sourire triste.

— Oui, probablement…

Sa voix est glaciale, il y a quelque chose de funeste et de sombre dans cette réponse, quelque chose dont il ne peut pas lui parler. Ce qu'elle accepte. Elle n'insiste pas. Laurel sait que l'on ne peut pas discuter de tout, que certaines choses se gardent pour soi.

Ils rentrent chez Floyd après leur dîner. Sara-Jade est de nouveau recroquevillée dans le grand fauteuil, avec un ordinateur portable sur ses genoux et ses écouteurs dans les oreilles. Elle sursaute légèrement quand Floyd et Laurel entrent dans la pièce.

— Joyeux anniversaire, murmure-t-elle. Vous vous êtes bien amusés ?

Laurel ne s'attendait pas à une discussion.

— Oui, beaucoup. Merci.

Floyd pose sa main sur l'épaule de Laurel (« Je passe aux toilettes, je reviens tout de suite »), mais Laurel sait que cette défection est délibérée. Il espère en réalité qu'elles pourront en profiter pour nouer un lien.

— Je suis un peu pompette, confesse Laurel. Nous sommes allés dans ce bar qui servait du champagne et du fromage. Mais on s'est concentrés sur le champagne.

SJ sourit légèrement.

— Tu as quel âge ? Si ça ne te dérange pas de me le dire.

— Non, ça ne me dérange pas, bien sûr. Je n'ai jamais trop compris pourquoi les gens avaient honte de leur âge. Comme si c'était négatif, ou je ne sais pas quoi. J'ai cinquante-cinq ans et quelques heures.

SJ hoche la tête.

— Tu dors ici ce soir ? lui demande Laurel.

— Non, je pense que je vais rentrer à la maison et dormir dans mon lit. Je travaille demain.

— Ah ? Qu'est-ce que tu fais ?

— Des petites choses. Du baby-sitting. Je promène des chiens.

Elle ferme son ordinateur et pose ses pieds au sol.

— Demain, je pose pour un cours de dessin.

— Super ! C'est habillé ou...

— C'est nu. Il n'y a pas de honte à vieillir, pour reprendre tes mots, et je crois qu'il n'y a pas de honte à être nu non plus. À mon sens, si on ne peut pas interdire les burkinis sur les plages, il me semble naturel qu'on ne puisse pas non plus interdire la nudité. Qui décide quelle partie du corps peut ou ne peut pas être exposée en public ? Si, légalement, une femme doit se couvrir les seins et le sexe, pourquoi est-ce qu'une autre femme ne pourrait pas se couvrir les jambes et les bras ? Ça ne fait aucun sens.

Laurel hoche la tête et sourit.

— C'est vrai, je n'y avais pas pensé comme ça.

— Personne ne pense aux choses correctement de nos jours. Les gens croient ce que Twitter leur dicte. C'est de la propagande déguisée en pensée libérale. Nous sommes tous des moutons.

Laurel se sent soudain très saoule et doit s'empêcher de lui répondre un « bla-bla-bla » bruyant. À la place, elle hoche la tête solennellement. Ça fait plus de dix ans qu'elle n'écoute plus ce que lui disent les autres. Elle n'est pas un mouton.

— Ta fille, c'est Ellie Mack, annonce SJ, comme si elle pouvait lire dans les pensées de Laurel.

— Oui, répond Laurel avec surprise. Ton père te l'a dit ?

— Non, je t'ai cherchée sur Google. J'ai lu beaucoup d'articles. C'est vraiment très triste.

— Oui, c'est terrible.

— Elle était super jolie.

— Merci.

— Elle ressemblait un peu à Poppy, tu ne trouves pas ?

La tête de Laurel se vide brutalement.

— Non, pas vraiment, répond-elle sur la défensive. Peut-être un peu au niveau de la bouche. Mais on a tous des ressemblances avec d'autres êtres humains, non ?

— C'est vrai.

Chapitre 21

Le lendemain, Laurel rend visite à sa mère. La dernière fois, Ruby était un peu plus gaie que d'habitude. Elle avait écouté les développements de son histoire avec Floyd en lui tenant les mains, les yeux pétillants. Pas de discussion sur la mort, pas de regard vide. Laurel espère la retrouver dans les mêmes dispositions aujourd'hui.

Malheureusement, la joie a quitté Ruby depuis sa dernière visite, et elle est de nouveau grise et absente. Elle salue sa fille et lui annonce qu'elle n'en a plus pour longtemps, d'une voix plate, sans pause ni hésitation.

Laurel s'assied rapidement à ses côtés.

— Maman, je croyais que tu te sentais mieux.

— Mieux, répète-t-elle en hochant la tête.

— Pourquoi tu me dis ça, alors ?

— Parce que…, articule-t-elle avec difficulté, les doigts posés sur sa clavicule. Vieille.

Laurel sourit.

— Oui, tu es vieille. Mais tu es encore pleine de vie !

Sa mère secoue la tête.

— Non, non. Pas de vie. Et tu… tu es heureuse, *maintenant*.

Laurel inspire profondément et pèse le sens des mots de sa mère.

— C'est pour moi que tu t'accrochais à la vie ? demande-t-elle, des sanglots dans la voix.

— Oui, pour… pour toi.

— Et maintenant que je suis heureuse, tu veux partir ?

Un grand sourire s'affiche sur le visage de Ruby, qui lui serre la main.

— Oui, oui.

Une larme roule sur la joue de Laurel.

— Mais, maman… J'ai encore besoin de toi.

— Non. Plus… plus maintenant. Ellie a été retrouvée. Tu es heureuse. Je… je pars.

Laurel essuie sa larme du dos de la main et se force à lui sourire.

— C'est ta vie, maman. Je ne peux pas te retenir ici.

— Non, per-personne ne peut.

L'après-midi, Laurel va faire les magasins avec Poppy. Comme il pleut, elles iront à Brent Cross plutôt qu'à Oxford Street.

C'est Poppy qui ouvre la porte. Elle porte un pantalon très élégant avec un cardigan bleu-vert à col rond et un ciré à fleurs. Elle a deux tresses, une sur chaque épaule. Elle prend le bras de Laurel et elles courent ensemble sous la pluie jusqu'à sa voiture, garée de l'autre côté de la rue. Poppy baisse la fenêtre et fait de grands gestes à son père, qui lui répond depuis la porte d'entrée, en chaussettes.

— Ça va, Poppy ? demande Laurel.

— Oui, je suis vraiment contente d'aller faire les boutiques avec toi !

— Super !

— Et toi ?

— Ça va bien. Je suis un peu à plat après hier soir.

— Trop de champagne ?

— Oui, acquiesce Laurel en souriant. Trop de champagne, et pas assez de repos.

— Mais c'était ton anniversaire, c'est normal !

— Tu as raison.

La pluie tombe dru. Laurel allume ses phares et met en marche les essuie-glaces.

— Qu'est-ce que tu as fait ce matin ? demande Poppy, avec cette maturité que Laurel commence à connaître.

— Je suis allée voir ma mère.

— Tu as une mère ?

— Oui, bien sûr ! Tout le monde a une mère !

— Pas moi.

— Elle n'est pas avec toi, mais tu en as une, quelque part.

— Si tu ne peux pas voir les choses, elles n'existent pas.

— C'est faux.

— C'est tout à fait vrai.

Laurel fronce les sourcils.

— Et New York, alors ? Je ne peux pas voir cette ville, et toi non plus. Donc elle n'existe pas ?

— C'est différent. On pourrait trouver des milliers de webcams en train de filmer New York en ce moment. On pourrait appeler quelqu'un qui s'y trouve et lui demander de nous envoyer une photo. Ma mère, je ne peux la voir ni sur une webcam, ni sur une photo. Je ne peux pas l'appeler, je ne veux même pas aller sur sa tombe au cimetière. Elle n'existe pas.

Laurel est décontenancée pendant un instant et inspire profondément.

— Tu voudrais qu'elle existe ? Est-ce qu'elle te manque ?

— Non. Je ne pense jamais à elle.

— C'est ta maman, tu dois y penser de temps en temps, non ?

— Jamais. Je la détestais.

Laurel jette un coup d'œil à Poppy avant de se concentrer de nouveau sur la route.

— Pourquoi ?

— Parce qu'elle me détestait aussi. Elle était méchante, laide et elle s'occupait mal de moi.

— Elle devait être très belle, si c'est ta mère.

— Elle ne me ressemblait pas du tout. Elle était horrible. C'est tout ce dont je me souviens. Elle était horrible et elle sentait les frites.

— Les frites ?

— Oui, ses cheveux…, continue-t-elle, le regard fixé sur le pare-brise. Ils étaient roux et ils sentaient les frites.

Laurel ne sait pas quoi répondre. Cette femme méchante aux cheveux gras ne correspond pas du tout à la personne qu'elle avait imaginé être la mère de cette enfant soignée, brillante et pleine d'assurance. Ni à une conquête de Floyd. Puis elle repense aux photos de lui jeune et un peu miteux qu'elle a trouvées sur Internet. Les gens s'épanouissent parfois assez tard, se rappelle-t-elle, et Floyd est probablement en train de vivre les plus belles années de sa vie maintenant. Son passé est peut-être beaucoup moins reluisant.

— Tu penses que ton père est plus heureux maintenant qu'à cette époque-là ?

C'est une question un peu orientée, mais elle veut entendre la réponse. Elle connaît Floyd depuis seulement deux semaines. C'est un homme sorti de nulle part, qui est un jour entré dans un café et a transformé complètement sa vie. Laurel aimerait avoir l'avis de quelqu'un qui le connaît depuis plus longtemps.

La réponse de Poppy n'est pas ce qu'elle attendait, et ne la rassure pas.

— Être heureux ? Mais quel rapport ? Nous n'avons aucune raison de vivre ici-bas. Tu le sais, n'est-ce pas ? Les gens essaient de donner un sens à leur vie, d'y trouver un but caché, de découvrir *à quoi ils servent.* Mais ils ne servent à rien. Nous sommes des erreurs de la nature, c'est tout. Des erreurs stupides et inconséquentes. Nous ne devons pas être heureux. Nous ne devons pas être normaux. Et rien ne nous oblige à être vivants si nous ne le voulons pas. Nous pouvons faire tout ce qui nous plaît, tant qu'on ne fait pas de mal aux autres.

Laurel pousse un profond soupir.

— Dis donc, c'est une sacrée philosophie, ça.

— Ce n'est pas de la philosophie, c'est la vie. Quand on a appris comment bien regarder le monde, quand on arrête d'essayer d'y trouver du sens, c'est évident.

— Tu n'es pas une petite fille comme les autres, Poppy, affirme Laurel en la regardant.

— Non, accepte-t-elle avec fermeté. Je le sais.

En arrivant au centre commercial, elles filent à *Nando's* pour manger quelque chose. Laurel n'a pas pris le temps de déjeuner après avoir vu sa mère, et elle est affamée.

— Tu t'entends bien avec la mère de SJ ? demande-t-elle en attendant leur repas.

— Kate ?

— Je ne sais pas comment elle s'appelle.

— Kate Virtue. Elle est gentille, je l'aime bien. Elle n'est pas très intelligente, mais elle est agréable.

— Et avec SJ ? Vous êtes proches ?

— Plus ou moins. On est assez différentes.

— Comment ça ? continue Laurel, en pensant que les deux sœurs sont aussi bizarres l'une que l'autre.

— Elle est introvertie, moi c'est l'inverse. Elle est douée en arts, moi en maths. Elle s'intéresse à tout, et moi à rien. Elle n'a pas d'humour, je suis hilarante. Elle n'est pas proche de papa, je suis très proche de lui, conclut-elle dans un sourire.

— Pourquoi, à ton avis ?

Poppy hausse les épaules.

— Je crois que je lui ressemble plus, c'est tout.

Laurel observe Poppy en train d'examiner la bouteille de ketchup, les lignes qui se dessinent sur son front, et elle se retrouve soudain expulsée du moment présent et plonge la tête la première dans l'un de ses souvenirs. Elle est là, précisément là, avec Ellie. Elle ne sait pas où sont Jake et Hanna. C'est peut-être l'une des journées pédagogiques de son collège. En tout cas, elle est assise ici, en face d'elle, et tout est exactement pareil, sauf que tout est différent. Laurel est prise de vertige un instant, s'agrippe au bord de la table et respire profondément pour se calmer. Elle cligne des yeux, et Poppy redevient Poppy. C'est Poppy, pas Ellie.

La petite fille ne semble pas avoir remarqué le voyage dans le temps instantané que vient de vivre Laurel. Elle tape sur la bouteille de ketchup pour faire tomber la sauce dans son assiette et referme le couvercle.

— J'ai vraiment hâte de rencontrer ta famille demain soir, annonce-t-elle. Tu penses qu'ils m'aimeront bien ?

— Je ne pensais pas que ça t'importerait, répond sèchement Laurel.

— C'est vrai, mais je m'intéresse à ce que tu penses. C'est très différent.

— Oui, ils t'aimeront, c'est sûr. Tu seras notre bouffée d'air frais.

— D'accord. J'aime rencontrer les familles des autres. Parfois j'aimerais...

Laurel lui lance un regard interrogateur.

— Non, rien.

Laurel emmène Poppy au magasin New Look, chez Gap, H&M, Zara, Top Shop puis Miss Selfridge, mais la jeune fille refuse d'essayer des vêtements à la mode. Elles finissent par aller dans le rayon enfant de John Lewis, et Poppy se jette sur une rangée de robes en jersey à motif.

— Ça, j'aime bien.

— Mais tu as déjà une robe comme ça, il me semble, commente Laurel en repensant à une tenue qu'elle portait le week-end dernier.

— Oui, répond Poppy en lui montrant une robe. J'ai celle-là. Mais ils la font avec un nouveau motif maintenant, regarde. Je n'ai pas celle-ci.

Laurel touche le tissu de la robe en soupirant.

— C'est très joli, mais je pensais que peut-être tu pourrais essayer quelque chose d'un peu différent aujourd'hui.

Poppy regarde la robe avec regret.

— C'est vrai, c'est ce qu'on avait dit.

Laurel acquiesce.

— Mais les vêtements qu'on a vus dans les autres magasins sont bizarres et vulgaires.

— C'est l'avantage d'être jeune ! Tu peux porter tout ce que tu veux, et ça t'ira toujours bien. Bizarre, c'est bien parfois. Les vêtements pas chers aussi, et même un peu provocateurs. Quand tu auras mon âge, tu seras obligée d'être élégante. Allez, on va faire un autre petit tour à H&M, pour moi ?

Poppy lui lance un grand sourire.

— D'accord, allons-y.

Elles choisissent des leggings à motifs, un pull doux à col en V, une chemise à carreaux en flanelle, un tee-shirt prêt du corps avec une grosse moustache imprimée, et une robe de soirée grise avec un jupon en mousseline et un haut en jersey.

Laurel l'attend devant la cabine, comme elle l'a fait si souvent pendant tant d'années, jusqu'à ce que le rideau s'ouvre. Poppy sort, fermée, décontenancée, avec le legging et le tee-shirt.

— C'est ignoble.

— Pas du tout ! s'exclame Laurel, posant les mains sur la taille de Poppy pour repositionner le vêtement bien au centre. Voilà !

Elle enlève la chemise en flanelle du cintre et aide Poppy à l'enfiler.

— Regarde-toi !

Elle enlève les élastiques au bout des tresses de Poppy, les défait et laisse ses vagues de cheveux recouvrir ses épaules.

— Ça te va très bien ! On dirait…

Laurel doit se retourner et plaque une main sur sa bouche. Elle prend conscience de ce qu'elle a fait. Elle a habillé cette enfant comme sa fille morte. Le résultat est très perturbant.

— Tu es splendide, se force-t-elle à dire, la voix tremblante. Mais si tu ne te sens pas bien dedans, ce n'est pas grave. On peut retourner à John Lewis et t'acheter cette robe. Viens…

Mais Poppy ignore cette proposition. Elle se regarde dans le miroir en faisant un tour sur elle-même. Elle fait courir ses mains le long de ses jambes, prend une pose, puis une autre.

— En fait, j'aime bien cette tenue. On peut l'acheter ?

— Oui, bien sûr. Tu es sûre ?

— Absolument certaine. J'ai envie de changer. Ce sera rigolo.

— Tu as raison.

— Toi aussi, tu pourrais changer.

— Moi ? Comment ça ?

— Tu portes toujours du gris et du noir. Tes tenues ressemblent à des uniformes. On pourrait peut-être trouver quelque chose qui te met un peu plus en valeur.

— En valeur ?

— Oui, des vêtements plus colorés. Avec de la dentelle, des fleurs. Quelque chose de *joli*.

Laurel sourit.

— Tu lis dans mes pensées, jeune fille.

Chapitre 22

Le vendredi soir, Laurel va chez Hanna, d'où elles appelleront un Uber pour se rendre au restaurant d'Islington.

— Waouh ! s'exclame sa fille en ouvrant la porte. Tu es magnifique, maman.

Laurel fait tourner le jupon de sa nouvelle robe noire avec un motif oriental de fleurs et d'oiseaux, dos-nu avec des boutons recouverts de soie sur le devant.

— Merci ! Ellie m'a aidée à la choisir.

Un silence s'installe instantanément entre elles.

— Mince, j'ai dit Ellie ?

— Oui.

— Je voulais dire Poppy. Désolée. Faire les magasins avec une petite fille, ça me replonge dans le passé.

— Apparemment.

— Tu es très jolie aussi, continue Laurel pour faire oublier sa maladresse. Tu es allée chez le coiffeur, non ?

— Oui, coupe et brushing mercredi.

Pour ta grande soirée romantique avec T, sans doute, pense Laurel sans rien dire.

— Ça te va à ravir. J'aime cette longueur.

Pendant le trajet, elles ne parlent pas. Ça a toujours été comme ça avec Hanna. Elle éprouve rarement le besoin de faire la conversation. Laurel a mis longtemps à admettre que ce n'était pas la preuve de son échec en tant que mère.

Avant d'entrer dans le restaurant, Laurel prend une profonde inspiration. Elles sont arrivées deux minutes en avance, et elle n'a aucune idée de ce qui les attend, de qui est assis à l'intérieur. Il y a plusieurs possibilités gênantes, la pire d'entre elles étant Paul et Bonny, Floyd et Poppy. À cette pensée, elle a la chair de poule, et elle regrette de ne pas avoir retrouvé Floyd avant pour se rendre au restaurant avec lui.

On les guide entre les tables jusqu'à une pièce vitrée au fond du restaurant, et, au grand soulagement de Laurel, elle se rend compte que seuls Floyd et Poppy sont arrivés.

Floyd se lève pour les saluer. Il est extrêmement séduisant ce soir. Il porte un costume bleu nuit bien ajusté avec une fine cravate noire. Ses cheveux poivre et sel sont peignés vers l'arrière et maintenus par un peu de cire capillaire. Poppy a l'air agréablement normale avec sa nouvelle chemise à carreaux portée par-dessus une robe en jersey moulante et des bottes hautes à lacets en cuir noir. Ils sont très bien tous les deux, pense-t-elle. Ils nous ressemblent.

— Je suis sincèrement enchanté de te rencontrer, commence Floyd en tendant sa main à Hanna, les yeux pétillants de plaisir.

— Moi aussi, répond-elle en la serrant.

— Tu es très belle, renchérit Poppy. Ravie de faire ta connaissance.

Hanna rougit légèrement à ce compliment si direct et marmonne quelque chose que Laurel n'arrive pas à comprendre.

Ils s'asseyent et se relèvent un instant plus tard quand Paul, Bonny, Jake et Blue arrivent. Laurel serre les poings et accroche un simulacre de sourire sur son visage. Ses enfants lui ont dit de ne pas s'en faire, que Bonny était une femme charmante et qu'elle allait l'adorer, mais tout de même, c'est un moment crucial, ce qu'accentuent la présence de son propre compagnon et la perspective des présentations. Laurel a l'impression qu'elle va se liquéfier sur le sol.

Mais elle est sauvée par Bonny qui s'approche d'elle, la regarde droit dans les yeux, pose ses mains sur ses avant-bras, puis la presse contre son corps doux, chaleureux, qui sent la violette et le talc, avant de s'exclamer de la voix d'une femme qui a fumé et bu et pleuré et chanté :

— Enfin, nom de Dieu ! Il était temps.

Pendant ce temps, Floyd s'est frayé un chemin jusqu'à Paul pour lui serrer la main et lui dire que c'est un honneur de le rencontrer, et tout le monde rit en remarquant qu'ils sont habillés presque à l'identique, sauf pour les chaussettes Paul Smith, qui sont effectivement les mêmes.

— Regardez ! s'écrie Paul en se rapprochant de Floyd. Des jumeaux !

Dans l'histoire des éprouvantes rencontres entre ex-partenaires, nouveaux partenaires et enfants variés, Laurel trouve qu'ils s'en sortent plutôt bien.

Elle est assise entre Floyd et Bonny, Hanna est en bout de table à côté de son père, et de l'autre côté se trouvent Jake, Poppy et Blue, qui a l'air complètement dépitée de s'infliger cette réunion de famille. Laurel imagine les efforts surhumains que Jake a dû déployer pour la convaincre de venir ce soir. Si Blue pouvait choisir, ils ne quitteraient jamais leur maison.

Mais la copine de son fils est le seul bémol de ces festivités. En jetant un œil autour de la table, Laurel voit le meilleur des scénarios possibles. Personne ne pourrait se douter de l'étrangeté et du caractère extraordinaire de cette réunion. Même Hanna sourit et discute avec son père en ouvrant le cadeau qu'il lui a fait.

Un serveur leur apporte des bouteilles de champagne commandées d'avance et remplit leurs verres. Quelqu'un devrait peut-être se lever et faire un petit discours pour les anniversaires, mais personne ne sait qui doit se dévouer. Sans Floyd, Paul aurait été le choix évident : père de l'une, ex-mari de l'autre. Mais puisque Floyd est là, c'est moins clair, et l'hésitation se poursuit jusqu'à ce que, sans crier gare, Poppy se lève.

Elle tient son verre à moitié plein entre ses mains et regarde tous les convives dans les yeux tour à tour, sans se déconcentrer.

— J'ai rencontré Laurel il y a deux semaines seulement, commence-t-elle avec une diction parfaite et une posture assurée, et dans ce court laps de temps j'ai découvert en elle une très bonne amie. Elle est gentille et généreuse, et mon père a beaucoup de chance de l'avoir dans sa vie. Je découvre ce soir qu'elle n'est pas la seule charmante personne de sa famille. Je viens tout juste de vous rencontrer, mais je sens déjà l'amour que vous vous portez les uns les autres, et je suis très honorée d'être ici avec vous ce soir. À Laurel et Hanna ! s'exclame-t-elle en levant son verre. Et aux familles heureuses !

Un silence nerveux suit cette intervention, assez long pour que chacun prenne la mesure de l'étrangeté de ce discours parfait, de l'ironie de son commentaire sur les familles heureuses, puis chacun lève son verre.

— Joyeux anniversaire, Hanna et Laurel ! s'exclament-ils en chœur.

Paul interpelle Laurel du regard de l'autre côté de la table, l'air de dire : « C'était quoi, ce bordel ? » Elle lui sourit fermement, même si elle voudrait partager son jugement.

Elle se sent étrangement loyale à Poppy. Si jeune, sans mère, sans école. Elle ne sait rien.

Bonny se tourne vers Laurel quand ils reposent tous leurs verres.

— Tu sais, j'attends ce moment depuis si longtemps...

Son visage n'est pas très régulier : une grande bouche qui bouge dans toutes les directions en même temps, un nez en trompette, un sourcil un peu plus haut que l'autre et une cicatrice sur le menton. Mais, étonnamment, le tout est harmonieux, et Laurel comprend qu'on la trouve belle.

— Oui, je sais. Je suis désolée, je n'étais pas prête avant. Ça n'avait rien à voir avec toi, je te le promets.

Bonny prend ses mains entre les siennes. Ses ongles sont courts et vernis de rouge.

— Bien sûr. Paul m'a toujours parlé de toi avec affection. Je comprenais, et je comprends toujours. Tu avances enfin, parce que tu peux le faire maintenant. Avant, c'était impossible. Il y a un temps pour tout, n'est-ce pas ?

Laurel acquiesce et sourit.

Non, peut-être pas. Il n'y a peut-être pas de temps pour perdre son enfant.

Elle ne dit rien, parce que cette femme est fondamentalement bonne, qu'elle se donne du mal et que c'est une conversation importante qui donnera le ton d'une relation qui pourrait durer jusqu'à la fin de leurs vies.

Paul se penche en avant et donne à Laurel un paquet cadeau.

— Joyeux anniversaire !

— Paul, tu n'aurais pas dû, le reprend-elle. C'est vraiment...

— Ce n'est presque rien.

— Je peux l'ouvrir maintenant ?

— Oui, répond-il en haussant les épaules. Pourquoi pas ?

Elle ouvre le paquet, qui contient un livre. *Le Chardonneret* de Donna Tartt.

— J'espère que tu ne l'as pas déjà lu ?

— Non, dit-elle en le retournant pour parcourir la quatrième de couverture.

Cela fait dix ans que Laurel ne lit plus.

— Oh, ce livre est génial ! s'exclame Poppy.

— Tu l'as lu ? interroge Paul.

— Oui. Je lis deux livres par semaine, au moins.

— C'est impressionnant ! Et tu l'as aimé ?

— Adoré !

Elle s'empare du livre et caresse les tranches amoureusement.

— Ça raconte l'histoire d'un garçon qui est au musée avec sa mère quand une bombe explose. Sa mère meurt, et lui profite du chaos pour voler un petit tableau. Il passe le reste de sa vie à essayer de le cacher aux autres. Ça se passe à New York.

— Ça m'a l'air très bien !

— Oui, vraiment, renchérit Poppy en hochant la tête, le visage illuminé.

— Je dois dire que, pour quelqu'un qui pense que l'humanité est une erreur de la nature, tu sembles enchantée par les romans. Qu'est-ce qui te plaît dans la fiction ? s'enquiert Laurel.

Poppy repose le livre sur la table.

— Les histoires sont les seules choses vraies de notre monde. Le reste n'est qu'un rêve.

Laurel et Paul sourient, puis se tournent l'un vers l'autre pour échanger un regard troublé.

Ellie lisait deux livres par semaine et, quand ils la taquinaient à ce sujet, elle leur répondait : « Quand je lis un livre, j'ai l'impression de vivre, et quand je le termine, le rêve reprend ses droits. »

Laurel lève sa coupe vers la petite fille.

— À ton amour des livres, Poppy. Santé !

La soirée se déroule agréablement. C'est un succès. Poppy a parfois tendance à prendre le contrôle, mais puisqu'elle est la plus jeune à table et que tout le monde essaie de trouver des points communs supplémentaires pour que cette situation précaire ne tourne pas au désastre, personne ne lui fait de remarque.

— Quelle enfant exceptionnelle, murmure Paul à Laurel quand ils quittent le restaurant vers 23 heures. Elle ne te fait pas un peu penser à…

Laurel sait ce qu'il va dire avant qu'il ne prononce son nom.

— Oui, par certains aspects. C'est vrai.

— Ce qu'elle a dit sur le livre. Le rêve et la réalité, poursuit-il d'un ton songeur.

— Je sais, c'est étrange.

— Et elle lui ressemble aussi physiquement, non ?

— Un peu, oui.

Il décroche son manteau du mur.

— C'est incroyable que tu aies trouvé une famille si proche de nous.

— Pardon ?

— Il me ressemble un peu, non ?

Son ton est léger, mais Laurel blêmit.

— Non, pas du tout. Juste les cheveux et l'allure générale.

Paul lui lance un regard plein d'affection, comprenant qu'il a été trop loin et a dépassé des limites qu'il connaît pourtant si bien.

— Tu as raison. Je l'aime bien, il est très sympathique.

— Enfin, le coupe-t-elle d'un ton brusque. C'est le début. On verra bien.

— Oui, c'est vrai qu'il a encore tout son temps pour révéler le fou psychopathe qui sommeille en lui. Tout son temps.

Elle rit. C'est agréable de discuter avec la personne qui la connaît le mieux au monde. Elle aime parler avec Paul.

— Tu sais, tu mérites ce qui t'arrive. J'espère que tu sais que tu y as droit.

Elle hausse les épaules, se sentant rougir.

— Peut-être, dit-elle posément. Peut-être…

Chapitre 23

Laurel quitte le lit de Floyd à 8 heures le lendemain matin. Il grogne et se retourne pour regarder l'heure sur son réveil.

— Reviens, grommelle-t-il en essayant de l'attraper. C'est le week-end. Il est trop tôt !

— Je dois rentrer, proteste-t-elle en lui prenant la main perdue parmi les draps froissés.

— Pas du tout.

Elle rit.

— Si ! Je te l'ai dit, tu te souviens ? Je vais déjeuner avec mes amies.

Il exagère sa défaite et enfouit sa tête dans son oreiller.

— Tu m'utilises pour ton bon plaisir, puis tu m'abandonnes.

— Je peux revenir plus tard ? Si tu peux trouver la force de me pardonner cette terrible trahison.

Il roule au centre du lit, attrape la main de Laurel, l'attire vers sa bouche et embrasse les jointures de ses doigts une à une.

— Je voudrais vraiment, vraiment que tu reviennes, continue-t-il en faisant courir les mains de Laurel sur sa joue. Je suis à deux doigts de la dépendance affective… Pathétique, non ?

Cette annonce est à la fois surprenante et tout à fait attendue. Laurel n'arrive cependant pas à intégrer l'information assez rapidement, et un bref silence s'appesantit entre eux.

— Merde. J'ai tout fait foirer. J'ai dérogé à l'une des règles fondamentales des relations que j'ignorais, n'est-ce pas ?

— Non, le rassure Laurel en portant ses mains à sa bouche et les embrassant. Mais je suis un peu cynique en ce qui concerne les affaires de cœur. Quand je ressens quelque chose, je n'arrive jamais à l'exprimer. Je veux certaines choses, puis je ne les veux plus. Je suis…

— Une plaie ?

Elle sourit, soulagée.

— Oui, exactement. Cela étant, tu as tout à fait le droit de ne plus pouvoir vivre sans moi, ça ne me dérange pas.

— Bon, alors j'imagine que je vais attendre ton retour patiemment en espérant que, dans l'intervalle, tu développes le même symptôme que moi.

Elle rit et libère ses mains de son étreinte.

— Tu vois, tes mains me quittent. C'est le symbole de notre relation, n'est-ce pas ? Tes mains me quittent, tu fermes la porte sans un regard en arrière, tu raccroches en premier, tu pars la première, tu as le dernier mot, et moi je reste sur ma faim, dans l'attente ?

— C'est bien possible. En fait, je crois que c'est prévu comme ça, oui.

— Je m'en contenterai, bougonne-t-il en roulant de son côté du lit et remontant la couverture. C'est mieux que rien.

En bas, la maison est calme, illuminée par le soleil matinal. Laurel passe la tête par la porte de la cuisine. Poppy n'est pas là. Elle entre, ses collants s'accrochant dans les échardes du parquet, et elle met en route la bouilloire. Derrière la fenêtre, un chat l'observe, assis sur le mur du jardin. Il y a une miche de pain blanc sur le plan de travail, à moitié entamée. Elle s'en coupe une tranche et ouvre le réfrigérateur pour trouver le beurre. À l'intérieur, elle découvre des indices de la vie que Floyd et Poppy mènent quand elle n'est pas là : des restes de repas à moitié mangés, les contenants en aluminium de plats livrés non terminés, des paquets de jambon, du fromage, du pâté et des yaourts. Elle attrape le beurre et en étale une couche généreuse sur sa tartine. Puis elle se fait une tasse de thé et emporte son petit déjeuner sur la table près de la fenêtre. Seule, elle repense à ce que Floyd lui a dit. Elle s'y attendait un peu. Elle l'espérait. Mais, maintenant que c'est arrivé, elle s'inquiète, doute et se fait des nœuds au cerveau.

Pourquoi est-ce qu'il s'intéresse à moi ? se demande-t-elle. *Qu'a-t-il cru voir en entrant dans ce café le mois dernier ? Qu'a-t-il aimé en moi ? Pourquoi ne peut-il plus vivre sans moi ? Qu'est-ce que ça veut dire, d'ailleurs ?*

Quand les enfants de Laurel étaient petits, ils lui demandaient parfois ce qu'elle ferait s'ils mouraient, et elle répondait : « Je mourrais aussi, parce que je ne peux pas vivre sans toi. » Mais l'une de ses filles était morte, et elle s'était rendu compte qu'en réalité, malgré ce qu'elle ressentait, elle pouvait vivre sans elle. Elle s'était réveillée tous les matins pendant cent jours, mille jours, trois mille jours, et elle avait continué d'exister.

Peut-être que ce que Floyd veut dire, c'est que sa vie n'aurait plus autant de sens sans elle, et si c'est le cas, alors Laurel partage peut-être ce sentiment. Paul ne lui a jamais dit ce genre de choses. Il avait partagé la profondeur de ses sentiments avec un simple « je t'aime ». Mais elle l'avait tout de même fait attendre des mois avant de lui dire à son tour qu'elle l'aimait.

Elle met les miettes de son assiette à la poubelle, dépose sa tasse dans l'évier, enfile son manteau et prend son sac à main. Ses chaussures l'attendent dans l'entrée : les talons de la veille. Elle les enfile en se maudissant de n'avoir pas prévu une paire de rechange. Elle est sur le point de partir quand elle remarque le sac avec les cadeaux qu'on lui a offerts dans la cuisine : le livre de Paul, le collier de Jake et Blue, et son parfum préféré de la part d'Hanna. En revenant dans l'entrée, elle aperçoit une silhouette derrière la porte, puis entend le bruit métallique qui précède l'irruption d'une petite pile de courrier sur le paillasson. Elle ramasse les enveloppes et les dépose sur la console.

Mais au moment de se retourner, quelque chose retient son attention. C'est une grande enveloppe A4 épaisse à l'air solennel.

Miss Noelle Donnelly.

Ce nom lui est familier.

Elle se demande un instant pourquoi un courrier adressé à une inconnue arrive chez Floyd, puis elle comprend. C'est évident. Noelle Donnelly doit être la mère de Poppy.

En sortant, elle lève les yeux et aperçoit Floyd à la fenêtre de sa chambre, sa bouche déformée en une grimace triste. Il lui fait signe de la main. Elle sourit et l'imite. Il rit, lui envoie un baiser et dessine un cœur dans la buée qu'il vient de créer sur la vitre.

Paul a raison, se dit-elle. Elle y a droit. Il faut juste qu'elle arrive à s'en convaincre.

De nouveaux cadeaux l'attendent chez Jackie et Bel. Les jumeaux lui ont préparé une boîte de truffes au chocolat plus ou moins rondes, et ses amies lui ont offert une séance dans un spa à Hadley Wood. Elles lui ont aussi fait un gâteau, son premier gâteau d'anniversaire. C'est un Victoria cake, son préféré. Elle souffle les bougies et sourit en écoutant les garçons chanter. Elle boit un verre de champagne et raconte les événements de la veille à ses amies, qui n'en reviennent pas. Elles lui disent qu'elle est rayonnante, que ses cheveux brillent, que ses yeux pétillent et qu'elle n'a jamais été aussi belle. Elles invitent Laurel et Floyd, et pourquoi pas Poppy, à déjeuner la semaine prochaine. Elles ont hâte de rencontrer l'homme qui illumine la vie de leur amie.

Pendant le repas, tout se passe comme un samedi habituel chez Jackie et Bel, mais Laurel sait que la situation n'est pas normale. Pour la première fois depuis des années, elle est habitée par une énergie externe, qui lui appartient mais qui ne provient pas de son propre corps. Cette force l'appelle, l'attire, et au lieu de traîner après le dessert et le thé, comme elle le fait d'habitude, au lieu d'essayer d'obtenir le plus de normalité possible de ce temps passé avec ses amies, elle attrape son sac à 17 heures, les remercie et prend congé. Elles la serrent fort dans leurs bras, pour dire qu'elles savent bien que les choses ne sont plus les mêmes, comme elles avaient déjà changé il y a tant d'années quand ses deux amies lui avaient dit qu'elles s'aimaient, comme quand Ellie avait disparu, comme quand les jumeaux étaient nés, comme quand Paul était parti. L'équilibre de ses besoins et de ses priorités évoluait, et Laurel ne s'accrocherait plus à ce rendez-vous du samedi avec autant de force qu'avant.

Elle s'installe dans sa voiture et rentre le plus vite possible chez Floyd.

La lettre est toujours là, à l'endroit où elle l'a laissée, mais l'adresse a été barrée et on a écrit à la place « Retour à l'expéditeur / Destinataire inconnu à cette adresse ».

Le courrier l'interpelle de nouveau.

Noelle Donnelly.

Pourquoi ce nom lui est-il familier ?

— Alors, ce repas ? lui demande Floyd.

— C'était très bien, très agréable. Et regarde, poursuit-elle en lui montrant la boîte de truffes maison, les garçons ont fait ça pour moi. C'est adorable, non ? Elles nous invitent à déjeuner la semaine prochaine. Ça te dit ?

— Absolument ! s'exclame-t-il avec enthousiasme en la débarrassant de son manteau et de son écharpe.

Poppy se précipite au rez-de-chaussée en entendant la voix de Laurel et se jette dans ses bras.

— Salut, toi !

— Tu m'as manqué ce matin.

— Désolée, je suis partie tôt, j'avais un déjeuner.

Floyd a ouvert une bouteille de vin et a servi un grand verre à Laurel, qui l'attend sur le comptoir de la cuisine.

— C'est bizarre, remarque-t-elle d'une voix distraite en s'installant sur un tabouret, mais je crois que je connais quelqu'un qui a vécu dans cette maison.

Il range la bouteille dans le réfrigérateur et se retourne vers elle, un sourcil levé.

— Vraiment ?

— J'ai vu une lettre dans l'entrée, adressée à Noelle Donnelly. Je n'arrive pas à me souvenir d'où je la connais, mais ça me dit vraiment quelque chose. C'est..., hésite-t-elle. C'est la mère de Poppy, n'est-ce pas ?

Floyd ne réagit pas. Au bout d'un moment, il se retourne vers le réfrigérateur.

— Oui, en effet.

Laurel cligne des yeux. Elle se rappelle la description que Poppy lui a faite de sa mère, les cheveux roux, l'odeur de friture.

— Elle était irlandaise ?

— Oui.

Laurel regarde fixement son verre, observant l'ondulation des reflets des spots de la cuisine à la surface du liquide. Quelque chose se débat aux portes de sa conscience. Entre ce nom, les cheveux, l'accent irlandais… Elle connaît cette femme. *Personnellement.*

— Elle avait d'autres enfants ? Peut-être plus âgés ?

C'était peut-être l'une des autres parents d'élève.

— Non, seulement Poppy.

— Elle travaillait dans le quartier ?

— Je crois, oui. Elle donnait des cours de maths. Je pense qu'elle a travaillé avec beaucoup d'enfants des environs.

— Ah, ça doit être ça alors ! Elle a dû donner des cours à Ellie. Elle a pris des cours de maths pendant un moment, quelques mois. Juste avant…

Sa voix s'éteint.

— C'est une sacrée coïncidence. C'est incroyable ! On aurait pu se rencontrer il y a si longtemps. Un seul degré de séparation.

— Oui, bredouille-t-elle en resserrant sa main autour de son verre. C'est incroyable.

Elle en parle à Hanna au téléphone le lundi suivant.

— Tu te souviens de cette prof de maths qui travaillait avec Ellie avant sa disparition ?

— Non.

— Mais si… Une Irlandaise, grande, avec les cheveux roux. Elle venait le mardi après-midi.

— Mouais.

Elle entend sa fille taper sur son clavier tout en lui parlant, ce qui l'irrite fortement.

— Figure-toi que c'est la mère de Poppy.

— Qui ?

— La prof de maths !

Après un court silence, Hanna réagit.

— Ah oui, je me souviens d'elle. Ellie la détestait.

— Pas du tout, réplique Laurel avec un rire nerveux. Elle l'adorait, elle la trouvait géniale. Elle l'a beaucoup aidée.

— Je ne me souviens pas de ça, moi. Elle me disait qu'elle était bizarre et qu'elle lui faisait peur. C'est pour ça qu'elle avait voulu arrêter d'ailleurs.

— Mais..., balbutie Laurel en remettant en ordre ses souvenirs. Elle ne m'a jamais parlé de ça. Elle m'a dit qu'elle avait besoin de temps pour réviser d'autres matières, je crois.

— En tout cas, ce qu'elle m'a dit à moi, c'est qu'elle ne l'aimait pas et qu'elle la faisait flipper, répète Hanna avec une pointe de triomphe dans la voix.

Hanna et Laurel s'étaient toujours battues pour obtenir l'attention d'Ellie.

— Peu importe. C'est fou comme le monde est petit !

Elle parle avec des clichés galvaudés, des mots qui ne traduisent pas son malaise. Depuis qu'elle a découvert que Noelle Donnelly est la mère de Poppy, Laurel se souvient de mieux en mieux de cette femme : le dos légèrement courbé, l'anorak qui sentait le renfermé, les chaussures aux semelles de caoutchouc qui couinaient sur le carrelage de l'entrée, cette posture autoritaire mais nerveuse, les beaux cheveux mal entretenus et attachés avec des pinces et des barrettes. Elle n'arrive pas à imaginer cette femme avec Floyd, qui n'est peut-être pas un homme très beau, mais qui est soigné et sent bon, qui est bien habillé et propre. Comment se sont-ils rencontrés ? Qu'est-ce qui les a poussés l'un vers l'autre ? À quoi ressemblaient-ils ensemble ? Et, plus intrigant encore, comment ont-ils pu avoir un enfant ?

Elle ne dit rien de tout ça à Hanna, et se contente de soupirer. Comme d'habitude, elle réfléchit trop.

— Qu'est-ce que tu as pensé de vendredi ? C'était une réussite, non ?

— Oui, c'était bien. C'était même vraiment chouette d'être tous ensemble, comme ça. Merci.

— Pourquoi ?

— C'est toi qui as tout organisé. Qui a eu l'idée. Qui est la première personne de cette famille à faire quelque chose de courageux depuis la disparition d'Ellie.

Laurel ne s'attendait pas à ça.

— Merci, Hanna. Je crois que c'est grâce à Floyd. C'est lui qui me permet de changer, enfin.

— Non, c'est toi qui as décidé de changer. Tu ne serais pas avec lui si ce n'était pas le cas. Je suis très contente pour toi, maman. Sincèrement. Tu le mérites.

— Tu as pensé quoi de lui ?

— De Floyd ?

— Oui.

— Il a l'air gentil.

Et ça, venant d'Hanna, c'est un compliment inestimable.

Chapitre 24

Laurel ne voit pas Floyd ce soir-là. Mais il l'appelle à 19 heures, comme il le lui avait dit, et cette ponctualité l'agace légèrement.

Elle aurait bien voulu qu'il lui laisse le temps d'attendre impatiemment son appel. Pendant un instant, elle s'imagine même ne pas lui répondre, mais se reprend. Elle doit lutter contre son naturel qui la pousse à garder ses distances. C'est l'une des raisons pour lesquelles sa relation avec Paul n'a pas survécu à la disparition d'Ellie. Laurel ne s'est jamais permis d'être vraiment emportée par sa relation. Elle lui en voulait de l'aimer inconditionnellement, et il l'étouffait avec ses sentiments constants. Au premier moment de désespoir mutuel, elle s'était réfugiée dans le sas qu'elle préservait au sein d'elle-même depuis des années.

— Bonsoir ! s'exclame-t-elle. Ça va bien ?

— Oui, très bien. Mis à part le trou béant dans mon cœur provoqué par ton absence, bien sûr.

— Ne dis pas ça, tu me manques aussi.

— Je suis content de te l'entendre dire ! Qu'est-ce que tu fais ?

— Je bois un verre de vin, tranquillement.

— Tu es habillée ?

—Oui, tout habillée. J'ai même mis mes chaussons.

—Des chaussons, très bien… Et quoi d'autre ?

—Un grand cardigan.

—Oh oui, le grand cardigan. Grand comment ?

—Immense. Avec de très longues manches qui me recouvrent les mains. Et un petit trou.

—Alors c'est un vieux cardigan, un cardigan un peu miteux.

—Miteux, c'est le moins qu'on puisse dire, renchérit-elle avec un éclat de rire.

—Continue, continue ! Parle-moi de ce grand cardigan miteux !

Elle rit de plus belle et regarde son téléphone quand elle entend le signal d'un double appel. C'est Jake. Normalement, il ne l'appelle que le mercredi. Laurel s'inquiète immédiatement.

—Floyd, est-ce que je peux te rappeler ? Jake essaie de me joindre.

—Dis-moi vite de quelle couleur il est. Faites qu'il soit marron.

—Non, il est noir ! Allez, je te rappelle.

Elle décroche son second appel.

—Salut, Jake.

—Ce n'est pas Jake, répond une voix féminine. C'est Blue.

—Ah. Tout va bien ? Jake va bien ?

—Oui, il est à côté de moi.

Le cœur de Laurel se calme et elle s'enfonce dans son canapé.

—Que se passe-t-il, Blue ?

—Eh bien, commence-t-elle, ça m'a travaillée tout le week-end. Je n'arrive pas à penser à autre chose. Ton copain…

Laurel sent son cœur s'emballer de nouveau.

— J'ai une sorte de… sixième sens. Et ton copain a une très mauvaise aura. Très *sombre*.

— Pardon ?

Laurel secoue la tête, comme pour essayer de déloger quelque chose coincé dans son oreille.

— J'ai un don, je suis en contact avec la psyché des gens. Je vois à travers les parois de leur conscience. Je suis désolée, mais dès que je l'ai vu, dès que j'ai croisé son regard, j'ai su.

— Qu'est-ce que tu as su ?

— Il cache quelque chose. Je sais que nous ne sommes pas proches, toi et moi, et c'est majoritairement de mon fait, parce que je me protège beaucoup, mais je tiens à toi. Tu es la mère de l'homme que j'aime et je ne voudrais pas qu'il t'arrive quoi que ce soit de mal.

Laurel réfléchit un instant à comment formuler sa réponse, mais un rire un peu méchant, désobligeant lui échappe.

— N'importe quoi. Est-ce que tu peux me passer Jake, s'il te plaît ?

— Jake est d'accord avec moi. On en a beaucoup parlé. Il pense la même chose, il…

— Passe-le-moi, Blue, l'interrompt-elle. Maintenant.

Elle entend la désapprobation de Blue, puis la voix de son fils.

— Bonsoir, maman.

— Jake, franchement, c'est quoi ces conneries ?

— Je ne sais pas, mais…

— Quoi, Jake ? Quoi ?

— Je ne sais pas comment t'expliquer, mais c'est ce que Blue t'a dit.

— Jake, s'il te plaît, je te connais. Tu ne crois pas à ça, tu n'es pas comme elle. Tu n'as pas de… *sixième sens*. Tu n'as jamais été capable de savoir quand une fille t'aimait bien. Dans la famille, tu es le seul à ne pas t'être rendu compte que mamie Deirdre commençait à perdre la boule. Tu n'as jamais su lire les autres. N'essaie pas de me faire croire ça. Qu'est-ce qui se passe ?

— Rien, maman. Mais on a ressenti de mauvaises ondes de Floyd. Si c'est son nom.

— Non ! s'écrie-t-elle. *Blue* a ressenti de mauvaises ondes. Toi, tu ressens juste ce qu'elle te dit parce que tu la suis comme un petit chien.

Jake ne répond plus, et Laurel retient son souffle. Depuis le début de leur relation, elle n'a jamais rien dit sur la dynamique problématique de leur couple.

— Maman…, essaie-t-il.

Mais il geint, et Laurel ne peut pas entendre son fils adulte geindre, pas maintenant, pas quand tout va bien, pas quand elle est enfin heureuse.

— Non, Jake. Je suis désolée, je sais que tu l'aimes à la folie et qu'elle est le centre du monde pour toi, ton roc, mais je suis triste et brisée depuis si longtemps, et enfin j'ai trouvé quelque chose de bien, alors toi et ta folledingue de copine, vous n'avez aucun droit de me dire que ça ne va pas. Ton père l'a apprécié, Hanna l'a apprécié, c'est largement suffisant pour moi.

— Excuse-moi, maman.

Mais elle entend encore les gémissements de sa voix, et elle ne peut pas le supporter.

— Je raccroche, conclut-elle d'une voix calme. J'y vais. Tu peux dire à Blue que je sais qu'elle me veut du bien, mais que j'ai mieux à faire qu'écouter ses théories excentriques.

Quand elle raccroche, elle tremble et a envie de vomir. Elle attrape son verre de vin et avale une grande gorgée.

Elle devrait rappeler Floyd, mais elle n'en a plus la force. Pour lui dire quoi ?

Au fait, la copine de mon fils vient de m'informer de la noirceur de ton aura, et je suis trop énervée pour rire avec toi en parlant de mon cardigan.

À la place, elle reste assise dans son canapé une bonne heure en s'attaquant, lentement mais sûrement, à la bouteille de vin, jusqu'à ce que ses mains ne tremblent plus et qu'elle puisse écrire un message à Floyd.

Désolée, ça a duré plus longtemps que prévu. Jake avait beaucoup de choses à dire. Je suis fatiguée et vais me coucher dans mon pyjama gris en jersey. Plutôt vieux. ☺

Il lui répond quelques secondes plus tard.

Ça me donne assez à penser pour m'occuper cette nuit. Dors bien, ma belle. À demain. Baisers.

Elle éteint son téléphone, allume la télé, trouve quelque chose d'abrutissant à regarder et se sert un autre verre de vin. Pendant une heure de plus, elle se laisse dériver dans une douce torpeur qui la recouvre progressivement comme une cape épaisse. Quand elle ne sent plus rien du tout, elle va se coucher.

— Oh ! s'exclame Laurel en entrant dans la cuisine le lendemain soir. Bonsoir, SJ, je ne savais pas que tu étais là.

Elle est debout à côté de l'évier, un grand verre d'eau à la main.

— Je ne suis pas censée être là, mais je me suis engueulée avec ma mère hier, explique-t-elle.

Elle porte un haut en dentelle noire, un jogging noir et des tennis argentées qui ont vécu. Une constellation de cercles et de perles brille à ses oreilles. On dirait l'une des fées d'un livre que Laurel lisait souvent à ses enfants quand ils étaient petits. Elle s'appelait Brume d'argent, avait les cheveux et les lèvres argentées, et s'habillait toujours en noir. C'était une fée triste, androgyne, qui avait des secrets.

Floyd soupire dans le dos de Laurel.

— Pour être honnête, Kate et SJ ne s'entendent plus depuis bien longtemps.

— Ce n'est pas vrai, proteste sa fille.

— Vous vous disputez tout le temps.

— À quel sujet ? Enfin, si tu n'as pas envie d'en parler…

Sara-Jade baisse ses longs cils vers le sol.

— Elle n'aime pas mon nouveau copain.

Floyd fait un bruit étrange et Laurel se retourne pour l'interroger du regard.

— Il a quarante-neuf ans, explique SJ.

Floyd manque de s'étouffer. Son regard passe de sa fille à Laurel, puis de nouveau à sa fille.

— Il est marié. Enfin, presque. Il est avec quelqu'un depuis longtemps.

— Ah…, ponctue Laurel, regrettant d'avoir posé la question.

— Il a quatre enfants. Le plus jeune a huit ans.

— OK…

— Je lui ai dit que ce n'était pas la peine de venir si elle s'attendait à ce que je la soutienne et fasse fi de toutes les règles de décence de base.

— Je comprends, mais…

Laurel s'interrompt et ne sait plus où poser son regard.

SJ se met à pleurer et s'enfuit de la pièce en courant, ses bras fins repliés contre sa poitrine.

Laurel la suit des yeux, puis regarde Floyd.

— Tu peux aller lui parler si tu veux, lui propose-t-il calmement. Moi, j'ai dit tout ce que j'avais à dire sur le sujet.

Laurel détourne le regard. SJ est fragile, comme Hanna, mais sa fille ne pleure jamais. On a parfois l'impression qu'elle va le faire, mais ses yeux restent secs, et Laurel ne peut pas la toucher, la prendre dans ses bras, la réconforter. C'est ce besoin maternel inassouvi qui la pousse à sortir de la cuisine pour aller dans l'entrée, où SJ est en train d'arracher son manteau de la patère en sanglotant.

— Sara…, commence-t-elle. SJ, viens dans le salon avec moi. Je voudrais te parler.

— Me parler de quoi ? gémit-elle. Je suis une salope, une mauvaise personne. Il n'y a rien d'autre à dire.

— Je ne suis pas d'accord. Je crois que… Viens t'asseoir avec moi, s'il te plaît.

SJ raccroche son manteau, suit Laurel dans le salon et se recroqueville dans un fauteuil, les joues baignées de larmes. Laurel s'assied en face d'elle.

— J'ai eu une histoire avec un homme marié quand j'étais jeune.

SJ cligne des yeux.

— Lui n'avait pas d'enfant. Et il était marié depuis quelques mois seulement. Nous nous sommes vus pendant deux ans, quand j'étais à l'université.

— C'était un prof ?

— Non, non, juste un ami.

— Et qu'est-ce qui s'est passé ? Il l'a quittée pour toi ?

Laurel sourit.

— Non, pas du tout. J'ai fini l'université et je suis partie à Londres. On pensait qu'on ne pouvait pas vivre l'un sans l'autre et qu'on se retrouverait lors de week-ends super romantiques dans des gîtes à la campagne. Mais, six semaines plus tard, c'était fini. Il s'est séparé de sa femme la même année. Ils s'étaient mariés trop jeunes. On était *tous* trop jeunes à cette époque. Tu sais que, jusqu'à nos vingt-cinq ans, les parties de notre cerveau qui servent lors de la prise de décision ne sont pas complètement développées ?

SJ hausse les épaules.

— Alors, c'est qui ?

— C'est le prof de dessin du cours pour lequel je pose.

— Et ça dure depuis combien de temps ?

SJ baisse la tête.

— Quelques mois, marmonne-t-elle.

— Et tu le vois souvent ?

— Presque tous les jours.

— Où ?

— À l'école. Dans son bureau. Parfois chez son frère, quand il part en week-end.

— Vous ne sortez jamais en public ? Boire un verre ou dîner quelque part ?

SJ secoue la tête en jouant avec la cordelette de son jogging.

— C'est seulement sexuel, alors ?

SJ relève la tête d'un coup.

— Non ! s'écrie-t-elle. Pas du tout ! C'est bien plus que ça. On discute tout le temps. Il me dessine. Je suis sa…

— Muse.

— Oui, exactement.

Laurel soupire. Une montagne de clichés.

— Sara-Jade, commence-t-elle précautionneusement. Tu es une fille très jolie.

— Mouais.

— Tu es très belle, unique en ton genre. Cet homme, comment s'appelle-t-il ?

— Simon.

— Simon a très bon goût. C'est évident qu'il sait reconnaître les gens d'exception quand il en croise. Et je suis sûr que c'est quelqu'un de fantastique.

— Oui, vraiment.

— Bien sûr, sinon, tu ne t'intéresserais pas à lui. Il t'a dit qu'il allait quitter sa femme ?

— Sa compagne.

— Compagne, femme, peu importe. Ils ont des enfants, une maison. Est-ce qu'il t'a dit ça ?

Elle fait non de la tête.

— Tu voudrais qu'il le fasse ?

Elle acquiesce, puis secoue la tête.

— Non, *bien sûr que non*. Enfin, *pour ses enfants*, surtout le petit… J'ai vécu ça moi-même. Je sais ce que ça fait.

— Tu avais quel âge quand tes parents se sont séparés ?

— Six ans. À peu près comme le fils de Simon.

— Donc tu ne veux pas qu'il la quitte pour toi ?

— Dans ma tête, si. S'il pouvait le faire sans blesser personne.

— Et si sa compagne l'apprend ? Si elle le quitte ?

— Elle n'en saura rien.

— Comment peux-tu en être sûre ?

— Parce qu'on est très discrets.

— SJ, de nos jours, il n'y a plus vraiment de vie privée. Tout se sait, tout le temps. Regarde, la première chose que tu aies faite après m'avoir rencontrée, c'est me chercher sur Internet. Tu as tout de suite su pour Ellie. Quelqu'un, quelque part, va découvrir ce qui se passe entre vous et le dire à la compagne de Simon, et tout sera foutu. Irréparable. La seule façon d'éviter ça, c'est de s'éloigner, de ne plus le voir.

SJ renifle tout en faisant des nœuds dans la cordelette.

— Tu l'aimes ?

— Oui.

— Tu l'aimes assez pour supporter de faire du mal à des gens qui ne méritent pas d'être blessés ?

— Qu'est-ce que tu veux que je réponde à cette question ?

— C'est compliqué, mais il faudra que tu le fasses. Pas maintenant, mais dans les heures ou les jours à venir. Je ne vais pas te dire que quand tu y repenseras dans dix ans, tu n'en reviendras pas d'avoir fait ça, parce que je me souviens comment j'étais à vingt et un ans. Je pensais que ma personnalité était fixée, que mon « moi » était immuable, que je ressentirais toujours les choses que je ressentais alors et que je croirais les mêmes choses que je croyais à l'époque. Maintenant, je sais que le « moi » est un être fluide qui se métamorphose. Ce que tu ressens en ce moment est temporaire. Mais ce qui va arriver à la famille de Simon s'ils se rendent compte de sa trahison aura des répercussions sur toute leur vie, et cela créera des blessures qui ne guériront jamais tout à fait.

De grosses larmes se forment au coin des yeux de SJ et coulent lentement sur ses joues. Laurel croit la voir hocher la tête.

— Pourquoi est-ce que tu t'es séparée de ton mari ?

— À cause d'Ellie. J'avais l'impression qu'il ne souffrait pas assez. Il essayait de me faire croire que les choses s'arrangeraient, mais je ne voulais pas que les choses aillent mieux.

— Est-ce que ça a fait du mal à tes enfants, quand vous vous êtes séparés ? Est-ce qu'ils t'en veulent ?

La question surprend Laurel. Pas « Est-ce qu'ils t'en ont voulu ? » mais « Est-ce qu'ils t'en veulent ? ». Elle repense à son horrible coup de téléphone avec Jake et Blue, à l'impossibilité pour Hanna d'aller au-delà d'une interaction superficielle avec elle, et à la distance qu'ils gardent avec elle. Elle avait toujours pensé que c'était lié à la perte d'Ellie quand ils étaient jeunes. Elle ne se souvient même pas de leur réaction quand Paul a déménagé. La fin de leur relation s'était déroulée si progressivement qu'il était difficile de dire quand elle s'était effectivement terminée. Elle ne se rappelle aucun reproche, aucun pleur. Ses enfants n'en ont pas souffert plus que ce qu'ils souffraient déjà.

—Je ne sais pas. C'est possible. Mais nous étions déjà une famille brisée à ce moment-là.

SJ acquiesce, pose ses pieds au sol, se redresse et change de sujet.

—J'ai lu beaucoup de choses sur Ellie sur Internet.

—Ah oui ?

—Oui. J'étais trop petite en 2005 pour avoir entendu parler d'Ellie Mack. Mais maintenant, tu es là, dans la maison de mon père, et cette chose horrible, inimaginable, t'est arrivée. Je me demande ce que tu penses…, commence-t-elle avant de s'interrompre. Tu crois qu'elle a fugué ?

Laurel s'attendait si peu à cette question, c'est comme si SJ venait de la pousser violemment au fond du canapé.

—Non, répond-elle avec douceur. Mais je suis sa mère, je la connaissais. Je savais ce qu'elle voulait, je connaissais ses rêves et ce qui la rendait heureuse. Je *sais* qu'elle n'était pas stressée par ses examens. Je suis convaincue qu'elle n'a pas fugué. Mais il n'y a pas d'autre explication, vu les indices qu'on a.

—Et le cambriolage ?

—Je ne sais pas. Ce n'est pas vraiment un cambriolage, parce qu'elle a utilisé sa clé. Elle est venue à la maison pour prendre quelques objets, c'est tout.

—Mais… le sac. Tu ne trouves pas ça bizarre ?

—Quel sac ?

— Son sac à dos. Celui qu'ils ont trouvé dans la forêt. Tu ne crois pas, enfin je ne sais pas, mais après tant d'années de fugue, tu ne crois pas qu'elle aurait d'autres choses dans son sac ? En plus de ce qu'elle avait quand elle est partie ce matin-là.

Laurel frissonne. Elle a passé des heures à se poser cette question. Puis elle avait fini par accepter la théorie selon laquelle Ellie avait fait exprès de garder un sac avec ces objets-là, pour se rassurer, comme Laurel avait gardé la chambre d'Ellie intacte pendant des années.

— Et il y a autre chose de très bizarre. C'est à propos de la mère de Poppy…

Elle s'interrompt et toutes deux se retournent vers la porte qui vient de s'ouvrir. C'est Floyd. Il leur apporte deux tasses de thé, et lance un regard reconnaissant à Laurel.

— Et voilà, les filles, annonce-t-il en posant les tasses sur la table et s'asseyant à côté de Laurel. Une tisane contre le stress. Ça va mieux ?

— Oui, répond Sara-Jade. On a bien parlé. Je vais réfléchir un peu.

Elles échangent un regard. Cette conversation doit être poursuivie, mais il faudra attendre une nouvelle occasion.

Chapitre 25

Le lendemain, Laurel se réveille tard après avoir fait des rêves inquiétants. Pendant un instant, elle n'arrive pas à se souvenir d'où elle est, encore absorbée par ses pérégrinations nocturnes. Une seconde plus tard, elle sait qu'elle est dans le lit de Floyd, qu'on est mercredi, qu'il est presque 9 heures et qu'elle a vraiment envie de rentrer chez elle.

Elle se douche, s'habille, et trouve Floyd et Poppy assis à table, en train de petit-déjeuner et de lire les journaux.

— Bonjour ! Je n'ai pas voulu te réveiller. Tu avais l'air de si bien dormir.

— Merci, j'en avais besoin. Bonjour, Poppy.

— Bonjour, Laurel !

Elle porte de nouveau l'une de ses tenues classiques : un pantalon en velours côtelé rose et un col roulé noir. Ses cheveux sont plaqués à son crâne de chaque côté par des pinces.

— Je te prépare une assiette, annonce Floyd en se levant.

— En fait, je crois que je vais plutôt rentrer à la maison et vous laisser tous les deux aujourd'hui. J'ai envie d'être un peu seule avant d'aller chez Hanna.

Floyd lui dit au revoir sur le pas de la porte avec un long baiser et l'invite à dîner le soir même.

— Je vais te préparer quelque chose de délicieux ! Tu aimes le veau ?

— Beaucoup.

— Super, à tout à l'heure !

Laurel se sent étrangement soulagée en refermant la portière de sa voiture et en allumant le moteur. Elle s'attendait à ce que Floyd lui fasse du chantage affectif pour qu'elle reste et se réjouit qu'il ne l'ait pas fait. Elle a l'impression de s'échapper. Découvrir que la mère de Poppy était la prof de maths d'Ellie, entendre les commentaires d'Hanna sur ce que sa fille pensait de Noelle Donnelly et discuter avec Sara-Jade la veille l'a déstabilisée. Elle a besoin de rentrer chez elle, de retrouver son espace et de faire quelque chose qu'elle n'a pas fait depuis très longtemps.

À la maison, elle se prépare une tasse de thé et l'emporte dans la chambre d'amis. Elle s'assied au bord du lit et attrape l'un des cartons rangés sous le sommier. Le carton d'Ellie. Elle se souvient du jour où elle l'a rempli, dans leur ancienne maison. Engourdie, vidée, elle y avait passé un temps fou, une journée entière, en touchant, caressant et sentant toutes ses affaires. Elle avait relu ses journaux intimes. Ils n'étaient pas très bien tenus, et c'était difficile de comprendre ce dont sa fille parlait la moitié du temps car elle datait rarement ce qu'elle écrivait. Parfois, Laurel sautait des pages, et elle en avait même jeté une à travers la pièce, où sa fille racontait qu'elle avait masturbé Theo.

Rien dans ces cahiers ne laissait penser qu'Ellie avait eu une vie cachée, des amis inconnus ou une quelconque source de mal-être. Elle ne les avait pas lus depuis ce jour.

Elle veut s'y replonger maintenant, et essaie de trouver les pages écrites les derniers mois avant sa disparition. C'est un compte-rendu désordonné de sa vie. Il y a des petits dessins, des gribouillis, des devoirs, des notes de révisions çà et là, des dates, des nombres, des listes de choses à acheter lors d'après-midi shopping à Oxford Street.

Bonne crème hydratante

Nouvelle paire de tennis (pas blanches ou noires)

Livres : Expiation, La Nostalgie de l'ange

Socquettes

Carte d'anniversaire pour papa ☺

Il y avait aussi des baisers au rouge à lèvres, des taches d'encre et des stickers pailletés. Et, entre tout ça, des fragments confus de sa vie. Lors des derniers jours, des dernières semaines avant son départ, il n'y avait que deux choses qui comptaient dans sa vie : Theo et les révisions. Theo et les révisions. Theo et les révisions.

Laurel s'arrête sur une page qui semble avoir été écrite en janvier. Ellie se plaint de l'un de ses résultats en maths. B+. Elle voulait un A. Theo avait eu A. Laurel soupire. Ellie passait son temps à se comparer à Theo, comme si c'était la seule référence possible.

Ai demandé à maman des cours particuliers. J'espère qu'elle va dire oui. Je suis trooooop nulle en maths...

Et quelques pages plus loin :

La prof est venue ! Elle est un peu bizarre, mais elle explique bien. À moi les A+ !

Laurel tourne les pages de plus en plus vite. Elle cherche quelque chose, sans trop savoir quoi, quelque chose qui lui

permette de raccrocher les fragments des rêves faits la nuit dernière aux révélations de ces derniers jours.

Cours de maths. J'ai eu 97 % au dernier examen blanc. Elle m'a offert des baumes à lèvres. Trop gentil !

Cours de maths, 17 h. M'a donné un stylo parfumé. Elle est super !

Cours de maths, 17 h. Elle m'a dit que j'étais sa meilleure élève. Évidemment !

Cours de maths, 17 h. Un peu bizarre. M'a posé des questions étranges sur ce que j'attends de la vie. La crise de la quarantaine !

Cours de maths, 17 h. 100 % ! J'ai eu 100 % !!! Elle dit que je suis un génie. Elle a 100 % raison !

Cours de maths, 17 h. Faut que j'arrête. Elle me fait vraiment flipper parfois. Tellement intense... Et elle sent mauvais. Je vais demander à maman de lui dire de ne plus venir. Je peux me débrouiller toute seule. Pas besoin de cette hystéro frustrée dans ma vie.

Plus aucune mention de Noelle Donnelly après cette page.

Ellie retourne à sa vie normale. Elle voit Theo. Elle révise. Elle attend l'été avec impatience. Rien d'autre.

Laurel garde son doigt à la dernière page où elle parle des cours de maths et d'hystéro frustrée. Qu'est-ce

que ça veut dire ? Pourquoi Ellie parlerait-elle de la vie amoureuse de Noelle ? Sa prof avait-elle un problème avec Ellie ? Pourquoi ? Était-elle attirée par elle ? Avait-elle eu un comportement inapproprié ? Ou l'avait-elle humiliée ? Était-elle jalouse d'elle, de sa jeunesse, de sa beauté et de son intelligence ? L'avait-elle méprisée ? Ellie s'était-elle sentie mal ? Et si l'un de ces scénarios s'était effectivement produit, qu'est-ce que ça voulait dire ?

Elle ferme les yeux et serre les poings. Il y a quelque chose, mais elle ne peut pas y accéder. Qu'est-ce que ça pourrait bien être ?

La noirceur de l'atmosphère se dissipe peu à peu, et la vie reprend son cours. Elle range lentement les affaires d'Ellie dans le carton et le repousse sous le lit.

— Parle-moi un peu de Noelle, demande-t-elle à Floyd pendant le dîner.

Elle voit sa mâchoire se contracter. Il hésite.

— Vraiment ? Tu es sûre ?

— Excuse-moi. Je sais que tu ne la portes pas dans ton cœur, mais je me demande…

Elle s'interrompt, pose ses couverts et prend son verre de vin.

— J'ai jeté un coup d'œil aux journaux intimes d'Ellie aujourd'hui. Je voulais savoir ce qu'elle pensait de Noelle. Et elle l'appelait… J'espère que ça ne va pas te vexer… Elle la traite d'« hystéro frustrée ».

— Ah ça, elle ne l'a pas volé ! C'était une femme en manque constant d'affection.

— Comment est-ce que vous vous êtes rencontrés ?

— Ah…, commence-t-il avant d'avaler une gorgée de vin. Cette histoire ne fait pas ressortir le meilleur de moi. C'était l'une de mes fans.

—Tes fans ? Tu as des fans ?

—Ce serait peut-être plus correct de les appeler des lectrices très enthousiastes. Une bande de groupies des maths.

Laurel se recule dans sa chaise et toise Floyd d'un air moqueur.

—Je ne savais pas… Je n'imaginais pas que j'avais tant de rivales.

—Ne t'en fais pas, c'est du passé. J'ai eu mon moment de gloire en publiant un livre, mon livre « paie-facture », comme je l'appelle. Les maths pour les nuls, en fait, même si nous lui avions donné un autre titre. C'était un livre plutôt amusant, et soudain, un fan-club de femmes assez spéciales et obsédées par les maths s'est créé. Ce bouquin ne me ressemblait pas du tout, alors j'ai recommencé à travailler sur des projets bien lourds qu'aucune personne cherchant l'amour n'aurait ouvert.

—Noelle était l'une de tes groupies ?

—Oui, on peut dire ça comme ça. Je venais de me séparer de la mère de Sara, je me sentais seul, et elle était très déterminée, un peu folle, alors je me suis laissé faire. Je m'en suis bien mordu les doigts par la suite. C'était une véritable sangsue. Je n'arrivais plus à m'en débarrasser. Puis elle est tombée enceinte.

—De toi ?

Il soupire et détourne le regard.

—Je ne la trouvais même pas belle, continue-t-il sans répondre à la question de Laurel. J'essayais… d'être gentil, je crois.

Laurel rit sèchement. Elle n'a jamais rien fait seulement pour « être gentille », mais elle voit ce que ça veut dire. Paul faisait ce genre de choses. Il pouvait aller contre son instinct, contre ce qu'il ressentait, pour que quelqu'un d'autre se sente bien pendant cinq minutes.

— Et tu es resté avec elle ?

— Oui, pas le choix.

Il pose son doigt sur le bord du verre et en fait le tour avec un air songeur qui ne lui ressemble pas.

— Qui a mis fin à votre histoire ?

— Moi. Et c'est à ce moment-là que l'« hystéro frustrée » s'est révélée. Elle n'allait pas me laisser partir sans se battre. C'était horrible, vraiment atroce. Et puis un jour elle m'a dit qu'elle n'en pouvait plus, a déposé Poppy chez moi et a disparu.

Il hausse les épaules.

— C'est triste, vraiment triste. C'était une femme triste. Une relation triste. Voilà.

L'ambiance de la soirée est devenue pesante.

— Excuse-moi, je ne voulais pas te déprimer. Mais c'est... enfin, c'est une coïncidence étrange, un lien entre toi et moi, et avec Ellie. Je voulais en savoir un peu plus.

— Je comprends, affirme-t-il en hochant la tête. C'est normal. Et finalement c'est pour Poppy que je suis triste. Être abandonnée comme ça... C'est terrible de se sentir non désirée, même si elle ne s'intéresse pas à Noelle. Mais..., ajoute-t-il, et son visage s'illumine, maintenant tu es là. Tu nous rends la vie plus douce. Merci.

Il tend son verre vers le sien et leurs regards s'entrechoquent.

Elle se concentre sur la viande dans son assiette, sur la chair grise et rosée du petit veau sacrifié. Elle en coupe un morceau, et un ruisselet de jus bordeaux inonde l'assiette.

Laurel n'a plus faim du tout.

Chapitre 26

Le lendemain, Laurel gare sa voiture dans un parking souterrain de King's Cross et marche jusqu'à Granary Square, où se trouve l'école d'art St Martin's. Pendant le petit déjeuner, elle a demandé à Floyd où travaillait SJ.

C'est un jour fade, gris comme du papier journal, mais égayé par les décorations et les lumières de Noël qui ornent les fenêtres. La place est calme et vide, avec quelques pigeons picorant çà et là, et une poignée de courageux qui sortent de temps en temps pour accompagner leur café matinal d'une cigarette.

À l'accueil, elle demande Sara-Jade Virtue. On lui répond qu'elle travaille jusqu'à sa pause-déjeuner. Laurel va s'asseoir dans le restaurant voisin et commande un second petit déjeuner, boit deux cafés et un thé à la menthe avant de sortir à 12 h 30 pour attendre la jeune femme.

À 12 h 50, elle la repère enfin. Elle porte un gros manteau en fourrure synthétique rose et de grandes bottes. Elle a un mouvement de recul en découvrant Laurel.

— Oh ! Salut.

— Salut ! Je suis désolée de venir sans prévenir, mais… tu as faim ? On peut aller déjeuner, si tu veux.

SJ regarde son poignet, puis le ciel.

— Je devais…, commence-t-elle. D'accord, faisons ça.

Elles s'installent dans un pub des environs, un établissement moderne et entièrement vitré, qui offre une belle vue sur la place et le canal. À cette heure-là, il est plein à craquer d'hommes en costume et d'étudiants. Elles commandent de l'eau pétillante, des croquettes de poisson, et prennent un morceau de pain.

— Comment vas-tu ? demande Laurel.

— Ça va.

— Et ton travail ?

— Oui, c'était bien. J'ai eu un peu froid.

— Ce n'est peut-être pas le meilleur moment de l'année pour être modèle nu, en effet.

— Modèle vivant.

— Désolée. Et il y avait combien d'étudiants à te dessiner ?

— Aujourd'hui, une dizaine. Mais ça peut monter jusqu'à trente ou quarante.

— À quoi tu penses, toutes ces heures à garder la pose ?

— À rien de spécial, répond-elle en haussant les épaules. Je pense à ce que je dois faire en rentrant à la maison, à des souvenirs, à des endroits que j'ai visités. Je vagabonde d'une idée à une autre, et je me retrouve dans des endroits auxquels je n'ai pas pensé depuis des années, un bar à côté de mon université, un restaurant à Prague où j'ai dîné quand j'avais dix-huit ans, des rails sur lesquels je marchais quand j'allais chez mes grands-parents, l'odeur des carottes sauvages qui poussaient là…

Elle prend un petit morceau de pain et l'avale.

— Et aussi à ces oiseaux, tu sais ? Les ramiers. Le bruit qu'ils font. C'est agréable, ajoute-t-elle avec un sourire.

— Et d'un coup tu te souviens que tu es toute nue devant un tas d'inconnus ?

SJ la regarde sans comprendre. Sa bouche s'ouvre pour lui répondre, mais se referme. Laurel se souvient que Poppy l'avait mise en garde contre l'absence d'humour de sa sœur.

— Tu l'as vu aujourd'hui ? Simon ?

SJ regarde autour d'elle, l'air paniqué.

— Pardon. C'était indiscret. Et ce n'est pas du tout pour ça que je voulais te voir. Tu te souviens de l'autre soir, quand on a parlé d'Ellie...

— Oui, je suis désolée. Ce n'était pas très délicat de ma part. Je ne me suis pas rendu compte.

— Ce n'est pas grave, ne t'inquiète pas. Ce n'est pas comme si je n'y avais jamais pensé avant. J'ai déjà retourné tout, dans tous les sens, des millions de fois. Même le sac à dos. Mais j'ai eu l'impression que tu allais me dire quelque chose à ce moment-là, à propos de la mère de Poppy. De Noelle.

SJ lève les yeux vers elle un instant, puis baisse de nouveau le visage.

— Oui, c'est vrai.

— Alors, l'encourage Laurel. Qu'est-ce que tu voulais...

— Rien de très important. Mais j'ai vu quelque chose de bizarre, un jour.

— J'ai relu les journaux intimes d'Ellie l'autre soir, et elle parle de la mère de Poppy. Elle la traite d'hystérique frustrée. Elle raconte aussi que Noelle lui offrait des cadeaux, lui disait qu'elle était sa meilleure élève. Je trouve que c'est un peu...

Laurel ne sait pas comment poursuivre son raisonnement.

— Tu la connaissais bien ?

— Non, pas vraiment. J'étais souvent chez mon père quand j'étais petite, et parfois elle était avec nous, mais c'était rare, et elle me détestait.

— Comment ça ?

— Elle me faisait toujours des remarques désagréables, elle disait que j'étais ingérable, que si j'avais eu des parents comme les siens, je me serais pris des coups de ceinture. Et dès que mon père sortait de la pièce, elle m'ignorait totalement. Je n'existais plus pour elle. Elle m'appelait « la fille ». Du genre : « La fille sera là ? » ou : « Quand est-ce que la fille rentre chez sa mère ? » Elle était ignoble.

— Oh, mais c'est horrible ! Tu as dû être traumatisée quand elle est tombée enceinte.

— J'ai pleuré.

— J'imagine…

Elles se reculent pendant que le serveur pose leurs assiettes sur la table. Elles le remercient et se lancent un regard entendu.

— Comment tu l'as pris, quand Poppy est née ?

Sara-Jade attrape ses couverts et commence à couper sa croquette de poisson, qui libère immédiatement de la vapeur. Elle repose les couverts et hausse les épaules.

— C'était, je ne sais pas… Je m'en fichais. J'avais douze ans, c'était un bébé.

— Et quand elle a commencé à grandir, à devenir une petite personne, tu t'es rapprochée d'elle ?

— Un petit peu. Mais je ne la voyais pas beaucoup au début parce que… Eh bien je ne voulais pas la voir.

— Ah. Tu étais jalouse ?

— Non, affirme-t-elle. J'étais trop âgée pour être jalouse. Je ne voulais pas la voir parce que je pensais qu'elle… qu'elle n'était pas humaine.

Laurel lui lance un regard étonné.

— C'est difficile à expliquer, mais je pensais que c'était un bébé robot. Ou une extraterrestre. Je ne pouvais pas croire que Noelle était vraiment sa mère. J'avais peur d'elle. Très peur.

— C'est une réaction bizarre.

— Oui, c'est un peu flippant.

— Pourquoi est-ce que tu avais cette impression ?

Sara-Jade attrape son couteau et le fait tourner entre ses doigts.

— Parce que j'ai vu quelque chose…

Elle s'interrompt brutalement.

— Quelle chose ?

— C'était juste un instant, et je ne sais pas si je l'ai vraiment vu ou si je l'ai rêvé. J'étais un peu bizarre à l'époque, explique-t-elle en riant. Enfin, je le suis toujours ! J'avais un éducateur spécialisé au collège parce que j'étais émotionnellement instable. Je faisais des crises de colère, je pleurais, et cette chose, c'est arrivé pile à ce moment-là. La puberté, les hormones, les phobies sociales. Je n'arrivais toujours pas à accepter la séparation de mes parents. Enfin, ce n'était pas beau à voir, et je n'étais pas facile à vivre. En fait, j'étais horrible. Bref, c'est à ce moment-là que je l'ai vue.

Elle repose son couteau et plante ses yeux dans ceux de Laurel.

— J'ai jeté un coup d'œil dans la chambre de mon père. Noelle était enceinte de huit mois. J'ai regardé et…

Elle s'arrête et baisse les yeux.

— Elle était nue. Et elle n'avait pas de ventre. Elle était nue, répète-t-elle. Et elle n'avait pas de ventre. Je ne sais pas ce que j'ai vraiment vu, je n'ai jamais compris. Je ne sais pas si c'était l'hallucination d'une fille un peu folle qui avait peur d'avoir une petite sœur, ou si c'était la réalité. Quand le bébé est né, trois semaines plus tard, j'étais terrifiée. J'ai refusé de la voir jusqu'à ce qu'elle ait un an.

Laurel n'a pas bougé d'un pouce depuis la révélation de SJ.

— Tu en as parlé à ton père ?

Elle secoue la tête.
— Tu n'en as parlé à personne ?
— Si, à ma mère.
— Qu'est-ce qu'elle a dit ?
— Elle m'a demandé d'arrêter de dire n'importe quoi.
— Où est née Poppy ?
— Je ne sais pas, je n'y ai jamais pensé.

Laurel ferme les yeux et, d'un coup, le visage de Noelle Donnelly lui apparaît, net et précis comme si elle l'avait vue la veille.

Troisième partie

Chapitre 27

C'est mon tour, j'imagine ?

Bon, alors allons-y.

On fait comme dans une réunion des Alcooliques anonymes ?

Bonjour, je m'appelle Noelle et j'ai fait une grosse bêtise.

Je ne vais pas m'excuser, je n'ai pas eu une vie facile, même enfant. Deux horribles grands frères. Deux horribles petits frères. Et une sœur morte quand elle avait huit ans. Mes parents ne comprenaient pas qu'un enfant ne pouvait pas faire les mêmes choses qu'un adulte. Ils pensaient qu'il devait être déjà complètement développé, mais sans avoir d'opinion personnelle. Ils n'étaient pas trop religieux, ce qui détonnait dans la région à cette époque. Quand ils allaient à l'église le dimanche, c'était pour vérifier que les enfants des autres étaient mieux que les leurs. Mais ils trouvaient aussi dans la Bible des phrases très intéressantes pour semer la terreur dans notre fratrie. Nous croyions tous au paradis et à l'enfer, mais nous ne croyions en rien d'autre. Les rapports sexuels étaient l'apanage des gens vils, qu'ils soient mariés ou non. Nous ne nous demandions jamais comment nous étions venus au monde et imaginions être le fruit d'une communion chaste opérée de part et d'autre d'un mur de brique. Ils faisaient chambre à part, mes parents.

Nous avions une grande maison de campagne avec dix chambres, située en haut d'une colline, avec des moutons tout autour. Nous étions à deux kilomètres de l'école, en descente pour y aller, en montée pour revenir. Mes parents accueillaient des orphelins régulièrement, dans l'urgence. Ils arrivaient tôt le matin, tout vaseux, des bandes de frères et sœurs qu'ils hébergeaient dans le dortoir du grenier. On continuait d'appeler cette pièce « l'orphelinat » même quand ça faisait bien longtemps qu'il n'était plus utilisé. Ils n'étaient probablement pas tous méchants, mais, globalement, ce n'étaient pas des enfants de chœur.

On était la famille d'intellos. Vous voyez ce que je veux dire ? Il y en a toujours une. Des pianos partout. Des montagnes de livres. Des A à tous les devoirs, sans quoi c'était *un échec*. On ne parlait que de ça, de la réussite à l'école. Mon père était prof de maths. Ma mère écrivait des livres sur l'histoire de la médecine. Nous sommes tous allés dans les meilleures écoles, nous travaillions toujours plus que les autres, et nous gagnions tous les concours, toutes les médailles, toutes les bourses, tous les trophées. Nous ne laissions pas une seule miette aux autres.

J'avais assez de capacités pour réussir, sans aucun doute. Mais j'avais quelques désavantages :

a) j'étais la cadette,
b) j'étais une fille,
c) je n'étais pas la fille qui était morte, Michaela, cette fille qui était plus jolie, plus gentille et, bien sûr, plus intelligente que moi. Et bien moins vivante. Ç'aurait dû faire de moi la prunelle des yeux de mes parents, pourrait-on penser.

Au moins, notre gentille petite Noelle est encore avec nous.

Mais pas du tout.

Michaela est morte d'un cancer. On pensait tous qu'elle avait un rhume. On avait tort.

Du coup, il ne restait que moi. La moins jolie, moins intelligente, moins morte, et mes quatre frères horribles, que papa et maman passaient leur temps à critiquer.

Je m'en suis sortie. Je suis entrée à Trinity, à Dublin. J'en suis sortie avec un doctorat en mathématiques appliquées. Je suis partie à Londres avec mon diplôme, et ça m'a plu pendant un temps d'être « Noelle l'intello », et plus « l'une des Donnelly ». Je me suis lancée dans la finance. Je me disais que j'avais envie d'être riche, d'avoir une voiture de course et un appartement avec terrasse. Mais ce n'était pas pour moi, et tout le monde le voyait bien. Je suis partie avant d'avoir gagné assez d'argent pour m'acheter un scooter, alors une voiture…

Quand j'y repense, je m'impressionne, vraiment. J'étais si jeune, si simple, je ne connaissais personne, mais j'osais m'aventurer dans le ventre bouillonnant de la métropole. Et j'avais une chambre à Holland Park. Pas mal. Je ne me rendais pas compte de la chance que j'avais d'être dans ce quartier. Je pensais que tous les Irlandais qui venaient à Londres vivaient dans ces rues où s'alignent les belles maisons blanches. Je n'avais jamais entendu parler de Walthamstow. Et j'étais plutôt mignonne, en y repensant. J'avais un peu l'air d'un mannequin, dans le genre visage naturel, sans poitrine, avec des jambes immenses, des cheveux longs et de grands yeux humides. Mais bon, personne ne m'a jamais dit que j'étais jolie, pas une fois. Je ne sais pas pourquoi.

J'ai travaillé pour un grand magazine pendant un temps. J'étais aux services financiers, et j'ai passé trois années à être complètement invisible. Puis on m'a licenciée, j'ai dû quitter ma petite chambre à Holland Park, dire adieu aux grandes avenues, à mon boucher qui était déjà bio avant que quiconque s'intéresse à ça, à l'épicerie qui vendait de la bisque de homard en conserve, et au parc, avec son orangerie et ses charmilles. C'est à ce moment-là que j'ai découvert l'existence de Walthamstow. Code postal E17. De petites maisons marron, des laveries décrépies, des stations de taxis détruites, des bâtiments condamnés.

Je décidai de devenir enseignante.

Je ne sais pas pourquoi. J'avais déjà largement prouvé que je n'avais aucun charisme, que je ne savais pas attirer l'attention d'autrui. Je ne sais pas *comment j'ai pu imaginer* que je serais capable d'intéresser une classe de trente adolescents à la mâchoire pendante aux principes de l'algèbre.

J'ai été reçue au concours, mais je n'ai jamais enseigné. Je n'ai pas eu le courage. Ça me donnait la nausée rien que d'y penser. À trente ans, j'ai passé une petite annonce dans un journal de quartier, et j'ai commencé à donner des cours particuliers. J'étais très douée, et toutes les mères des environs se passaient le mot entre deux smoothies, me recommandaient comme un bon restaurant, et j'ai rapidement gagné assez d'argent pour quitter mon petit taudis de Walthamstow et acheter à Stroud Green, quartier où les maisons étaient un peu plus grandes. Et voilà. Il ne s'est rien passé de plus pendant bien longtemps. Et, si je ne l'ai pas déjà précisé, j'étais encore vierge à cette époque.

Sérieusement.

J'avais eu un copain pendant un moment en Irlande, entre mes quatorze et mes quinze ans. Tony. Pour ce qui était des baisers et compagnie, j'avais eu ma dose, et je pensais que le reste viendrait plus tard. Ce ne fut pas le cas.

Jusqu'au jour où, dans une revue spécialisée sur l'enseignement, j'ai lu un article sur un livre fait pour les gens qui « ne supportaient pas les maths ». Et des gens qui ne supportent pas les maths, il y en a un paquet, même si ça me semble complètement incompréhensible. Comment est-ce qu'on peut apprécier de parler devant une pièce pleine à craquer, mais rester imperméable au fonctionnement des nombres ? Ça ne fait aucun sens. Bref. Je ne me souviens plus du titre du livre. C'était quelque chose comme *Nul en maths*. Oui, je crois que c'était ça. *Nul en maths*. Je l'ai acheté et je l'ai lu. Ça m'a permis de réfléchir à des sujets qui ne m'avaient jamais traversé l'esprit avant, mais, surtout, ça m'a fait rire. En général, je ne lisais pas du tout de livres. Celui-là, c'est parce que le compte-rendu m'avait intriguée. Je ne m'attendais pas à autant d'humour dans un bouquin de maths, mais c'était hilarant. Et il y avait une photo à l'intérieur d'un homme charmant avec un grand sourire et une tignasse sombre.

Une photo de toi.

Je n'avais jamais été fan de quoi que ce soit avant de lire ton livre. J'aimais certaines séries télé, *Brookside*, par exemple, que j'ai suivi jusqu'au tout dernier épisode. Et dès qu'une chanson de Take That passait à la radio, je me sentais mieux, mais, au fond, je préférais la musique classique. Bien sûr, j'avais eu des coups de cœur pour des garçons dans ma vie, des tonnes. Mais là, c'était différent.

Tu étais différent.

Tu te souviens de notre première rencontre ? J'en suis sûre. Tu faisais une séance de dédicace sur le stand de ton éditeur au Salon de l'éducation de Birmingham. J'y vais tous les ans. Donner des cours particuliers est une activité très solitaire, et il faut se tenir informé régulièrement pour ne pas être dépassé. Il faut toujours être à la page pour les mamans du nord de Londres, et garder une longueur d'avance.

Enfin, cette année-là, j'y allais surtout parce que je savais que tu y serais. J'avais fait un effort remarquable : une jupe, des collants, et un rouge à lèvres effet pomme d'amour qui enflammait mes cheveux et faisait briller mes yeux bleus. J'avais quarante et un ans. L'automne de ma jeunesse. L'hiver, en réalité. Et oui, j'étais toujours vierge.

Tu étais assis derrière une table haute, sur un tabouret, avec une petite pile de livres devant toi. Il n'y avait personne, pas de queue. Un petit écriteau sur le mur précisait que « Floyd Dunn, l'auteur de *Nul en maths*, fera une dédicace aujourd'hui entre 13 et 15 heures », avec une photo, ce portrait de toi, le même que celui qui se trouvait dans le livre et que j'avais observé pendant des heures, mémorisant la façon dont tes cheveux encadraient ton visage et le contour de tes lèvres quand tu essayais de sourire tout en restant sérieux.

J'ai regardé la photo, puis toi, et de nouveau la photo. Tu étais plus fin que je ne l'avais imaginé. J'étais persuadée que tu aurais un peu de ventre. Je ne sais pas pourquoi.

— Bonjour ! t'es-tu exclamé en me voyant approcher, comme si tu venais de te mettre en marche.

Tu ne peux pas savoir à quel point j'étais nerveuse. Mais j'ai bien caché mon jeu, j'avais l'air très, très détendue.

— Bonjour ! t'ai-je répondu, serrant dans mes bras mon exemplaire écorné du livre. J'ai déjà le mien. Est-ce que ça vous dérangerait de le signer ?

Je te l'ai tendu, et tu as souri de ce sourire qui transforme tes yeux en feu d'artifice et fait chavirer mon cœur.

— Vous avez l'air de l'aimer, ce livre.

J'aurais pu te dire que je l'avais déjà lu trente fois. Qu'en une semaine il m'avait plus fait rire qu'en un an de ma vie.

Que je t'admirais tellement. Que je voudrais que tu me considères comme ton égale. Alors je t'ai dit :

— C'est un livre très utile. Je suis prof de maths.

— Je suis très heureux que ça vous plaise.

Tu m'as pris le livre des mains et l'as ouvert à la page de titre.

— C'est pour vous ?

— Oui, s'il vous plaît. Noelle.

— Noelle, c'est un joli nom. Vous êtes née pendant les fêtes ?

— Oui, le 24 décembre.

— Un beau cadeau !

— Non, apparemment pas. J'ai gâché la fête pour tout le monde.

Et là, tu as ri. Je ne m'étais pas imaginé ton rire. D'après ta photo, je pensais qu'au mieux tu pouvais laisser échapper un petit rire, si l'on te chatouillait pendant des heures, mais pas plus. Et pourtant, tu riais aux éclats, à gorge déployée. Comme une grande explosion de joie. Ça m'a beaucoup plu, vraiment.

Je t'ai vu écrire quelque chose après mon nom, je voulais absolument voir ce que c'était, mais je jugeais préférable de feindre le détachement.

— Vous êtes américain.

— D'une certaine façon, oui. Et vous êtes irlandaise ?

— Oui, de toutes les façons.

Tu as aimé ce petit trait d'esprit, et ri de plus belle. J'avais l'impression que quelqu'un était en train de me masser l'estomac avec des gants de velours.

— D'où venez-vous ?

— Des environs de Dublin. Du comté de Wicklow, le royaume des moutons.

Tu as ri pour la troisième fois, ce qui m'a donné une confiance en moi que je n'avais jamais ressentie de toute ma vie. Je me suis retournée pour vérifier que personne n'attendait derrière moi. Non, je t'avais à ma disposition.

— Vous restez demain ?

— Non, non. On m'a pris un train pour Londres tout de suite après. Il part dans…

Tu as regardé ta montre à ce moment-là.

— Deux heures, déjà. Je devrais commencer à ranger tout ça.

— Vous avez signé beaucoup de livres ?

— Oui, des centaines.

Tu as rebouché ton stylo en me lançant un sourire amusé.

— Je plaisante. J'ai dû en signer à peine une vingtaine.

— Ça fait une sacrée trotte pour dédicacer vingt bouquins.

— Je suis de votre avis.

Tu as rangé le stylo dans la poche de ta veste et t'es retourné pour chercher quelqu'un qui pourrait t'emmener à la gare, sans doute.

— Eh bien, je vais vous laisser, alors. Bon retour à Londres ! Vous vivez dans quel quartier ?

— Dans le Nord.

— Oh ! me suis-je écriée en feignant la surprise comme une nominée aux Oscars. Ça alors ! Moi aussi.

— Vraiment ? Où ?

— À Stroud Green.

— Quelle coïncidence, moi aussi !

— Vous habitez à Stroud Green ?

Ça, je l'ignorais. Je n'en revenais pas.

— Oui, sur Latymer Road. Vous connaissez ?

— Oui ! Bien sûr que je connais. J'habite à quelques rues de là.

La joie dégoulinait de mon visage par les oreilles, les yeux, le nez.

— Eh bien, nos chemins se croiseront peut-être de nouveau, alors.

— Effectivement, ai-je répondu comme si ce serait le fruit d'une simple coïncidence, et non la réalisation de mes rêves les plus fous. C'est possible.

Deux semaines plus tard, je te revoyais.

Chapitre 28

Dire que je t'ai suivi serait un peu exagéré. Après tout, nous vivions à moins de cent mètres l'un de l'autre. Il serait honnête, cependant, de dire que je sortais un peu plus souvent qu'à mon habitude. Découvrir une bouteille de lait presque vide dans le réfrigérateur m'emplissait de bonheur.

Oh, là, là, il va falloir que je retourne à l'épicerie.

Et si, en revenant, je me rendais compte que j'avais oublié d'acheter le journal sur le chemin, ce n'était pas la fin du monde. Je remettais mon manteau et ressortais, en restant aux aguets. Tout était bon pour passer devant Latymer Road.

Jusqu'à ce qu'un soir tu sois là, à la supérette, dans ton anorak bleu, une bouteille de vin rouge à la main, étudiant la composition des différents paquets de céréales.

— Floyd Dunn.

Tu t'es retourné et tu t'es immédiatement souvenu de moi. J'en suis sûre. Je ne m'y attendais pas. Personne ne se souvenait de moi, d'habitude. Et tu m'as souri.

— Je sais qui vous êtes. Vous étiez au Salon de l'éducation.

— Oui, exactement. Noelle.

Je t'ai tendu la main, et tu l'as serrée.

— Noelle, bien sûr. Le cadeau qui gâche le réveillon. Comment allez-vous ?

— À merveille, merci. Et vous ?

— Plutôt à merveille, si c'est possible.

— Il y a plein de nuance de merveilles.

Là, je crois qu'il y a eu un moment un peu embarrassant. Cela dit, j'ai vécu le plus clair de ma vie dans l'embarras, je ne suis donc pas la mieux placée pour en juger. Mais tu as décidé d'intervenir, de voler à la rescousse de cette discussion, et c'est là que j'ai su.

Tu m'as dit, et je ne l'oublierai jamais, tant c'était inattendu :

— Plutôt riz soufflé ou blé fourré ?

Ça n'a peut-être pas l'air de grand-chose, mais ce qui m'importait, c'est que ce n'était pas un rejet. Ce n'était pas un coup d'œil à ta montre suivi d'un « Ah, il est tard, je dois y aller ». Ce n'était pas une allusion au temps que j'étais en train de te voler, au fait que je t'empêchais de faire autre chose. C'était une invitation à discuter.

Que j'ai bien évidemment saisie.

— Le riz soufflé, c'est délicieux, mais au bout de cinq minutes, on a déjà faim. Tout cet air…

Tu m'as souri. J'aimais tes dents de travers.

— Tout cet air… Vous êtes drôle.

— Non, je suis irlandaise.

— C'est vrai. Vous avez un don inné pour l'humour. Bon, as-tu continué en te retournant vers les céréales. Une fille de sept ans. Sa mère est une terroriste de la nourriture saine, donc rien de sucré. Qu'est-ce que vous choisiriez ?

Une fille de sept ans ? Le livre ne parlait pas de ça dans ta biographie. Et je n'aimais pas trop les petites filles.

— C'est pour votre fille ?

— Oui, Sara. Je me suis récemment séparé de sa mère, alors maintenant je suis un papa du week-end. Je ne peux pas me permettre le moindre faux pas. Ma femme pense déjà que je vais l'oublier quelque part, la laisser fourrer la main dans le mixeur ou quelque chose de ce genre.

— Des Weetabix, alors. Ce sont les céréales qui contiennent le moins de sucre.

Ton visage s'est adouci, et tu m'as encore souri.

— Vous voyez, je me doutais que vous sauriez ce genre de chose. C'était sûr. Vous avez des enfants ?

— Non.

Tu m'as regardée à ce moment-là, et je savais que tu hésitais à me dire quelque chose, que tu avais une idée derrière la tête.

J'ai fait comme si je n'avais pas remarqué, et, quoi que ce fût, tu as décidé de ne rien dire. Je voyais que tu étais en train de ravaler tes mots.

— Merci beaucoup pour votre aide. Au revoir, Noelle.

Tu as pris les Weetabix. Et ça s'est arrêté là.

Mais c'était assez pour que, lorsque je t'ai recroisé, une semaine plus tard, nous ayons un petit quelque chose entre nous, un lien. Nous avons discuté de la météo, cette fois-là. La fois suivante, du nouveau plan du gouvernement qui allait esquinter l'éducation nationale, dont tous les journaux parlaient. Enfin, la quatrième fois, un mois après le salon de Birmingham, tu m'as demandé si j'avais déjà essayé le restaurant érythréen près du métro.

— Non, je n'y suis jamais allée.

— Eh bien c'est excellent. J'y vais depuis des années. Vous devriez l'essayer. D'ailleurs…

C'est là que tu m'as invitée à dîner.

Oui, Floyd. *Tu m'as invitée à dîner.* Je sais que tu essaieras de dire que ça ne s'est pas passé comme ça, comme tu voudras le faire pour tout ce qui s'est passé ensuite, mais nous savons tous les deux que c'est *toi qui as fait le premier pas.* Tu m'as vue, Floyd. Tu m'as vue et tu m'as voulue. Tu m'as invitée à dîner. Tu es arrivé à l'heure, bien habillé. Tu ne m'as pas regardée en disant « J'ai commis une grave erreur », avant de prendre la fuite. Tu as souri quand je suis arrivée, tu t'es levé, tu as posé une main sur mon épaule et tu m'as fait la bise. Tu as dit :

— Tu es charmante.

Tu as attendu que je sois installée avant de t'asseoir. Tu m'as regardée droit dans les yeux pendant tout le repas.

Tout ça, tu l'as fait.

Ensuite, c'est encore *toi*. Tu m'as appelée quelques jours plus tard (assez longtemps pour que je doute, pour que je pense à t'appeler en premier, mais tu l'as fait. *Ce n'était pas moi*). Et tu m'as invitée chez toi.

Oui, Floyd.

Ton but, ce soir-là, était clair. Tu voulais me sauter. Ce qui tombait assez bien, puisque j'avais envie que tu me sautes. Le dîner était un prétexte évident (qu'est-ce que c'était, déjà ? Des pâtes, il me semble, avec une sorte de sauce toute faite. La préparation avait dû te prendre cinq minutes tout au plus), mais il y avait une bonne bouteille de vin, je crois. Une heure plus tard, nous étions sur ton canapé, et pendant que tu enlevais mes vêtements en haletant, j'ai glissé :

— Il faut que je te dise un truc, je suis vierge. Je suis probablement la dernière du monde.

Et tu as été si gentil. Tu n'as pas ri. Tu ne m'as pas dit : « Tu te fous de ma gueule ? » Tu ne t'es pas arrêté, tu n'as pas soupiré, tu ne m'as pas dit de rentrer chez moi. Tu as été compréhensif. Tu m'as caressée jusqu'à ce que je sois prête, puis tu as été doux et patient. Ça m'a fait mal, vraiment mal. Mais je m'y attendais, et de toute façon tu n'étais pas non plus le gros bras du quartier, si tu vois ce que je veux dire. Tant mieux pour moi.

Je le savais, à ce moment-là, que notre relation serait simplement sexuelle. Ça me convenait.

Au fil des mois, je me suis habituée à toi, à tes oreillers, à tes céréales, à l'odeur de tes cheveux avant que tu les laves, à voir ton nom apparaître sur mon téléphone quand tu appelais ou écrivais. Tu avais pris possession d'une bonne partie de ma vie. Je dirais environ trente pour cent, s'il fallait évaluer ça précisément. Et je dirais que trente pour cent de ce temps étaient consacrés au sexe. Le reste consistait à être allongée dans ton lit en écoutant la douche couler, à attendre tes appels, à te regarder cuisiner, à te regarder manger, à regarder la télé sur ton canapé avec toi, à sortir dîner une fois de temps en temps, à faire des balades au parc, occasionnellement, et à convenir d'un prochain rendez-vous. Ce qui est essentiel pour deux personnes qui ont une relation purement physique. Ça fait beaucoup de temps à ne pas coucher ensemble. Bien assez pour créer un lien fort. Je ne t'ai jamais dit que je t'aimais. Tu ne me l'as jamais dit non plus. Certains utiliseront cet argument pour minimiser ce qui s'est passé entre nous par la suite, mais ça ne veut rien dire.

Rien du tout.

Chapitre 29

J'ai rencontré Sara-Jade un an après le début de notre relation. Jusque-là, elle ne venait dormir qu'un week-end de temps en temps, et c'était facile de nous tenir à distance l'une de l'autre. Mais ton ex venait de trouver un travail, et elle passait déposer Sara chez toi souvent, très souvent, en te prévenant à la dernière minute, et parfois, les soirs où tu m'avais déjà invitée.

Tu m'avais dit que c'était une enfant difficile. Elle ne réagissait pas bien à votre séparation. Et moi, je n'ai jamais trop aimé les petites filles. Elles vous lancent ce regard parfois, comme si leur cœur était plein de haine.

Sara-Jade avait à peine l'air humaine. Sa peau était si pâle qu'on pouvait voir ses veines. Et ses cheveux si choquants, si *blancs*. Pas blonds, non. Blancs, comme ceux d'une vieille dame. Elle était très fine, elle avait plus l'air d'avoir cinq ans que huit.

J'ai essayé d'être gentille, vraiment. Tu le sais bien, tu l'as vu.

— Tu dois être Sara-Jade. Quel plaisir de te rencontrer !

J'ai voulu lui serrer la main, ce que je fais toujours avec les jeunes enfants, parce qu'on ne peut jamais savoir s'ils aiment les adultes ou pas. Certains adorent être au centre de l'attention, dès que vous croisez leur regard, ils vous capturent: « Regarde-moi, trouve-moi génial, dis-moi que je suis meilleur que les autres enfants. » Mais d'autres s'en fichent éperdument et vous fuient comme la peste. Je trouve que la poignée de main est un bon compromis entre leur donner trop d'importance et les ignorer, et parfois c'est la première fois que quelqu'un leur serre la main, ce qui est une chose importante, quoi qu'on en pense.

Sara-Jade ne m'a pas serré la main. Elle a fait volte-face et est sortie de la pièce en pleurnichant.

Nom de Dieu.

Tu as couru après elle. J'entendais vos voix tandis que je restais plantée là, dans l'entrée, la main lourde contre mon corps.

J'avais l'impression d'être un monstre. Je me souviens de m'être observée dans le miroir au-dessus de la table de l'entrée. À cette époque-là, je m'aimais un peu plus. J'avais commencé à me concentrer sur le positif plutôt que sur le négatif. Si un homme comme toi voulait me toucher, me regarder, alors je ne devais pas être si monstrueuse. Mais le visage dans le miroir ce jour-là, pendant que tu consolais ta fille en pleurs derrière une porte fermée, je ne voulais pas le voir. Il y avait de la noirceur dans mes yeux, de la peau tirée entre les pommettes et le menton, des cheveux asséchés par l'eau calcaire et trop longs pour ce visage. Je n'étais pas jolie. Pas du tout.

Ta fille me l'a rappelé.

Après ça, c'était difficile de l'aimer.

Après ça, et pendant un bon bout de temps, c'était difficile de m'aimer.

Je sais que je n'aurais pas dû le prendre pour moi. Sara-Jade avait un caractère à fleur de peau, elle avait peur de tout, et pas seulement d'une femme dans l'entrée.

Mais je l'ai pris comme une agression personnelle, et je ne pouvais plus faire d'efforts avec cette enfant après notre rencontre désastreuse. En même temps, toi aussi, tu avais du mal avec elle. Elle était très introvertie, mais multipliait les caprices. Le terme caprice n'est pas assez fort. J'avais parfois l'impression qu'elle était possédée du démon. Elle jetait, cassait et hurlait qu'elle voulait te tuer, te poignarder, te décapiter. Elle te détestait, ça, c'est indubitable. Parfois, elle régressait et avait besoin de toi. Elle te demandait de l'accompagner aux toilettes parce qu'elle avait trop peur d'y aller toute seule, ou elle voulait que tu lui chantes une chanson jusqu'à ce qu'elle s'endorme, parfois pendant plus de trente minutes.

Nous avons beaucoup parlé d'elle pendant ces mois-là, chuchotant sur l'oreiller le soir, nous demandant *que faire* et *comment faire*. Je n'en avais aucune idée. Je ne savais rien des jeunes enfants. J'avais des milliers de nièces et de neveux en Irlande, mais je n'en avais jamais vu un seul. Ça ne m'intéressait pas. Mais j'ai réussi à dire quelque chose.

— Et un psychologue ? Tu y as pensé ?

Non, parce qu'apparemment *Kate*, la parfaite petite Kate, l'ex-femme *la plus chiante du monde* (excuse-moi, Floyd, mais c'est vrai, et tu le sais bien, avec ses chuchotements, ses yeux de poupée, la façon dont son menton s'affaissait quand tu lui disais que votre fille s'était mal comportée et qu'elle répondait : « Oh, Jade, ma chérie, mon pauvre lapin. Papa t'a encore couchée trop tard ? » J'avais envie de la couper en deux, vraiment), Kate avait décidé que ça ne se passerait pas comme ça. « Trop de sucre », « pas assez de sommeil », « semaine difficile à l'école ». Bla-bla-bla. Elle refusait d'admettre que sa fille était une vraie psychopathe.

J'aurais dû insister. J'aurais dû être plus gentille. La seule responsabilité que j'accepte dans cette histoire, c'est ça.

C'est moi qui t'ai monté contre elle. Ensemble, nous la diabolisions. C'est comme ça que nous nous consolions de notre déception, de notre impuissance. Plus tu t'éloignais d'elle, plus tu te rapprochais de moi. J'étais devenue *normale*, *saine d'esprit*. Je me suis jetée dans cette nouvelle dynamique, corps et âme.

Alors maintenant, Floyd Dunn, regarde-moi, regarde-moi bien et ose me dire que ce n'est pas toi. Vas-y ! Je t'en prie. Dis-moi que ce n'est pas toi qui l'as dit le premier, toi qui t'es tourné vers moi un soir, après avoir fait l'amour, toi qui as pris mes mains entre les tiennes, toi qui les as embrassées longuement avant de me dire : « Peut-être que si nous avions un bébé, il m'aimerait. »

Chapitre 30

Laurel reprend sa voiture à King's Cross et se rend directement chez Hanna, où elle nettoie l'appartement de fond en comble. Quand il n'y a plus de ménage à faire, elle ouvre la porte qui donne sur l'horrible jardin avec son parfum écœurant d'étés ratés. Elle attrape un sécateur et laisse derrière elle des squelettes arboricoles noircis, de la boue et le vieux barbecue rouillé que sa fille n'a jamais utilisé. Elle n'a pas mis de gants, et ses mains sont rapidement éraflées et rougies, mais elle s'en fiche. Elle se passe de la crème hydratante sur les mains et observe avec satisfaction la pommade qui s'infiltre dans sa chair.

Il n'y a pas de fleurs aujourd'hui. De toute façon, Laurel ne s'intéresse plus à la vie amoureuse cachée de sa fille. Qu'elle fasse ce qu'elle veut ! Qu'elle ait une copine, un copain, un vieux, une jeune, deux femmes ou un chien, elle s'en moque. Elle peut bien avoir qui elle veut. Hanna lui en parlera quand elle sera prête.

Tout ce qui lui semblait si important hier n'a plus aucun intérêt aujourd'hui. Tout ce qui compte, maintenant, c'est de digérer cette masse d'informations nouvelles qui lui obscurcit l'esprit. Tout est enchevêtré, et même si elle sait qu'il y a quelque chose derrière, l'explication est tellement improbable et étrange qu'elle ne sait pas par où commencer pour la trouver.

Elle range les trente livres d'Hanna dans son porte-monnaie, referme la porte derrière elle, s'installe dans sa voiture et rentre vite chez elle.

En tapant « Noelle Donnelly » sur Google, elle ne trouve pas de résultat bien intéressant. Le monde est apparemment plein de Noelle Donnelly, et Laurel est à peu près sûre que si l'enseignante avait voulu disparaître et qu'elle était maintenant physiothérapeute à Chicago, elle ne le proclamerait pas haut et fort sur Internet. Elle affine donc sa recherche : « Noelle Donnelly prof maths ». C'est déjà plus intéressant. Laurel découvre plusieurs annonces sur des sites comme profparticulier.com ou coursadomicile.com, mais elles ne sont plus actives et il n'y a aucun nouveau commentaire.

« Noelle Donnelly Irlande ». Il y a beaucoup de résultats, mais ce n'est jamais la bonne Noelle. Enfin, Laurel tape « Noelle Donnelly disparition ». Le monde ne s'est jamais intéressé au destin de cette femme. Personne n'en a parlé. Il n'y a rien à ce sujet.

Elle referme son ordinateur et se gratte l'avant-bras en essayant de se rappeler qui lui a recommandé Noelle Donnelly. Quelqu'un du quartier. Une voisine. Elle se souvient de ses chiens, deux setters irlandais qui lui sautaient toujours dessus quand elle lui rendait visite, laissant des traces de pattes boueuses sur son pantalon, mais pas de son nom. Elle ouvre la porte de l'armoire de la chambre d'amis et sort une boîte d'objets de l'ancienne maison qu'elle n'a toujours pas rangés. Elle espère y trouver son vieux répertoire, relique d'une époque où les gens consignaient encore les numéros sur papier au lieu de les rentrer dans leur téléphone.

Elle le repère sous d'autres affaires et le feuillette, un peu atterrée par le nombre de gens qu'elle connaissait à ce moment-là et à qui elle ne pense plus du tout.

C'est Susie. Ou Sally. Ou Sandy. Quelque chose dans ce goût-là. Elle tourne les pages encore plus vite, puis s'arrête soudainement. Il y a un Post-it rose accroché à la page « S », avec sa propre écriture ramassée, sèche. Le nom Noelle Donnelly. Et un numéro. Laurel se souvient. C'était Sally, oui. Elle l'avait appelée un matin.

— Ellie a besoin de cours de maths. Tu connais quelqu'un, non ? Tu pourrais me donner son numéro ?

Elle l'avait griffonné, avait détaché le Post-it et l'avait collé là.

— Merci, Sal. Tu m'ôtes une épine du pied. À très vite !

Avec les chiens qui aboyaient derrière son interlocutrice.

Laurel compose le numéro. Étonnamment, quelqu'un répond. Un jeune homme à l'accent irlandais.

— Bonjour, je suis désolée de vous déranger. Je cherche quelqu'un qui avait ce numéro. Noelle Donnelly ?

— Ah oui, c'est ma tante. Mais personne ne sait où elle est.

Laurel ne sait plus quoi dire. Elle s'attendait à une ligne résiliée, ou au mieux à quelqu'un qui n'avait jamais entendu parler de Noelle Donnelly. Mais elle avait un membre de sa famille au bout du fil.

— Oui, je sais. Elle a disparu, c'est ça ?

— C'est ce qu'on dit.

— Je me demandais… Je connais bien sa fille et son ancien compagnon, et il y a quelque chose…

Comment formuler ses doutes ?

— Il y a certaines choses qui m'intriguent à propos de sa disparition. Est-ce que je pourrais passer vous voir ?

— Qui êtes-vous ?

— Je suis une amie de Poppy.

— Ah oui, la fille qu'elle a eue. Ma grand-mère en parle parfois.

Silence au bout de la ligne. Laurel se demande s'il l'a entendue demander si elle pouvait passer.

— Vous pouvez passer, si vous voulez. C'est au 12 Harlow Road, une rue perpendiculaire à Stroud Green Road.

— Je peux venir maintenant ?

— D'accord. Je m'appelle Joshua, au fait. Joshua Donnelly.

— Et moi Laurel Mack. Je serai chez vous dans une demi-heure.

Harlow Road croise la rue principale à un endroit que Laurel connaît très bien pour l'avoir vu sur les images prises par les caméras de surveillance et diffusées aux infos après la disparition d'Ellie. C'est exactement de l'autre côté de la rue par rapport à la voiture garée dans laquelle sa fille s'est regardée.

Le numéro 12 est proche du croisement. C'est une petite maison mitoyenne avec un cerisier bas à côté de la porte. Elle n'est pas bien entretenue. On dirait même qu'elle est abandonnée.

Joshua Donnelly ouvre grand la porte et fait un pas à l'extérieur.

— Entrez, Laura, suivez-moi.

— Laurel.

— Oui, désolé.

Il referme la porte derrière elle. Il est petit et très énergique. Il porte un jogging en jersey gris trop grand et un maillot de football rouge et blanc. Il a les cheveux courts et une petite ligne rasée qui part du front. Son visage est charmant, presque beau, avec ses très longs cils.

— Excusez-moi pour l'état de la maison. Je vis ici avec mon frère, et on n'est pas très à cheval sur l'ordre, explique-t-il en la menant au salon.

Il y a deux canapés en cuir marron et des meubles en pin verni, avec des reproductions d'art moderne encadrées aux murs. Des vêtements sont en train de sécher près de la porte de la cour arrière et sur le dossier des chaises. Il y a des tasses un peu partout et des piles de documents qui ressemblent à des cours. Ce n'est pas aussi terrible qu'on pourrait s'y attendre.

— Tu es le fils de…

— Du petit frère de Noelle. Ils sont quatre en tout, quatre frères. Et il y avait deux filles, mais la première est morte quand elle était petite, et l'autre c'était Noelle, et on ne sait pas ce qu'elle est devenue.

Il enlève des livres de cours du canapé et balaie de la main des miettes qu'il fait tomber par terre, avant d'inviter Laurel à s'asseoir.

— Vous voulez boire quelque chose ? Un thé, un Coca ?

— Non merci, ça ira, répond-elle en s'asseyant.

— Vous êtes sûre ? J'ai tout ce qu'il faut.

— Ça va, merci.

Il se dégage une place sur l'autre canapé et s'assied, les jambes écartées, un genou gigotant.

— Vous avez hérité de la maison ?

— Pas vraiment hérité, non. Ma famille l'a récupérée, si on peut dire. Maintenant, c'est un peu notre pied-à-terre quand quelqu'un est de passage à Londres ou s'y installe pour quelque temps. En ce moment, c'est moi et Sammy, mon petit frère.

—Ça fait combien de temps que vous êtes là ?

—Depuis octobre. Je fais mes études à Goldsmiths. Je vais rester ici pendant quelques années. Mais, avant moi, il y en a eu d'autres. On est treize cousins en tout. On n'a pas le droit de bouger ou de toucher à quoi que ce soit, par contre. On garde la maison comme elle l'a laissée, ou presque.

—Au cas où elle reviendrait ?

—Oui, voilà. On ne sait jamais.

—Vous pensez qu'elle va revenir ?

—Alors ça, c'est une bonne question, rétorque-t-il en haussant les épaules. Vous savez, moi, je ne l'ai jamais rencontrée. Aucun de mes cousins ne la connaît. C'est le fantôme de notre famille. On en entend parler, on a su qu'elle s'était acheté une maison, qu'elle fréquentait un écrivain, qu'elle allait avoir un bébé, tout ça. Mais on ne l'a jamais vue. C'est fou, non ?

Il regarde Laurel fixement, en souriant.

—Oui, c'est bizarre.

Elle regarde autour d'elle, les étagères en pin pleines de livres, les affiches décolorées par le soleil.

—Alors tout ça, les meubles, les livres, c'est à Noelle ?

—Oui, toutes les affaires. À l'étage, dans les commodes, il y a encore ses vêtements. Même ses sous-vêtements. Il y a tout.

—Personne n'y a jamais touché ? C'est resté en l'état ?

—Oui.

Laurel voudrait courir à l'étage pour tout fouiller, pour vider les tiroirs et examiner tous ses documents. Pourquoi ? se demande-t-elle. Qu'espère-t-elle y trouver ?

—À votre avis, qu'est-ce qui lui est arrivé ?

—Aucune idée. Tout ce qu'on sait, c'est qu'elle devait revenir en Irlande. Et elle a emporté son passeport, sa carte bancaire, un sac de voyage, quelques photos. Elle allait *quelque part*, c'est sûr. Mais on dirait qu'elle n'est jamais arrivée. Son passeport n'a pas été utilisé. Sa carte non plus, depuis des années, lui raconte-t-il en posant ses mains sur ses genoux. Hyper chelou.

— Vous savez, ma fille a disparu.

— Vraiment ? s'exclame-t-il, intrigué.

— En 2005. Et c'est ici qu'elle a été vue pour la dernière fois, ajoute-t-il en faisant un geste de la main vers Stroud Green Road. Là-bas. En face du magasin de la Croix-Rouge. Par des caméras de surveillance.

Il prend un air pensif, et personne ne parle pendant un moment.

Laurel se demande à quel moment ce jeune homme avenant l'arrêtera en lui disant qu'elle va trop loin.

— Poppy, votre cousine. Vous la connaissez ?

— Non, personne ne la connaît. C'est la seule qu'on n'a jamais vue. Ce qui est dommage parce qu'il y a une autre cousine de son âge, Clara, un sacré personnage, franchement. Elles auraient pu être copines. Mais ce type, l'écrivain…

— Floyd ?

— Oui, lui. Il n'est pas très ouvert, et il la garde de près. Il ne voulait rien entendre quand on lui a proposé de l'aider. Je crois que l'un de mes oncles est allé chez lui, environ un an après la disparition, et a essayé de lui parler. Mais il paraît qu'il a été assez désagréable et lui a clairement dit qu'il ne voulait pas de nous.

Laurel se demande si Poppy sait qu'elle a une famille irlandaise.

— Comment est-ce que vous les connaissez, Poppy et Floyd ?

— Eh bien… Je connais bien Floyd. C'est mon compagnon.

— Ah, je vois ! lâche-t-il, un sourcil relevé.

— Et j'ai découvert que Noelle donnait des cours à ma fille, Ellie. Juste avant sa disparition.

— Quoi ? Ici ?

— Non, elle venait chez nous. On habitait à une dizaine de minutes à pied.

— Je vois.

Laurel le sonde du regard un moment, comme s'il pouvait lui montrer sur quel fil tirer pour défaire l'immense nœud dans son cerveau.

— Vous pensez que leurs disparitions sont liées ? C'est votre théorie ?

— Je n'en sais rien.

— C'est vrai que c'est un peu surprenant, je vous l'accorde.

Il pose ses coudes sur ses genoux et regarde fixement le sol.

— Ça me fait réfléchir, cette affaire. J'ai le cerveau en ébullition, poursuit-il en posant un doigt sur sa tempe. Vous avez un mystère, moi aussi, et ces deux disparitions ont peut-être quelque chose à voir l'une avec l'autre.

— Vous avez déjà regardé dans ses affaires, dans ses documents ? Pour voir si elle ne tenait pas un journal, par exemple ?

— Non, jamais. Mais..., hésite-t-il. Il y avait quelque chose de très bizarre, vraiment. Je n'ai jamais compris ce que ça faisait là.

Il jette un regard à la porte, avant de regarder de nouveau Laurel.

— Vous voulez voir ?

— Voir quoi ?

— Il faudrait que vous me fassiez confiance, parce que vous ne me connaissez pas, vous ne savez pas qui je suis.

— De quoi parlez-vous ?

— C'est au sous-sol.

— Qu'est-ce qui est au sous-sol ?

— Cette chose bizarre qu'on a trouvée.

Laurel sent l'adrénaline monter en elle. Elle scrute le visage du jeune homme charmant assis en face d'elle.

— Je peux vous le décrire, si vous préférez. Ou je peux descendre et faire une photo. C'est comme vous voulez.

— Pas besoin, répond-elle avec un sourire. Je peux y aller moi-même.

— Envoyez un message à quelqu'un, lui conseille-t-il. Dites-lui où vous êtes. Moi, c'est ce que je ferais à votre place.

Elle rit.

— Montrez-moi, s'il vous plaît.

La porte menant au sous-sol se trouve dans la cuisine. Joshua sort une lampe de poche d'un tiroir et la précède dans l'escalier en bois, qui se termine par une autre porte. Il l'ouvre, révélant une petite pièce carrée, décorée avec les mêmes meubles en pin que le salon et la cuisine. Il y a une petite fenêtre tout en haut du mur qui donne au niveau du terrain exigu devant la maison, là où il y a le cerisier, un canapé déplié en lit, une télévision, une chaise, et une pile de ce qui ressemble à des cages à hamster sur une table contre le mur.

Joshua fait glisser le faisceau de la lampe sur les cages.

— Quand mes oncles sont arrivés, il y avait une vingtaine de hamsters là-dedans. Tous morts, sur le dos, les pattes en l'air.

Il mime un hamster mort avec les pattes en l'air.

— Apparemment, ils s'étaient plus ou moins mangés entre eux. On n'a *vraiment* pas compris ce que c'était. On s'est dit qu'elle avait peut-être un élevage, pour les vendre ensuite, mais on n'a pas trouvé d'autres éléments pour accréditer cette théorie. Pourquoi avoir tous ces animaux dans son sous-sol et les laisser mourir ?

Laurel observe les cages et frissonne. Puis elle regarde de nouveau autour d'elle. Malgré les meubles couleur miel, la pièce est froide, nue. Et il y a quelque chose de profondément inquiétant, dérangeant, dans l'atmosphère.

— À quoi servait cette pièce ? demande-t-elle en montrant les serrures sur la porte – trois –, avant de se retourner vers la fenêtre en hauteur, les branches sans feuilles du cerisier, le canapé-lit, la télé.

— C'était une chambre d'amis, je pense.

— Pas très chaleureux.

— Non. Mais je ne crois pas qu'elle ait eu beaucoup d'amis. D'après ce que j'ai entendu, elle n'était pas très sociable.

— Alors pourquoi avoir un lit ici, et une télé ? Et pourquoi avoir ces animaux et les laisser mourir ?

— Je vous ai dit que c'était bizarre. Je pense que ma tante était barge, un point c'est tout. Perdre sa sœur, si jeune, ça l'a sûrement détraquée.

Laurel frisonne de nouveau. Elle pense à Hanna, qui a perdu Ellie. Elle pense à l'appartement sombre, sans âme, de sa fille. À son caractère si sérieux, à ses étreintes maladroites. Elle est soudain submergée par la peur qu'Hanna finisse comme Noelle Donnelly, à stocker des hamsters avant de disparaître sans rien laisser derrière elle, à part des zones d'ombre. Pendant qu'elle réfléchit, son œil est attiré par un objet qui dépasse de sous le canapé. Une petite chose en plastique. Elle se baisse pour la ramasser. C'est un baume à lèvres dans une boîte rose et vert vif. Parfum pastèque.

Elle le fait tourner dans sa main avant de le glisser dans sa poche. Elle a l'impression qu'il lui appartient.

La main de Laurel tremble sur le volant de la voiture. Elle peut encore sentir l'odeur du sous-sol de la maison de Noelle Donnelly, le bois humide, la moquette moisie. Dès qu'elle ferme les yeux, elle revoit cet horrible canapé, les cages à hamster, la fenêtre sale au niveau de la rue.

En arrivant chez elle, elle va directement dans la chambre d'amis et sort le carton avec les affaires d'Ellie. Elle fouille parmi les stylos, les bagues et les barrettes. Il y a la brosse à dents de sa fille, sa brosse à cheveux, des tas d'élastiques, de porte-clés et de crèmes pour le visage. Et là, entre tout ça, il y a trois baumes à lèvres. Un à la papaye, un à la mangue, un au miel. Elle sort de sa poche celui à la pastèque et le pose à côté des autres.

Ils vont ensemble.

Chapitre 31

Oui, c'est vrai que je t'ai dit que je prenais la pilule alors que ce n'était pas vraiment le cas. Pour être honnête, je pensais que j'étais déjà trop vieille et que je ne pourrais pas tomber enceinte deux mois après avoir arrêté d'utiliser des préservatifs. À l'époque, dans les journaux, on ne parlait que de ça, de comment les ovules s'asséchaient et tombaient le jour de vos trente-cinq ans et, quand je n'ai pas eu mes règles, j'ai simplement pensé que c'était le début de la ménopause. Ce n'est que quand mes pantalons ont commencé à devenir un peu serrés que j'ai pensé à vérifier. J'ai acheté un test et il y avait les petites lignes roses. Je suis restée assise sur les toilettes, chez moi, en me balançant d'avant en arrière et en pleurant parce que je me rendais compte que je ne voulais pas vraiment avoir de bébé. Que j'étais complètement idiote. Comment aurais-je pu élever un enfant, moi qui n'avais aucun instinct maternel, moi qui leur faisais peur ? Et je ne savais même pas si tu allais en vouloir. Certes, tu avais dit certaines choses, mais je ne savais pas comment tu allais réagir. Pas vraiment.

Quand je te l'ai dit, tu étais content. En tout cas, pas *mécontent*.

—Alors ça, c'est une surprise !

Puis tu m'as demandé si je voulais le garder, comme s'il s'agissait d'un collier que je venais d'acheter et que je pouvais aller échanger.

— Bien sûr que je veux le garder. C'est notre bébé.

Et tu as acquiescé. C'est tout.

Non, tu as aussi ajouté :

— Je ne peux pas te proposer de vivre avec moi, tu sais bien.

Ce qui m'a blessée, mais je ne l'ai pas montré.

— Oui, bien sûr, t'ai-je répondu, comme si cette pensée ne m'avait jamais traversé l'esprit.

Je pensais que tu changerais d'avis en voyant le bébé. Alors je n'ai jamais dit ce que je savais au fond de moi, à savoir que j'étais incapable d'élever un enfant toute seule.

Ça faisait deux fois que je n'avais pas eu mes règles, mais je n'étais pas sûre du nombre de semaines. Tu m'as accompagnée à l'échographie. Je me souviens très bien de ce jour, il faisait beau. Tu me tenais la main dans la salle d'attente. On était tous les deux sur les nerfs, oui, mais aussi très impatients, je crois. J'avais l'impression de vivre l'une de ces journées où vous savez que la route se sépare en deux, et que vous avez choisi un chemin, que vous avez fait vos bagages, trépignant d'impatience. C'était un jour nouveau, sans lien avec les jours précédents, ni les suivants. Je ne me suis jamais sentie aussi proche d'un autre être humain de ma vie que de toi ce jour-là, Floyd. Jamais.

Puis il y a eu l'écran, le têtard, et j'ai senti ta main serrer la mienne. Tu étais aux anges, je le sais. Il y avait ton enfant à l'intérieur de moi, un être humain qui arriverait dans nos vies et ne te dirait jamais qu'il te détestait. C'était une chance de recommencer. Une chance de mieux faire. À ce moment-là, tu étais heureux. Vraiment, Floyd. *Tu l'étais.*

Mais il n'y avait pas de bruit. Aucun son. C'était la première fois que je tombais enceinte. Je pensais qu'il n'était peut-être pas encore assez développé, ou que c'était mon propre cœur qui le maintenait en vie. Je ne savais pas qu'à ce stade du développement (dix semaines, d'après la gynécologue), il devait y avoir un battement de cœur.

Comment aurais-je pu le savoir?

Tu regardais la gynécologue qui déplaçait la sonde sur mon ventre, et ton sourire s'effaçait.

—Il y a un problème?

—Je n'entends pas le cœur battre.

Et j'ai compris. Il y aurait dû y avoir un son, et il n'y en avait pas.

Tu as retiré ta main de la mienne.

Tu as soupiré.

Ce n'était pas un soupir de tristesse. Ce n'était pas un soupir de déception, mais d'agacement. Un soupir pour dire: « Même ça, tu es incapable de le faire correctement. »

Plus encore que d'avoir perdu le bébé, c'est ce soupir qui m'a achevée.

Ensuite, tu m'as fait comprendre que c'était une chance de se séparer, sans drame. Mais tu n'avais pas assez de volonté pour en finir, ce dont j'ai profité. J'ai fait traîner les choses, c'est vrai. Je me suis éternisée. Je suis redevenue la personne que j'étais avant de tomber enceinte. Je débarquais chez toi dès que tu étais en manque de sexe. Je me suis même installée quelques mois, quand ils faisaient des rénovations chez moi contre l'humidité. Je savais que tu ne voulais pas de moi.

—Ils t'ont dit combien de temps ça allait durer, les ouvriers? Tu as une date?

Rien n'avait changé, et je ne te demandais rien de particulier, même si mon utérus avait un jour accueilli ton têtard.

Et il y avait ton horrible fille, Sara-Jade, qui te détestait autant qu'elle avait besoin de toi. Elle te dérangeait, t'énervait, te frappait, te crachait au visage, puis refusait de descendre de tes genoux alors que tu avais des tas de choses à faire. Et dans mon ventre, habité un instant par une vie imprévue, résonnait l'écho du battement inexistant de notre bébé mort. Je ne m'y retrouvais plus.

Tu avais recommencé à utiliser des préservatifs, puisqu'on ne pouvait décidément pas me faire confiance. Il n'y aurait pas de bébé entre toi et moi, il me fallait l'accepter.

Et j'ai vraiment essayé de l'accepter, Floyd. Vraiment. Pendant deux ans. J'ai eu quarante-trois, puis quarante-quatre ans. Tu as recommencé à prendre des risques, pensant que je n'ovulais plus, et une nuit, nous n'avions plus de préservatifs, et tu as dit : « Tant pis, je me retirerai. »

De toute évidence, tu ne t'es pas retiré assez vite ou assez tôt, car tout a recommencé. Les règles qui n'arrivent pas. Le test de grossesse. Les deux lignes roses. Pendant trois jours, j'ai eu l'impression d'être assise sur la crête d'une vague, le soleil éclairant mon visage, le vent dans les cheveux, des anges jouant de la harpe où que j'aille. J'ai pris rendez-vous pour une échographie, mais cette fois je ne t'en ai pas parlé. Je n'aurais pas pu supporter encore une fois la pièce silencieuse, le soupir d'agacement, la main qui s'éloigne. Mais avant même que j'aille à la clinique, ton bébé était mort et m'avait quitté. Un saignement. Si je n'avais pas fait le test, j'aurais cru qu'il s'agissait simplement de règles abondantes.

J'ai annulé le rendez-vous.

Je ne t'ai jamais raconté.

Mais c'est ce jour-là, Floyd, ce jour en particulier, que je suis allée chez Ellie Mack pour la première fois. Le jour où ton bébé était mort en moi. J'ai dû me coller un sourire sur le visage, travailler mon capital sympathie et passer une heure avec une jolie adolescente gâtée et son chat, entourée de tout l'attirail de la parfaite vie de famille : les photos, les chaussures jetées à travers la pièce, les livres de poche aux couvertures racoleuses, les meubles Habitat. Et j'ai dû faire cours à cette jolie adolescente gâtée avec un cerveau trop gros pour elle, qui savait déjà tout ce qu'elle avait besoin de savoir, alors que tout ce que j'avais envie de faire, c'était de pleurnicher en disant : « Aujourd'hui j'ai encore perdu un bébé. »

Mais je ne l'ai pas fait. J'ai vu le bon thé de sa mère dans une tasse sur laquelle était écrit « Reste calme et fais le ménage dans la cuisine ». J'ai mangé ses biscuits aux pépites de chocolat comme s'ils avaient été faits par le prince Charles. J'ai donné une leçon exemplaire à sa fille. J'ai bien travaillé et mérité mes trente-cinq livres.

Je me sentais calme en quittant leur maison. J'ai marché dix minutes dans le froid vif de janvier, pendant que de la glace se formait dans mes cheveux. J'ai marché lentement, pour que la douleur et l'obscurité me quittent. Et au fur et à mesure, j'ai senti une certitude s'affirmer en moi. Tout était connecté : l'enfant perdu et la fille gâtée. Ce n'était pas une coïncidence, l'une compensait l'autre.

Je suis rentrée et je ne t'ai pas appelé, je n'ai pas regardé mon téléphone pour voir si tu avais voulu me joindre. J'ai allumé la télé et je me suis coupé les ongles de pieds. J'ai bu un verre de vin. J'ai pris un très long bain. L'eau s'engouffrait entre mes jambes, effaçant les dernières traces de ton bébé.

Et j'ai pensé à cette Ellie Mack, si intelligente et si belle, au miel de ses cheveux attachés négligemment en chignon haut, à ses pieds repliés sous elle, à ses mains élégantes rentrées dans ses manches, à son parfum (pomme et dentifrice, cheveux propres et jeunesse insolente), à sa soif de connaissance, à sa gentillesse, à sa perfection. Elle avait une aura éblouissante. J'étais sûre qu'elle n'avait jamais dit à ses parents qu'elle les détestait, qu'elle ne leur avait jamais craché dessus, qu'elle ne les avait jamais pincés, qu'elle n'avait jamais jeté sa nourriture à travers la pièce.

Elle était très, très mignonne et très, très intelligente.

Et je dois avouer que, à partir de ce moment, c'est devenu mon obsession.

Chapitre 32

Un peu plus tard dans la journée, Laurel rend visite à sa mère.

— Encore là ? lui demande-t-elle en posant son sac par terre et ouvrant son manteau.

Ruby secoue la tête et soupire.

— A-A-Apparemment.

Laurel lui sourit en lui prenant la main.

— On a bu à ta santé vendredi, pendant le dîner d'anniversaire. Tu nous as beaucoup manqué.

Ruby lève les yeux au ciel, comme pour signifier qu'elle n'y croit pas.

— Mais si, vraiment. Et devine quoi ! J'ai rencontré Bonny !

Ruby ouvre grand les yeux et porte une main à sa bouche.

— Wa-waouh !

— Oui. Elle est gentille, comme prévu. Tactile.

— G-G-Grosse ?

— Non ! s'exclame Laurel en riant. Pas grosse, mais avec une bonne poitrine.

Ruby jette un regard à son buste plat, celui qu'elle a légué à sa fille, et elles rient ensemble.

— Ton compagnon ? Content ?

— Oui ! répond-elle avec plus d'enthousiasme qu'elle n'en ressent.

Sa mère continue de faire durer sa douloureuse existence pour la voir de nouveau heureuse.

— Très content. Tout se passe bien.

Elle voit un regard interrogateur se dessiner dans les yeux de Ruby et change de conversation rapidement, en lui parlant de sa santé, de son appétit, en lui demandant si elle a eu des nouvelles de son frère égoïste qui a déménagé à Dubaï le jour où leur mère entrait en maison de retraite.

— Tu ne me reverras pas, lui glisse Ruby quand Laurel remet son manteau.

Sa fille la regarde droit dans les yeux, puis se penche vers elle, pose sa main sur son bras et approche son visage de son oreille.

— Je te verrai la semaine prochaine, maman. Et si tu es déjà partie, sache que tu as été la meilleure, la plus incroyable de toutes les mères, et que j'ai eu une chance exceptionnelle de t'avoir à mes côtés si longtemps. Que je t'adore, comme tout le monde. Et que tu n'aurais pas pu faire les choses mieux. D'accord ?

Elle sent sa mère hocher la tête, ses cheveux épars lui caressant la joue comme un souffle.

— Oui, oui, oui.

Laurel essuie les larmes qui ont coulé sur ses joues et se force à sourire avant de regarder de nouveau sa mère.

— Au revoir, maman. Je t'aime.

— Je… je t'aime, aussi.

Laurel s'arrête un instant dans l'entrée et se retourne pour regarder sa mère, graver sa silhouette dans sa mémoire et absorber un peu de son extraordinaire présence. Elle reste assise un moment dans sa voiture, sans démarrer. Elle laisse libre cours à ses larmes, puis se reprend. Ce n'est pas parce qu'on veut mourir qu'on meurt. Mais Laurel a le sentiment que sa mère a dépassé l'envie de les quitter, et qu'elle lui a adressé cette remarque depuis la partie mystérieuse du cerveau qui vous fait penser à un vieil ami deux minutes avant de le croiser par hasard, depuis cette partie qui guide les chiens mourants dans les endroits obscurs des maisons pour s'éteindre.

Elle sort son téléphone de son sac et contemple l'écran. Elle a besoin de parler. De parler à quelqu'un qu'elle connaît mieux que quiconque.

Elle est sur le point d'appeler Paul. Mais elle se ravise.

Chapitre 33

J'avais déjà été attirée par des filles. Certaines de mes collègues quand je travaillais au magazine. Des filles chic, chic, chic. Je les détestais, mais en même temps je les enviais, surtout celles qui étaient drôles, sympathiques. Les coincées, je n'en voulais pas. Elles étaient d'autres versions de moi, avec de meilleurs gènes. Mais les aimables, les rigolotes, celles qui me remerciaient quand je leur tenais la porte, celles qui faisaient une grimace quand il y avait un problème avec leurs factures, celles-là, elles me faisaient envie. Pas sexuellement, bien sûr. Je voulais savoir ce que ça faisait d'être elles, de marcher dans la rue avec un corps impeccable, avec le soleil dans ses cheveux blonds, de voir les portes s'ouvrir sur son passage, les hommes se retourner, et d'être invitée à des fêtes qui ne commençaient pas avant que l'on y arrive.

Par certains aspects, je me renfermais dans cette personnalité antisociale pour me protéger. Être invisible, c'était être en sécurité. Personne n'attendait rien de moi, et après avoir passé dix-huit années sous le toit de mes parents, c'était très libérateur de savoir que personne ne voulait que je sois comme ceci ou que je fasse cela. C'était donc un sentiment ambigu. Je voulais être comme ces filles parfaites, mais je me sentais largement supérieure à elles.

Ellie Mack était la plus parfaite des filles que j'aie jamais rencontrées.

Elle était amoureuse de ce garçon, Theo, que j'avais croisé une fois. Lui aussi était assez parfait. Tout bonnement adorable. Et vraiment très mignon. Il m'avait serré la main en me regardant droit dans les yeux, et il était très, très intelligent. Je m'étais mise à penser aux bébés que ces deux tourtereaux pourraient avoir. Absolument *spectaculaires*.

C'est peut-être à ce moment-là que tout a commencé, en y repensant.

Mais c'était aussi ta faute. Cette main retirée, ce soupir d'agacement. Toi et ton « je ne peux pas te proposer de vivre avec moi, tu sais bien ». Toi et ta fille assise sur tes genoux, un bras autour de ton cou, me dévisageant avec ses yeux pâles, comme le fantôme d'un personnage de film d'horreur que j'aurais assassiné.

Et il y avait Ellie Mack, le rayon de soleil de mes semaines ingrates. Je lui faisais des cadeaux. Je lui disais qu'elle était exceptionnelle. Je partageais avec elle des bribes de ma vie, et elle me faisait aussi quelques confidences. Sa mère était une femme charmante, je crois qu'elle m'appréciait. Elle me servait du thé dans la même tasse chaque semaine, et j'avais fini par la considérer comme *ma* tasse. Ses gâteaux étaient toujours délicieux.

La maison d'Ellie était une sorte de cocon. Tout était si sombre à l'extérieur et si chaleureux à l'intérieur : moi, Ellie, le chat, les bruits de la vie de famille, le thé, les gâteaux, la certitude rassurante des chiffres étalés sur les feuilles devant nous. J'adorais nos mardis après-midi. Pendant ces quelques semaines, ils me permettaient de prendre un peu de distance avec moi-même. Car je savais déjà à cette époque

que *moi-même* n'était pas une personne avec qui je devais passer trop de temps.

Je nous voyais, Ellie et moi, à bord d'un train lancé à toute vitesse vers ses examens, vers le triomphe. Je m'imaginais debout derrière sa porte en août, avec une petite bouteille de champagne et peut-être un ballon brillant, ses bras jetés autour de mon cou, sa mère derrière elle, un sourire reconnaissant sur les lèvres, attendant pour me prendre dans ses bras à son tour en me remerciant du fond du cœur.

Noelle, nous n'y serions jamais arrivées sans vous. Entrez, entrez, que l'on fête ça ensemble.

Puis il y a eu ce coup de téléphone. La mère agréable devenue désagréable. Tu sais, franchement, je ne me souviens même plus vraiment de ce qu'elle m'a dit. Je n'écoutais qu'à moitié. Dans ma tête, je me répétais *non, non, non. Pas mes mardis. Pas mes mardis.* J'avais été sèche, presque impolie, me semble-t-il. Je lui avais dit que c'était un *désagrément majeur*, alors que ce n'était pas ça du tout. C'était *une putain de blague*, voilà ce que c'était. Une putain de blague.

J'avais raccroché et crié de dépit.

Je me souvenais de tout ce que j'avais fait pour Ellie. Les cadeaux. Les examens blancs que je lui avais trouvés, que je lui imprimais. Les dix minutes supplémentaires que je lui offrais souvent à la fin du cours, si on était « sur notre lancée », comme je lui disais. J'étais dans une colère noire.

Cela a duré une ou deux semaines, puis je suis entrée dans une phase nostalgique. Tout était tellement mieux *à ce moment-là*, quand je passais mes mardis après-midi chez Ellie Mack. Ma relation avec toi s'améliorait, mes talents d'enseignante aussi, ma vie allait mieux. Et je me disais que si je pouvais la voir, regarder son visage, le bien-être que je ressentais alors me reviendrait peut-être.

Il y a un mot pour ce que j'ai fait ensuite. On appelle ça une filature. Je savais quel lycée elle fréquentait, bien sûr. D'ailleurs, ce n'était pas loin de chez moi, alors c'était facile d'y aller à 9 h 30, à 15 h 30, de les observer de loin, elle et son copain, bras dessus bras dessous, éblouie par l'aura qui les entourait. Si brillante, si lumineuse, que c'était un putain de miracle qu'ils arrivent à voir où ils allaient. C'était le couple parfait des comédies romantiques pour ados, dans la vraie vie.

Puis les vacances sont arrivées, et je n'ai plus pu suivre Ellie de la même façon. J'ai dû devenir un peu plus habile. C'était assez compliqué, puisque je donnais toujours des cours à mes autres élèves, et que je devais satisfaire tes besoins charnels comme une bonne fille bien élevée. J'ai remarqué qu'elle allait souvent à la bibliothèque, et que son trajet la faisait passer devant ma rue, donc si je m'asseyais près de la fenêtre du salon de thé qui faisait l'angle, je pouvais la voir. Quand je n'étais pas en cours, c'est là que j'étais installée, à guetter une cascade de cheveux d'or. Et je te jure, Floyd, que c'est tout ce que je voulais. La voir.

Mais ce jour-là, je ne sais pas pourquoi, je me suis levée. Elle était là, entre deux voitures. Elle attendait avant de traverser la route. Ses cheveux étaient attachés et cachés dans sa capuche, ou sous sa veste, et je voulais… je voulais qu'elle me voie, c'est tout, vraiment. Je voulais qu'elle me remarque d'une façon ou d'une autre. Je me suis approchée d'elle et là, j'ai reçu comme un coup de poing dans l'estomac.

Mon Dieu, elle ne me reconnaît pas.

Pas pendant les deux premières secondes, en tout cas. Puis je suis ressortie des tréfonds de sa mémoire, comme une vieille diapositive, et elle s'est mise à me sourire chaleureusement. Mais c'était trop tard. Elle m'avait complètement rayée de son existence.

Floyd, si elle avait su à quel point j'avais besoin qu'elle me remarque, peut-être que rien de tout cela ne se serait produit. Ellie Mack serait peut-être allée à la bibliothèque. Elle aurait passé ses examens, épousé Theo, vécu sa vie.

Hélas, les choses ne se sont pas passées comme ça.

Chapitre 34

Vendredi soir, Poppy fait le service pendant le dîner de Floyd et Laurel. Elle allume des bougies, enveloppe la bouteille de vin dans un linge blanc et la tient par le culot en remplissant leur verre, comme un sommelier. Elle ne mange pas avec eux, puisque cela désavouerait son rôle. Elle se tient en retrait, débarrasse entre deux plats, et leur demande s'ils trouvent la nourriture à leur goût. Elle a troqué son habituelle coiffure formelle contre un chignon haut, et elle a noué un torchon autour de sa taille pour imiter un costume de serveuse. Elle ressemble presque à une adulte, à une très jolie jeune femme, à Ellie, plus que jamais. Laurel a du mal à détacher ses yeux d'elle.

Ce soir-là, elle couche avec Floyd.

Elle se trompe, conclut-elle ensuite, lovée dans ses bras. Elle se trompe complètement. Ce baume à lèvres ne veut rien dire. Peut-être que Noelle l'utilisait pour elle. Sa maison était peut-être pleine de baumes à lèvres fruités. Et le fait que Poppy ressemble à Ellie ne prouve rien non plus. Les gens se ressemblent, voilà tout. Et SJ a probablement imaginé le ventre plat de Noelle.

Cet homme-là, juste là, avec ses vêtements élégants, ses caresses douces, cet homme qui lui envoie des smileys souriants et qui ne peut pas se passer d'elle, pourquoi l'aurait-il invitée dans sa vie s'il avait quoi que ce soit à voir avec la disparition d'Ellie ? Ça paraît insensé.

Elle s'endort la tête sur son bras, leurs mains entrelacées, en sécurité.

— Je t'aime, Laurel Mack, croit-elle l'entendre murmurer au milieu de la nuit. Je t'aime tant.

Le lendemain matin, le doute l'assaille de plus belle. Elle est la première réveillée dans la maison victorienne qui grince et craque comme toutes les demeures de cette époque. La cuisine est baignée dans la lumière blanche et froide du matin. Les bougies et la musique d'ambiance de la veille sont un lointain souvenir. Elle prépare deux tasses de café et les emporte dans le cocon chaleureux qu'est la chambre de Floyd.

— Je dois aller quelque part aujourd'hui, annonce-t-il.

— Quelque part ? C'est mystérieux.

Il sourit et l'attire vers lui. Ils sont assis sur le lit, l'un en face de l'autre, les pieds et chevilles enchevêtrées.

— Pas vraiment, j'ai rendez-vous avec mon banquier.

— Un samedi ?

— Oui, répond-il en haussant les épaules. Je le vois toujours le samedi. Je ne sais pas pourquoi. Ça devrait me prendre deux bonnes heures. Ça te dérangerait de rester ici pour garder un œil sur Poppy pendant mon absence ?

— Pas du tout !

En buvant leur café, ils entendent des bruits à l'étage. Poppy est réveillée. Des bruits de pas dans l'escalier, on frappe à la porte de la chambre. Laurel ferme la robe de chambre empruntée à Floyd pour couvrir sa poitrine, et il invite Poppy à entrer. Elle bondit sur le lit et se jette entre eux, sur les draps consumés par leurs ébats de la veille, sur les oreillers que Laurel a agrippés, où elle a enfoui son visage.

L'enfant pose sa tête contre l'épaule de son père et attrape la main de Laurel, qui se sent mal à l'aise, sans soutien-gorge, sale, sa main tenant celle d'une petite fille dans un lieu placé sous le signe de désirs adultes.

— J'ai une course à faire tout à l'heure, Laurel va s'occuper de toi.

— Super ! On peut aller se promener ?

Elle pose son visage contre l'épaule de Laurel, qui lui sourit en acquiesçant.

— Excellente idée.

Elle dépose un baiser sur la tête de Poppy, comme elle le faisait avec ses propres enfants quand ils étaient petits. Elle reconnaît immédiatement l'odeur de son cuir chevelu, de ses cheveux. C'est celle d'Ellie.

— On ira manger un gâteau, continue-t-elle avec une idée en tête. Ce sera chouette.

Le salon de thé est au bout de la rue où habitait Noelle. Laurel l'a revu jeudi dernier. Il est là depuis toujours et elle est sûre d'y avoir déjà emmené ses enfants pour le goûter quand ils étaient petits, après un cours de piscine ou un rendez-vous chez le dentiste.

Poppy commande une torsade à la pomme et à la noix de pécan, et Laurel une barre de céréales. Elles partagent une théière. Laurel est nerveuse. Elle sait pertinemment qu'elle s'apprête à dépasser largement les limites de sa relation avec Floyd en demandant à sa fille de faire quelque chose dans son dos, mais son besoin de réponses est bien plus grand que sa loyauté envers lui.

— Tu es déjà venue ici ?

Poppy extrait son visage de la tasse de thé trop grande et regarde autour d'elle.

— Je ne crois pas.

— Pourtant, tu as vécu dans cette rue, continue Laurel avec précaution.

— Ah bon ?

— Oui, avec ta maman.

Poppy lui lance un regard interrogateur.

— Comment tu le sais ?

— C'est une longue histoire. Tu aimes ta pâtisserie ?

— C'est délicieux. Tu en veux ?

— Oui, pourquoi pas. Merci.

Elle prend le morceau que Poppy lui tend.

— En fait, j'y suis allée l'autre jour, ajoute-t-elle en désignant la maison de Noelle d'un mouvement de tête.

— Où ça ?

— Dans la maison où tu habitais. J'ai rencontré ton…, hésite-t-elle en faisant mine de réfléchir. Ton cousin, je crois.

— Mon *cousin* ? Je n'ai pas de cousin.

— Si, je t'assure. Tu en as même beaucoup, mais ils vivent presque tous en Irlande.

— Impossible, proteste Poppy. Tu te trompes, je n'ai pas de cousin.

— Je t'assure que c'est la vérité. Deux d'entre eux vivent dans la maison de ta maman, juste là. Joshua et Sam. Ils sont jeunes. Joshua est à l'université, il fait des études d'histoire. Il est très gentil, tu l'aimerais beaucoup.

Poppy n'en croit pas ses oreilles.

— Pourquoi tu leur as parlé ?

— C'est une longue histoire, mais j'ai découvert que je connaissais ta maman, il y a très longtemps, commence-t-elle en se forçant à sourire. Quand Floyd m'a dit qu'elle avait disparu, j'ai voulu en savoir plus. J'ai appelé son numéro de téléphone et ce jeune homme a répondu. Il m'a invitée chez lui. Il ne sait pas non plus où se trouve ta mère. Il s'occupe de sa maison jusqu'à son retour.

Poppy frissonne.

— Je ne veux pas qu'elle revienne.

— Non, je sais bien.

Laurel lui adresse un sourire rassurant.

— Joshua m'a dit que tu avais aussi une cousine qui a le même âge que toi. Elle s'appelle Clara. Une fille drôle et intelligente. Il pense que vous vous entendriez très bien.

— Clara, c'est ma cousine ? demande Poppy, le visage illuminé.

— Oui ! Apparemment, ta famille du côté de ta mère est d'accord avec toi : Noelle était quelqu'un de très bizarre. Tu sais, elle a perdu sa sœur quand elle était petite, et elle ne s'en est jamais remise. Mais les autres ont l'air tout à fait normaux.

— Sa sœur est morte ? C'est très triste.

— Oui, c'est terrible.

— Mais ce n'est pas une excuse.

— Tu as bien raison.

Laurel ne relance pas tout de suite la conversation, laissant à la petite fille le temps d'intégrer ces nouvelles informations.

— Comment il s'appelle, déjà ?

— Joshua.

— C'est un beau prénom.

— Oui, je suis d'accord.

Le silence retombe entre elles. Laurel fait semblant d'être absorbée par sa barre de céréales, mais son cœur bat à tout rompre. Elle hésite.

— J'ai son numéro. Je pourrais l'appeler pour voir s'il est dans les parages. Tu pourrais le rencontrer.

Poppy la sonde du regard.

— Tu penses que papa serait d'accord ?

— Je ne sais pas, à ton avis ?

— Peut-être pas. En même temps, continue-t-elle avec un air déterminé, je ne suis pas obligée de lui dire. Lui, il ne me dit pas tout ce qu'il fait.

— Je ne voudrais pas que tu mentes à ton père à cause de moi, Poppy.

— Je ne lui mentirai pas ! Je lui dirai qu'on est venues ici, ce qui est vrai.

— En effet.

— Il ne va pas me demander : « C'est tout ce que vous avez fait ? »

— Probablement pas.

— Si ça se trouve, il ne sera pas là. Mon cousin.

— C'est vrai. Mais si je l'appelle, on en aura le cœur net. Je le fais ?

Poppy hoche la tête.

Laurel sort son téléphone.

Poppy ralentit quand elle aperçoit la porte d'entrée.

— Ce n'est peut-être pas une bonne idée.

— On n'est pas obligées, tu sais.

Mais avant que la petite fille ne puisse changer d'avis, la porte s'ouvre et Joshua fait un pas dehors. Il porte un jean, un sweat à capuche, et derrière lui se tient un autre jeune homme en tee-shirt vert fluo.

— C'est Poppy ! Incroyable ! Entrez, entrez ! Ne restez pas dans le froid ! Mon Dieu, c'est bien elle !

Poppy se retourne vers Laurel, qui lui sourit pour l'encourager. Elles se laissent entraîner à l'intérieur, prises dans un tourbillon de cris de joie et de bonnes manières.

— Alors, c'est vraiment toi ! s'extasie Joshua en se balançant d'avant en arrière, les mains dans les poches. Poppy ! Assieds-toi. Laurel aussi, installez-vous. Qu'est-ce que vous voulez ? Du thé ? Du café ? Autre chose ?

Poppy s'assied avec raideur et secoue la tête.

— Non merci. On vient de prendre le goûter.

Sam et Joshua se lancent un regard.

— Une cousine anglaise, s'esclaffent-ils. Il y a enfin une Anglaise dans la famille ! On a déjà un Canadien, deux Américains et une Allemande. Et maintenant, une Anglaise. C'est génial ! Et tu ressembles vraiment à mamie !

Poppy sourit sans conviction, décontenancée par la situation.

— Alors, tu as vécu ici, c'est ça ?

— C'est possible, je ne m'en souviens pas.

— Je te fais visiter, si tu veux.

Poppy cherche de nouveau l'approbation de Laurel, qui acquiesce, et elles se lèvent pour suivre Joshua et Sam à l'étage. Contrairement à son habitude, la fillette est silencieuse et observe nerveusement la maison.

Joshua ouvre une porte.

— Je pense que c'était ta chambre, vu le papier peint.

Sur le pas de la porte, Poppy hésite, puis se résout à entrer. Les yeux écarquillés, elle fait courir sa main sur la tapisserie gris pâle, avec un motif de lièvres roses et de tortues vertes en train de faire la course. Les tortues portent des bandeaux anti-transpiration et les lièvres des chaussures de sport.

— Je me souviens de ce papier peint, annonce-t-elle, essoufflée. Le lièvre et la tortue. Je les voyais courir la nuit. Je les regardais fort, puis je fermais les yeux et ils se mettaient à courir. Par centaines, dans mes rêves. Je me souviens maintenant.

— Je continue la visite ? propose Joshua en lançant un regard entendu à Laurel. Il y a une autre pièce en bas. Peut-être que tu t'en souviendras aussi.

Ils redescendent en silence et traversent la cuisine jusqu'à la porte du sous-sol.

Poppy s'arrête en haut des escaliers et agrippe le chambranle de la porte. Elle respire fort.

— Je ne veux pas y aller.

— Ne t'inquiète pas, il n'y a rien de spécial.

— Mais, mais…, hésite-t-elle, les yeux grands ouverts, le souffle court. Je n'ai pas le droit. Ma mère m'a interdit d'y aller.

Laurel pose une main sur son épaule.

— C'est un souvenir très intéressant, Poppy. Pourquoi est-ce que tu ne pouvais pas descendre, à ton avis ?

— Je ne sais pas, répond-elle, au bord des larmes. Je n'en sais rien. Mais je croyais qu'il y avait un monstre ici, quand j'étais petite. Un monstre terrible. C'est bête, n'est-ce pas ? Les monstres, ça n'existe pas.

— Tu avais des animaux de compagnie quand tu vivais ici ? Des hamsters, peut-être ?

Poppy secoue la tête lentement, recule, et marche jusqu'à la porte d'entrée.

Chapitre 35

Après la rencontre avec ses cousins, Laurel ramène Poppy chez elle. Elles marchent côte à côte, en silence. Laurel ne l'a jamais vue aussi calme.

— Ça va ? lui demande-t-elle en attendant que le feu passe au vert.

— Non, je me sens toute bizarre.

— Pourquoi ?

— Je ne sais pas vraiment. Je ne m'étais jamais souvenue de ces choses-là avant. Je n'avais pas pensé à ma mère depuis très longtemps. Je ne savais même pas que j'avais des cousins. Ça fait beaucoup d'un coup.

— Oui, je comprends, la rassure Laurel en lui caressant la tête.

Laurel avale difficilement sa salive. Elle doit reste concentrée. Ne pas tirer de conclusion hâtive. Statistiquement, il y a beaucoup plus de chances que le monstre dans le sous-sol de Noelle ait été vingt hamsters morts plutôt qu'Ellie. Elle doit s'en convaincre, et ensuite trouver des éléments pour démontrer le contraire. Elle doit rester lucide.

Quand elles arrivent, Floyd est déjà là. Poppy lui raconte d'une traite le thé et la pâtisserie avant de disparaître dans sa chambre en vitesse, sans laisser à son père le loisir de lui poser d'autres questions.

Floyd est en train de sortir les courses des sacs. Il se hisse sur la pointe des pieds pour glisser une boîte de thé tout en haut d'un placard, et sa chemise se soulève au niveau de la ceinture, laissant apparaître sa peau pâle. Laurel se sent propulsée dans son passé encore une fois, comme lorsqu'elle a mangé avec Poppy il y a deux semaines. Elle est dans la cuisine de son ancienne maison de Stroud Green, avec Paul. Il porte la même chemise, qu'il rentre de nouveau dans son pantalon une fois le thé rangé, se retourne vers elle et lui sourit. Les deux moments se mélangent et les deux hommes n'en forment plus qu'un.

— Ça va, Laurel ?

— Oui, affirme-t-elle en hochant la tête pour reprendre ses esprits. Tout va bien.

— J'ai eu l'impression que tu étais partie très loin.

Elle lui sourit du mieux qu'elle peut. Elle devrait lui dire qu'elle est allée chez Noelle avec Poppy, mais elle n'y arrive pas. Et elle ne peut pas non plus lui poser les questions qu'elle brûle de lui poser.

Tu sais que Sara-Jade croit avoir vu Noelle, enceinte de huit mois, avec le ventre plat ? Tu n'as pas envie de savoir ce qui lui est arrivé ? Pourquoi est-ce que tu ne la cherches pas ? Tu ne trouves pas que cette situation est très bizarre ?

Si elle le faisait, tout ce qui les lie, elle et Floyd, s'effondrerait comme un vase en argile sur un tour de potier, alors qu'elle adore ce vase, si joli, pour lequel elle a fait tant d'efforts. Tant de choses dépendent de cet objet, il doit continuer de tourner.

Elle décide de prendre un virage à cent quatre-vingts degrés et de détourner la conversation vers la confidence.

— Parle-moi de ton premier mariage. Qu'est-ce qui s'est passé ? Comment as-tu rencontré Kate ?

Il sourit, comme elle s'y attendait, et lui raconte l'histoire d'une jeune fille magnifique qui attendait à un arrêt de bus, une fille hors de portée, une conversation un peu gênante, mais charmante, une invitation à une fête, en réalité une rave party dans un parking abandonné, une folle nuit pleine de néons et de drogues, une pleine lune, un manteau de fourrure. Au bout d'un moment, Laurel arrête de l'écouter et se concentre sur la jalousie qu'elle ressent, qui monte en elle, ce coup de poignard sombre, violent, qui pour l'instant surpasse son sentiment de malaise et lui fait oublier ses questions.

Elle quitte la maison de Floyd le lendemain matin. Il essaie de la faire rester en lui proposant un brunch gastronomique, une balade au bord du fleuve, mais son esprit est ailleurs. Elle a besoin de solitude.

La veille, elle a garé sa voiture dans la rue de derrière, parce qu'il n'y avait plus de place devant chez lui. Pour y aller, elle doit repasser par la rue principale et prendre à gauche. Un homme devant le supermarché attire son attention. Il tient en laisse un petit chien noir. Il est grand et doit avoir vingt-cinq ans. Il porte un gros manteau avec une capuche bordée de fourrure, un jean noir et des tennis. Il est grand, élancé, et très beau. Mais, en le regardant mieux, Laurel comprend que ce n'est pas son physique avantageux qui a attiré son regard. Elle le connaît. Il lui faut cependant un moment pour que ses souvenirs lui reviennent et qu'elle en soit sûre. C'est Theo. Theo Goodman. Le petit ami d'Ellie.

Elle l'a vu brièvement à l'enterrement en octobre. Il était au fond à côté de ses amis du lycée. Il avait le teint blafard et le corps écrasé par la tristesse et le deuil. Laurel avait été surprise qu'il ne vienne pas lui parler, lui présenter ses condoléances, qu'il disparaisse sans lui dire un mot.

Elle hésite à traverser la rue pour lui dire bonjour, mais elle n'a pas le courage de faire la conversation aujourd'hui, alors elle poursuit son chemin. Elle s'apprête à tourner dans la rue où elle est garée quand une femme sort du magasin, deux sacs en tissu remplis de courses dans les mains. Elle est grande et blonde. Elle porte un manteau qui ressemble à celui de Theo, un jogging, des bottes Ugg noires, un bonnet vert à pompon sur la tête et un grand sourire sur le visage. Elle tend l'un des sacs à Theo, s'arrête pour caresser le petit chien, qui semble ravi de la voir. Puis ils reprennent leur chemin, un jeune couple charmant avec leur chien. Et c'est seulement à ce moment-là que Laurel comprend ce à quoi elle vient d'assister.

C'est ce grand sourire qui l'a décontenancée.

Cela fait si longtemps qu'elle ne l'a pas vue heureuse qu'elle n'a pas reconnu Hanna.

Quatrième partie

Chapitre 36

Avant

La maison de Noelle Donnelly était petite, bien rangée, et était imprégnée de l'odeur de sa propriétaire.

— Je te prépare un verre de sirop ? lui proposa Noelle dans l'entrée. Assieds-toi dans le salon en attendant.

Ellie jeta un œil dans la pièce et sourit poliment.

— Je crois que je ferais mieux d'y aller. J'ai encore beaucoup de révisions.

— Mais non, allez, ça ne prendra que deux minutes. Et, de toute façon, c'est bien le temps qu'il va me falloir pour trouver le papier, alors autant que tu attendes assise, avec quelque chose à boire. Orange ou fleur de sureau ?

Ellie s'efforça de sourire. Elle se sentait acculée.

— Fleur de sureau, s'il vous plaît.

Noelle la regarda avec un air étrange.

— Sureau, bien sûr. Je reviens tout de suite. Installe-toi.

Ellie se faufila dans le salon et s'assit au bord d'un canapé en cuir marron. La pièce était saturée de plantes en pots et il y flottait une odeur de terre et de compost. Dans la cheminée qui ressortait d'un mur en briques nues, des gerbes de fleurs fanées avaient été jetées sous le regard d'animaux en terre cuite que Noelle avait probablement confectionnés elle-même. La pièce était éclairée par une ampoule couverte d'un abat-jour rond en papier car des stores vénitiens obstruaient la lumière du jour. L'une des lamelles de bois manquait, offrant un aperçu rassurant du cerisier en fleur et du soleil à l'extérieur. Ellie se concentra sur ce trou, imaginant le monde qui suivait son cours derrière les fenêtres de la maison de Noelle Donnelly.

— Voilà pour toi, annonça son hôtesse en posant un verre devant Ellie.

La boisson donnait envie, servie dans un joli verre à pois colorés. Ellie avait soif. Noelle l'observa pendant qu'elle buvait.

— Merci, répond Ellie en reposant le verre presque vide.

Noelle quitta le verre des yeux et concentra son attention sur l'adolescente.

— De rien, ma jolie. Attends-moi ici une minute, je vais chercher les documents dans mon bureau.

Ellie la regarda sortir de la pièce, puis l'entendit monter les escaliers *comme un bébé éléphant*, aurait dit sa mère.

Boum, boum, boum, boum…

Elle avait perdu connaissance avant que Noelle atteigne l'étage.

Ellie entendit quelque chose, un léger grincement. Une chaise que l'on déplaçait. Puis un souffle.

— Tu es réveillée ? lui demanda Noelle dans la pénombre. Écoute, il faut que je m'excuse. C'est vraiment terrible. J'ai fait quelque chose de vraiment terrible. Je ne sais pas si tu pourras me pardonner, mais j'espère qu'au moins tu me comprendras, le moment venu.

Le moment venu.

Ellie avait du mal à ouvrir les yeux. Son corps ne lui obéissait plus.

— Les effets vont rapidement se dissiper, reprit Noelle avant d'éclater de rire. Enfin, j'espère ! Sur Internet, ils disent que ça dure douze heures maximum. Et ça fait déjà douze heures, donc…

Il était 23 heures, et Ellie avait quitté sa maison à 10 heures du matin.

Maman.

Ses paupières se firent moins lourdes, et elle commençait à distinguer la pièce autour d'elle. Un rayon de lumière de lune blafarde provenait d'une fenêtre étroite située juste sous le plafond, les murs étaient recouverts de bois. Il y avait des toilettes et un évier dans un renfoncement fermé par un rideau, des étagères vides et une petite armoire. Puis, tout au fond, devant la porte fermée, la silhouette de Noelle Donnelly, les jambes croisées, les mains sur les genoux.

Ellie essaya de nouveau de soulever sa tête et parvint à la déplacer de quelques millimètres.

— Et voilà, tu vas t'en sortir. Parfait. Je vais rester avec toi un peu plus longtemps, puis quand tu pourras t'asseoir j'irai te chercher quelque chose à manger. Pas de déjeuner, pas de dîner, tu dois avoir une faim de loup ! Qu'est-ce que tu voudrais ? Un sandwich ? J'ai du bon jambon. Ça devrait suffire.

Elle se leva pour prendre une tasse posée sur la table près du lit.

— Tiens, reprit-elle en glissant une paille dans la bouche d'Ellie. Bois un peu d'eau, tu dois avoir soif.

Ellie aspira et sentit l'eau tiède se répandre sur le tissu sec de sa langue jusqu'au toit désertique de son palais.

— Ma mère, articula-t-elle d'une voix rauque. Ma mère.

— Ne t'en fais pas pour ta mère. Elle pense sûrement que tu es fourrée quelque part avec ton copain. C'est une belle soirée, comme hier. Une nuit d'été, tu sais, de celles qui ne devraient jamais se terminer.

— Non, insista Ellie d'une voix rauque. Elle va avoir peur, ma mère.

À ce moment-là, l'amour dont parlait souvent sa mère lui transperça le cœur.

Tu ne pourras pas comprendre à quel point je t'aime tant que tu n'auras pas d'enfants toi-même.

Elle la comprenait enfin, et elle avait mal pour elle. Sa mère devait être en train de pleurer, de se ronger les sangs, la vie ne devait plus avoir aucun sens à ses yeux. Ellie ne pouvait pas le supporter, c'était intolérable.

— Mais pas du tout, ne sois pas stupide. Voyons voir si tu peux te relever. Tu peux bouger les doigts ? Les orteils ? Les bras ? Voilà, très bien. Bravo. C'est super.

Puis Noelle Donnelly la prit dans ses bras pour la relever doucement dans le lit, et Ellie découvrit un peu mieux la pièce, située sous le niveau de la rue, et ses murs plaqués de pin jaune et sale.

— Où suis-je ?

— Au sous-sol. Ça a l'air terrible, dit comme ça, mais en fait c'est ma chambre d'amis. Je ne l'utilise pas souvent, pour être honnête. C'est là que j'entassais mon bazar, mes vieilles affaires, mais j'ai tout rangé, puisque tu allais venir. J'ai tout déposé à la Croix-Rouge. Maintenant, il n'y a plus que le *strict minimum*.

Elle replaça l'oreiller derrière la tête d'Ellie.

— Voilà. C'est assez confortable, je pense. Je vais aller te préparer un sandwich. Repose-toi en attendant. Je te déconseille d'essayer de te lever, tu pourrais tomber du lit et te faire mal. Tu es encore un peu dans les vapes.

Elle lui lança un sourire indulgent, comme une infirmière bienveillante.

— C'est bien, continua-t-elle en caressant les cheveux d'Ellie. Tu es une bonne petite fille.

Elle fit volte-face et sortit de la pièce.

Ellie l'entendit verrouiller une serrure derrière elle. Puis une deuxième. Puis une troisième.

Ellie ne mangea pas son sandwich. Elle n'avait pas faim du tout, malgré son estomac douloureusement vide. Noelle reprit l'assiette.

— Bon, j'imagine que tu auras faim demain matin. On essaiera encore, d'accord ? C'est un grand honneur de t'accueillir ici, ajouta-t-elle un instant plus tard. Sincèrement. Dors bien et tu seras toute pimpante demain matin.

— Je veux rentrer chez moi ! cria Ellie dans le dos de Noelle. S'il vous plaît, je veux rentrer à la maison !

Noelle ne lui répondit pas. Les trois serrures se fermèrent. L'obscurité engloutit la pièce.

Chapitre 37

Avant

Le soleil se leva tôt. Ellie prit la chaise sur laquelle était assise Noelle la veille et la plaça sous le vasistas. Elle monta dessus et approcha son visage de la vitre sale. Elle distinguait des broussailles, un mur de brique couleur crème, une canalisation verte. Si elle regardait vers le haut, elle voyait les taches roses du cerisier en fleur, le ciel bleu, et rien d'autre. Elle comprit que personne ne la verrait tant qu'ils ne viendraient pas la chercher ici, et elle traça *Au secours Ellie* dans la poussière de la fenêtre. Elle resta debout sur la chaise pendant plus d'une heure, collée à la vitre. Ils devaient déjà la rechercher. Forcément.

Elle descendit d'un bond en entendant les serrures se déverrouiller et posa les mains sur le dossier de la chaise. En voyant Noelle entrer en polo vert et jean délavé, la terreur et la colère déferlèrent en elle, et elle lança le siège en sa direction. Elle l'atteignit au visage, mais Noelle parvint à le saisir avant qu'Ellie ne puisse lui faire du mal, et le jeta au fond de la pièce. Ellie lui sauta dessus, dans le dos, et enroula ses bras autour de sa gorge pour essayer de lui cogner la tête contre le mur en bois. Mais Noelle était plus forte qu'elle ne se l'était imaginé, et elle parvint à coincer Ellie contre le mur, avant de l'étrangler jusqu'à ce que la jeune fille n'ait plus d'air dans les poumons et commence à perdre connaissance. Puis elle la laissa tomber au sol.

— Tu ne peux pas faire ce genre de choses ! lui cria-t-elle après l'avoir déposée sur le lit et lui avoir attaché les chevilles avec une corde. Il faut qu'on travaille ensemble, toi et moi. On est une équipe. Je n'ai pas envie d'utiliser des menottes comme si tu étais une criminelle, vraiment pas. Je veux te faire des cadeaux, moi. D'ailleurs j'ai plein d'idées pour rendre cette pièce plus agréable. Mais si tu te comportes comme ça, je ne peux pas te récompenser.

Ellie essaya de sortir ses jambes du lien en frappant ses pieds contre le bord du lit. Elle criait et se débattait, et Noelle la regardait, les bras croisés, en secouant lentement la tête.

— Ellie, Ellie, il faut que tu fasses un effort. Si tu refuses de coopérer, ça va mal se passer, et tu vas rester ici très longtemps.

Ellie s'immobilisa à ces mots. Il y avait une fin, un avenir sans Noelle. Ses membres se décontractèrent et sa respiration ralentit.

— C'est bien, bravo. Si tu continues comme ça aujourd'hui, je te donnerai ta première récompense. D'accord ?

Ellie acquiesça malgré les larmes qui coulaient sur ses joues.

La récompense était une grosse barre chocolatée. Elle la mangea en cinq minutes.

Ellie pensa à la veille, quand elle mangeait des tartines, de la confiture, quand elle traitait Hanna de grosse vache parce qu'elle avait fini le paquet de chips au vinaigre qu'Ellie gardait de côté, quand elle glissait ses livres et ses cahiers dans son sac, avec des crackers et une banane. Elle pensait à son père, à la maison à cause de son rhume des foins, en pyjama, passant la tête dans l'escalier pour lui dire : « Je peux jeter un œil à tes maths tout à l'heure, si tu veux ? », au sourire qu'elle lui avait adressé, avant de répondre : « Super ! À tout à l'heure ! »

Elle pensa à la porte qu'elle avait fermée sans se retourner.

Elle pensa à sa maison.

Elle pleura.

Chapitre 38

Avant

Une nuit de plus s'était écoulée. C'était le samedi matin. Ses règles allaient commencer le lendemain.

— Bonjour, ma jolie ! s'exclama Noelle en verrouillant rapidement la porte derrière elle.

Elle se tenait debout, les mains sur les hanches, et jaugeait Ellie avec un sourire mystérieux.

Ellie se leva immédiatement, et Noelle recula d'un pas, les bras maintenant croisés.

— Tu te souviens de ce qu'on a dit hier, n'est-ce pas ? Pas de folie.

— Je ne vais rien faire. Mais j'ai quelque chose à vous dire, quelque chose d'important. J'ai besoin de serviettes, ou de quelque chose comme ça. Je vais avoir mes règles demain.

— Demain ? vérifia Noelle en plissant les yeux.

— Oui, et j'ai un flux abondant. Vraiment. J'ai besoin de protections hygiéniques.

Noelle soupira et secoua la tête, comme si Ellie avait fait exprès d'avoir ses règles pendant qu'elle la gardait prisonnière dans son sous-sol.

— Il y a une marque en particulier ?

— Non, peu importe. Tant que c'est ultra-absorbant.

— D'accord. Je vais aller t'en acheter. J'imagine qu'il te faudra aussi de nouvelles culottes, et du déodorant. Des choses dans le genre.

— Oui, ce serait bien.

Ellie se rassit sur le lit, les mains sous les cuisses.

— Pourquoi est-ce que je suis ici ?

— Eh bien, si tu veux tout savoir, commença Noelle en souriant, j'ai un plan. Un plan génial. Je dois juste attendre que les astres soient alignés.

Elle explosa de rire.

— Sois un petit peu patiente, et tu comprendras.

Ses yeux brillaient quand elle parlait. Ellie avait envie de la mordre jusqu'au sang.

— Ils parlent de moi aux infos ?

— Oui, plutôt deux fois qu'une ! Enfin, je ne regarde pas ça, moi, continua-t-elle en haussant les épaules, comme si la disparition médiatisée d'une adolescente était le cadet de ses soucis. Je vais aller faire des emplettes, pour acheter tout ton bric-à-brac. Tu vas finir par me mettre sur la paille, ma chère !

Elle se leva pour partir, mais, une fois la main sur la poignée, elle se retourna une dernière fois vers Ellie.

— Je te prépare une très belle surprise, pour un peu plus tard. Ça va te plaire. Sois patiente. Tu vas m'adorer !

Et elle sortit d'un pas léger.

Ellie garda les yeux fixés sur la porte, écouta les trois verrous se fermer, puis la démarche de bébé éléphant de Noelle montant les marches.

Boum, boum, boum.

Elle approcha la chaise du vasistas et monta dessus, sur la pointe des pieds.

Elle attendit le bruit de la porte d'entrée qui se ferme et commença à frapper sur la vitre de toutes ses forces, tant et si bien que ses mains lui firent rapidement mal. Elle tapa encore et encore, en criant à l'aide, puis elle fit la même chose sur les murs de chaque côté de la pièce, espérant qu'un voisin de l'autre côté soit descendu dans sa cave pour chercher des piles ou une bouteille de vin.

Elle fit résonner les murs et la fenêtre pendant une bonne heure. Quand Noelle rentra, ses mains étaient devenues noires et violettes.

— Tu es prête ?

Ellie s'assit sur son lit en entendant la voix de sa geôlière derrière la porte.

— Oui.

— Tu es bien assise, comme on a dit ?

— Oui.

— Très bien ! J'entre, et tu ne vas pas en croire tes yeux, j'ai un cadeau parfait pour toi. Tu vas m'adorer !

Les mains sous ses cuisses, Ellie regardait la porte en retenant son souffle.

— Et voilà !

Ellie mit un moment à reconnaître ce qu'elle avait sous les yeux. C'était une boîte en plastique avec des barres en métal, le fond rose, le dessus blanc, avec une poignée. Dans son autre main, Noelle tenait un emballage en carton qui aurait pu contenir une salade à emporter achetée dans un magasin bio.

Noelle alla poser la boîte en plastique sur la table du fond, puis s'approcha d'Ellie avec l'emballage en carton. Elle s'assit à côté d'elle sur le lit, ouvrit le couvercle, et une vive odeur de ferme, de fumier chaud et de paille humide envahit soudain la pièce. Noelle souleva la paille avec ses longs doigts.

— Regarde ces petites choses ! Adorables !

Il y avait deux petites boules de fourrure claire, les yeux comme des perles noires levés vers Ellie, deux paires de moustaches remuant nerveusement.

— Des hamsters ! Tu m'as dit que tu avais toujours rêvé d'en avoir ! Tu te souviens ? Alors je t'en ai acheté. Ils sont tellement mignons ! Regarde leurs petits nez, regarde !

Ellie hocha la tête. Elle ne savait pas comment réagir, vraiment pas. Elle ne lui avait jamais dit qu'elle voulait des hamsters. En fait, elle lui avait dit qu'elle n'en avait jamais particulièrement voulu. Elle ne comprenait pas pourquoi Noelle avait fait ça.

— Tiens, poursuivit Noelle en emmenant les hamsters jusqu'à la table et en ouvrant la porte de la boîte. On va les mettre là-dedans, ils doivent en avoir marre d'être dans ce petit carton. Oh, là, là, Ellie, ce n'est pas un investissement bon marché. En soi, les animaux ne valent rien, mais c'est la boîte et tout le bazar, si tu savais !

Elle en attrapa un et le déposa doucement dans la cage, puis fit de même avec l'autre.

— Il faut que tu leur trouves un nom, Ellie ! Viens, regarde-les bien et trouve-leur un joli nom. Je ne sais pas comment tu vas faire pour les différencier, ils se ressemblent tellement. Allez, viens.

Ellie haussa les épaules.

— Viens, je te dis, insista Noelle avec agacement. Tu n'as pas l'air très enthousiaste. Je pensais que tu sauterais de joie en les voyant.

— Comment voulez-vous que je sois enthousiaste, vu ma situation ?

Noelle lui lança un regard froid.

— Tu sais, tu n'as pas vraiment à te plaindre, Ellie. Ça pourrait être pire. Je pourrais être un homme, un homme énorme, sentant la transpiration, qui viendrait ici pour faire on ne sait trop quoi avec toi, à toute heure du jour et de la nuit. Je pourrais te ligoter. Ou te mettre dans un coffre sous mon lit. J'ai lu une histoire comme ça, horrible. Un couple marié qui avait enlevé une fille en pleine rue et la gardait sous leur lit depuis vingt ans. Doux Jésus, tu imagines ?

Elle se racla la gorge.

— Non, toi tu as de la chance, ma petite. Et maintenant, c'est encore mieux, ajouta-t-elle en se tournant vers la cage. Allez, viens, on va leur trouver un nom. *Viens.*

Sa voix n'était plus enjouée comme avant, mais dure, impérieuse.

Ellie se concentra sur les deux boules de poils. Elle s'en fichait. Noelle pouvait bien les appeler Un et Deux, A et B.

— Allez, deux jolis noms de filles, ou je les reprends, les mets dans les toilettes et tire la chasse.

La tête d'Ellie commença à lui tourner, et sa respiration s'accéléra. Elle laissa ses pensées partir dans tous les sens, revenir sur des souvenirs et se fixer sur certains éléments qu'elles y trouvaient. Il y avait une poupée aux cheveux roses, avec une robe en vichy et des grosses bottes en tissu.

— Trudy.

— Génial ! s'exclama Noelle. J'adore !

Il y avait aussi une fille très jolie quand elle allait à la crèche. Toutes les autres filles la suivaient partout, essayaient de toucher ses cheveux blonds et voulaient être son amie. Ellie n'avait pas pensé à elle depuis des années.

— Amy, articula-t-elle.

Noelle rayonnait.

— Oh, c'est *parfait*. Trudy et Amy. Splendide. Bravo ! Je te donnerai tout ce dont tu as besoin, la paille, les joujoux, les choses à grignoter, et compagnie. Toi, tu vas t'occuper d'elles. Tu dois les laver, les aimer, les nourrir. C'est ce que je fais pour toi ! continua-t-elle en riant. Tu vois ? Je te lave et te nourris, tu les laves et les nourris. On prend toutes soin les unes des autres.

Elle se mit à caresser la tête d'Ellie.

— Oh, là, là, s'écria-t-elle en enlevant sa main. Ça n'est pas tout propre, là-haut. Il va te falloir du shampoing, on dirait. Je crois que j'ai un petit machin quelque part, une petite pièce à fixer sur le robinet, et ça fait un pommeau de douche. Je vais essayer de le retrouver.

— Je vais rater mes examens.

Noelle lui adressa un sourire compatissant.

— Je sais, ma chérie. Ça tombe vraiment mal pour toi, je suis désolée. Mais tu pourras les passer l'année prochaine.

L'année prochaine.

Elle se raccrocha à cette perspective. Elle s'imagina douze mois plus tard de retour chez elle, assise sur son lit, les jambes croisées, des cahiers ouverts à côté d'elle, à l'écoute des bruits de sa famille dans la maison, le soleil éclairant les perles de son coussin préféré. Elle aurait un an de plus, mais elle serait chez elle.

— Tu sais, j'ai regardé un peu les journaux aujourd'hui. À ton sujet. Et tu sais ce qu'ils disent, Ellie ? lui demanda Noelle avec un regard attristé. Ils disent que tu es partie, que tu n'as pas supporté la pression des examens, que tu avais trop peur de l'échec. Ils disent que tu as fugué.

Ellie sentit une vague d'indignation s'emparer d'elle, puis elle eut un haut-le-cœur en comprenant les implications de cette nouvelle. Personne ne l'avait vue marcher avec Noelle Donnelly sur Stroud Green Road. Personne ne se doutait que la prof de maths était liée à sa disparition. Les gens inventaient déjà des théories sans queue ni tête parce qu'il n'y avait aucune piste sérieuse.

— Mais… mais c'est faux ! *J'adorais* les révisions. Je n'avais pas peur, je n'étais pas stressée !

— Je sais bien, Ellie, je sais que tu étais une élève brillante. Mais, apparemment, certaines personnes ne te connaissent pas aussi bien que moi.

— Qui a dit ça ? Qui a dit que je ne supportais pas la pression ?

— Ta mère, je crois ? Oui, c'est ça.

Dans sa poitrine, la fureur, l'injustice et le chagrin ravageaient tout. Comment sa mère pouvait-elle penser qu'elle avait fugué ? Sa propre mère ? La personne qui la connaissait le mieux au monde, qui l'aimait plus que tout autre ? Comment pouvait-elle l'abandonner si rapidement ?

— N'y pense pas trop, ma chérie. Concentre-toi sur ces deux-là. Nos chères Trudy et Amy. Ça va t'aider à te changer les idées, je t'assure.

Noelle quitta le sous-sol pour aller chercher le pommeau de douche amovible, le bruit de ses pas s'éloigna et la pièce sombra une nouvelle fois dans le silence, brisé un instant plus tard par le crissement métallique de la roue des hamsters. Ellie se jeta sur le lit et plaqua ses mains sur ses oreilles.

Chapitre 39

Bien sûr que j'avais prévu mon coup, un minimum. Il y avait des choses à préparer longtemps à l'avance. D'abord, j'ai vidé la pièce et je me suis assurée qu'elle ne pourrait pas se faire du mal. Pas d'objets coupants ou de choses comme ça. Puis j'ai acheté du bon sirop pour elle, parce que je connaissais sa famille, bio, local et compagnie. Je savais qu'il lui fallait quelque chose de bon, sinon elle ne boirait qu'une gorgée et ne finirait pas son verre. Elle était exactement comme Sara-Jade. Génération jamais satisfaite. J'ai acheté un sirop de fleur de sureau délicieux. Puis je me suis occupée des médicaments – ça, c'était facile. J'avais déjà eu des prescriptions pour des somnifères, donc je suis retournée voir le médecin avec un air accablé en lui expliquant que je ne dormais plus. Merci bien, docteur Khan.

Alors oui, on pourrait dire que j'avais tout planifié, mais, en y repensant, je n'arrive pas vraiment à croire que j'ai pu faire ça, que j'en ai été capable. Et cette violence… mon Dieu ! J'ai dû l'étrangler, cette pauvre fille. Et j'ai vraiment serré, je crois que j'aurais pu la tuer !

Mais, dans l'ensemble, nous nous sommes bien entendues assez rapidement. Dès qu'elle a compris qu'on formait une équipe, elle et moi, que je ne voulais pas lui faire de mal, qu'elle ne craignait rien, elle s'est calmée.

Et les hamsters, c'était un vrai coup de génie. Je te jure qu'elle adorait ces petites bêtes. Soudain, elle avait un but, quelque chose à faire. Elle s'occupait très bien d'eux, elle avait déjà un instinct maternel, comme je l'espérais. C'était vraiment beau à voir. Comment ils s'appelaient déjà, les premiers ? Je ne me souviens plus. Il y en a eu tellement après, je n'arrivais pas à me rappeler tous les noms. Mais elle, elle les connaissait, bien sûr. Même quand toutes les cages étaient pleines. Elle savait tous les reconnaître. Elle était vraiment formidable. N'importe qui serait devenu obsédé par elle. N'importe qui aurait pu faire ce que j'ai fait.

Et oui, *bien sûr* que je savais ce que je faisais. Je savais où j'allais. Évidemment. J'avais un plan très audacieux en tête.

Et on peut dire que ça a sacrément bien marché.

Chapitre 40

Avant

Les jours avaient perdu leur structure, leur contour, leur sens. Au début, elle avait conscience du passage du temps et ressentait précisément l'effet des heures qui s'écoulaient. Le premier vendredi ressemblait à un vendredi, le premier samedi aussi. En se réveillant le lundi, elle savait qu'elle aurait dû aller passer ses examens d'histoire et d'espagnol. Le mardi, celui de maths. Le week-end était arrivé, s'était terminé, et elle n'avait pas encore perdu ses repères. Le lundi suivant, elle était déjà là depuis onze jours. Puis douze. Treize. Ce jour-là, elle aurait dû fêter ses seize ans. Elle ne le dit pas à Noelle.

Après quatorze jours, elle avait perdu le compte. Elle demandait à Noelle de lui rappeler le jour.

— Vendredi.

— Quelle date ?

— Le 10, je crois. À moins qu'on soit le 9. Vendredi ou jeudi ? Tu sais, c'est un peu le bazar dans ma tête.

C'est à ce moment-là que ses repères chronologiques disparurent pour toujours.

Noelle continuait à lui faire des cadeaux. Des bonbons aux fruits. Des donuts au sucre. Des petits effaceurs en forme d'animaux. Du rouge à lèvres à paillettes.

Elle lui apportait aussi des choses pour les hamsters. De la paille, des petits jouets, des biscuits à mâcher. Elle les appelait *les bébés.*

— Comment vont les bébés aujourd'hui ?

Et elle en sortait un de la cage, le tenait dans son poing presque fermé, et caressait son petit crâne du bout du doigt en faisant des bruits de bisous.

— Tu es la chose la plus mignonne que j'aie vue de toute ma vie, oh oui ! disait-elle, avant de le répéter en chantonnant.

Mais Noelle Donnelly refusait de dire à Ellie pourquoi elle était là et quand elle pourrait partir. Elle continuait à parler, à radoter, à lui faire miroiter son *plan de génie* qui ferait que tout irait *enfin à merveille, attends un peu de voir.*

La plaie ouverte à l'intérieur de corps d'Ellie, là où elle imaginait sa mère, continuait à la faire souffrir. Elle se la représentait constamment seule à la maison, à toucher ses affaires, allongée sur le lit de sa fille, la tête enfouie dans l'oreiller, ou à faire des tours au supermarché avec un chariot vide, les traits tirés, se demandant pourquoi, mais pourquoi, sa fille adorée (car Laurel lui avait toujours bien fait sentir qu'elle la considérait ainsi) les avait abandonnés.

Elle pensait aussi à Hanna, son exaspérante grande sœur, qui passait son temps à minimiser ses réussites et à la rabaisser avec des commentaires dégradants. Que faisait-elle maintenant qu'Ellie n'était plus là et qu'elle n'avait plus personne à écraser dans sa puérile compétition ? Elle devait souffrir. Elle devait s'en vouloir. Ellie aurait voulu traverser les briques de cette maison, les murs de la sienne et la prendre dans ses bras, fermement.

Je sais que tu m'aimes. Je le sais. Tu n'as rien à te reprocher.

Et son père ? Elle n'arrivait pas à l'imaginer. Dès qu'il lui apparaissait, il était en robe de chambre, les cheveux en bataille, comme le jour où elle était partie. Elle revoyait la douceur de sa barbe, ses pieds nus, sa main qui attrapait une tasse sur une étagère haute dans la cuisine. Jake lui apparaissait librement, surtout quand il était plus jeune, en train de jouer au football dans le jardin, traînant des pieds pour aller à l'école en uniforme, avec un cartable trop lourd jeté sur la petite épaule de son corps d'enfant, accélérant quand il voyait ses amis.

Ellie se rendit compte avec surprise qu'elle n'avait presque pas pensé à Theo pendant ses premiers jours de captivité. Avant que Noelle l'enlève, elle pensait à lui à chaque instant de sa vie. Pourtant, maintenant, elle n'avait plus que sa famille en tête. Theo lui manquait, mais elle souffrait plus cruellement encore de l'absence de sa famille. Elle avait mal sans eux. Elle se roulait en boule, les poings enfoncés dans le ventre, et criait leurs noms.

Les jours d'Ellie s'étiraient dans un ennui mortel, jamais le temps ne lui avait semblé aussi long. Chaque heure lui semblait en être vingt-quatre. Chaque minute, trente fois plus. Le soleil se couchait tard à cette époque de l'année, il se levait tôt, et entre ces deux moments la nuit était peuplée de rêves et de cauchemars angoissants, de draps froissés et d'oreillers trempés de sueur.

— Je veux rentrer chez moi, répéta-t-elle à Noelle un matin, alors qu'elle lui apportait son petit déjeuner.

— Je sais, crois-moi, répondit-elle en lui posant la main sur l'épaule. Je suis désolée pour tout ça, vraiment. J'essaie de faire en sorte que ce soit le moins désagréable possible. Tu vois bien tous les efforts que je fais, tout l'argent que je dépense. Je fais beaucoup de sacrifices pour te garder ici.

— Si vous me laissiez rentrer, vous n'auriez plus à dépenser d'argent pour moi. Vous pourriez quitter le pays et je ne dirai jamais à personne ce que vous avez fait.

Je serais tellement contente d'être à la maison, je ne ferais pas d'histoire. Je ne dirais rien à la police, ni à...

Elle fut interrompue par un bruit et une douleur vive.

Une violente gifle s'abattit sur son visage.

— Arrête ! ordonna Noelle d'une voix dure. *Arrête.* Tu ne rentreras pas chez toi avant que j'aie fini. Alors arrête de parler de ça. D'accord ?

Ellie caressait sa joue meurtrie, pour faire oublier la piqûre rouge des doigts de Noelle. Elle acquiesça.

— C'est bien.

Noelle sortit ce soir-là, et Ellie fut réveillée au milieu de la nuit par des bruits de pas qui descendaient l'escalier de la cave.

— Je t'ai réveillée ?

C'était Noelle. Elle chancelait dans l'embrasure de la porte, qu'elle referma derrière elle.

Ellie se releva dans le lit, le cœur battant. Quelque chose n'allait pas. Noelle s'était maquillée à l'excès, mais elle avait retiré une partie de son fard. L'une de ses paupières était plus fardée que l'autre. Elle avait une petite trace à côté d'une de ses pommettes. Elle s'était mise sur son trente et un : un chemisier satiné, un pantalon noir moulant et des chaussures à talons. Et elle portait des anneaux dorés aux oreilles.

— Excuse-moi, commença-t-elle en se penchant vers Ellie. Je ne m'étais pas rendu compte qu'il était si tard. J'ai un peu bu, et, tu sais bien, le temps passe vite quand on a de l'alcool dans le sang.

Ellie secoua la tête.

— Mais non, poursuivit-elle en s'asseyant au bord du lit. Bien sûr que tu ne le sais pas. Tu es encore une petite fille.

Elle sourit, et Ellie remarqua des taches sombres sur ses dents.

— Alors, tu ne me demandes pas où j'étais ?

Ellie haussa les épaules.

— Je suis allée chez mon copain. Je t'ai dit que j'avais un copain ?

— Non.

— Tu ne dois pas en revenir, alors ! La vieille Noelle, la prof chiante, a un copain. Bon, c'est sûr qu'il n'arrive pas à la cheville du tien, bien entendu, mais, pour moi, il est divin. C'est l'homme le plus intelligent que j'aie jamais rencontré. Je n'arrive toujours pas à comprendre pourquoi il s'intéresse à moi.

— Vous êtes très élégante ce soir, la complimenta Ellie, qui se souvenait de la gifle du matin.

— Oh, ma chérie, merci. C'est faux, mais c'est gentil.

Ellie lui adressa un sourire ferme.

— Et toi, ta soirée ?

— Ça a été, répondit-elle en haussant les épaules.

Noelle lança un coup d'œil autour d'elles.

— Je me disais que je pourrais peut-être t'installer une télé avec un lecteur DVD intégré. Aujourd'hui, ça ne coûte presque plus rien. Mais je ne pourrais plus te faire de petits cadeaux pendant un moment. Enfin, c'est mieux que de passer ses journées à fixer le mur, non ? Qu'est-ce que tu en dis ?

Ellie cligna des yeux. Un lecteur DVD. Des films. Des documentaires.

— Oui, s'il vous plaît. Merci.

— Et des livres, aussi ? Tu voudrais lire un petit peu ?

— Oui, merci. J'adorerais ça.

— C'est noté ! s'exclama Noelle avec un grand sourire. J'irai en chercher à la Croix-Rouge. Des DVD aussi. On va t'installer un peu mieux, pour que tu te sentes chez toi.

Elle se leva du lit.

— Tout sera bientôt prêt, je le sens. Tout est en place. Encore un peu de patience.

Noelle s'approcha de la porte et batailla un moment avec la serrure. Ellie sentit sa vulnérabilité. Elle hésita à tenter quelque chose. À se jeter sur elle, à cogner contre le mur sa tête saoule et maquillée, une fois, deux fois, trois fois, à attraper la clé, la faire tourner dans la serrure, ouvrir la porte, courir, courir, courir. Mais avant qu'elle n'ait eu le temps de se décider, la porte s'ouvrait et Noelle la claquait derrière elle et disparaissait.

— Maman, murmura-t-elle en se prenant la tête dans les mains. Maman…

Ellie n'apprendrait jamais ce qui allait se passer le lendemain soir. Elle pouvait se l'imaginer, vu ce qu'il s'était passé ensuite, mais les détails, elle les ignorerait jusqu'à la fin. Une seule personne avait la réponse, et elle refusait de la lui donner.

Noelle vint dîner avec elle vers 18 heures. Du poulet, des frites, des petits pois et du maïs pour la forme. Il y avait aussi un beignet à la crème, un petit bol de bonbons, et un verre de Coca avec une tranche de citron. Noelle lui faisait à manger comme si elle avait cinq ans. Ellie aurait voulu des sushis, ou du riz aux crevettes du restaurant chinois du quartier.

Noelle resta avec elle. Elle lui avait apporté un livre et un nouveau shampoing. Elle avait l'air très contente d'elle.

— Tu aimes le repas ?

— Oui, merci.

— Tu as de la chance, tu sais. À ton âge tu peux manger, manger et manger sans prendre un kilo !

— Mais vous êtes très mince.

— Oui, mais c'est parce que je ne mange presque pas. Quand j'ai eu quarante ans, quel choc ! Plus de beignets !

Et plus tu vieillis, plus la situation dégénère ! Si ça continue comme ça, à cinquante ans je ne me nourrirai plus que d'air et d'eau !

— Vous avez quel âge ?

— Je suis vieille, trop vieille. J'ai quarante-cinq ans. C'est vraiment un âge idiot, ça.

— Ce n'est pas très vieux.

— C'est gentil de dire ça, mais si, c'est beaucoup trop vieux. Surtout pour certaines choses.

Ellie hocha la tête. Elle ne savait pas ce que Noelle entendait par « certaines choses », mais elle se garderait bien de demander des explications.

— C'est très réjouissant de pouvoir cuisiner pour une jeune fille. Je peux acheter toutes ces choses délicieuses, au lieu de simplement les regarder dans les rayons.

Elle sourit et découvrit ses toutes petites dents, qui terrifiaient Ellie.

Et c'est tout.

Les contours de Noelle Donnelly commencèrent à se troubler, à trembler, les murs de la pièce s'assombrirent et s'effacèrent. Pendant une seconde, Ellie ne vit plus que ces dents, suspendues dans une mer sombre, comme un ovni dans la nuit.

Le lendemain, même si tout avait l'air normal, Ellie savait que ce n'était pas le cas. Rien ne serait plus comme avant.

Chapitre 41

Avant

L'été s'éteignait lentement, rien ne changeait. Les nuits devenaient plus longues, l'air plus frais. Noelle avait acheté à Ellie un sweat à capuche molletonné et un pyjama chaud. Les arbustes autour du vasistas étaient encore verts. Le mois de septembre avait dû commencer, s'imaginait Ellie. Ou peut-être celui d'octobre. Noelle ne voulait rien lui dire.

— Ma chérie, tu n'as pas besoin de savoir ça. Qu'est-ce que tu ferais de cette information ? Rien.

Puis un matin, dans son lit, Ellie sentit quelque chose d'étrange. Comme un petit choc, un *pop* au niveau de son ventre, comme si quelqu'un vivait sous son lit et avait donné un coup dans son matelas. Horrifiée, elle pensa qu'elle s'était peut-être allongée sur un hamster, et elle se releva d'un bond. Non, il n'y avait rien.

Elle s'assit avec précaution au bord du lit, attendant que la sensation se reproduise. Rien ne se passa, et elle s'allongea à nouveau. C'est là que ça recommença. Et cette fois, elle savait d'où ça venait. De son propre corps. Des bulles semblaient éclater dans son estomac. Elle se massa le ventre pour les calmer et elles finirent par disparaître. Son corps reprit son fonctionnement habituel, et au bout de quelques heures, Ellie avait complètement oublié cette sensation incompréhensible, l'impression d'être occupée, de ne plus être seule.

Chapitre 42

Tu te souviens peut-être du soir de la conception. C'était le lendemain du jour où je suis venue chez toi toute pomponnée, avec mon chemisier en satin et mes talons hauts, le soir où nous avons bu deux bouteilles de vin rouge et fait l'amour trois fois.

Je pensais que ça allait prendre du temps. J'avais d'autres récipients qui attendaient au congélateur. Mais je n'en ai pas eu besoin. Je surveillais le cycle d'Ellie depuis deux mois, en lui donnant des serviettes et des tampons pour un seul jour pour être sûre de savoir quand et comment elle saignait. Ça a marché du premier coup. Je suis restée avec mon stock de protections hygiéniques, attendant qu'Ellie m'en demande. Mais deux semaines ont passé, puis trois, puis quatre. Au bout d'un moment, elle était malade tous les matins, et j'ai eu la certitude qu'elle était enceinte.

J'ai attendu qu'elle en soit à quatre ou cinq mois avant de te dire. J'ai poussé au maximum pour avoir à te mentir le moins de temps possible, parce que je voulais bien sûr que tu penses que j'étais enceinte de toi. Pour cela, encore fallait-il que j'aie l'air d'attendre un bébé. Et si je faisais semblant d'être enceinte, nous ne pouvions plus coucher ensemble. Je t'ai annoncé que j'avais un placenta prævia, et que je ne pouvais pas avoir de relation sexuelle. Mais nous avons fait beaucoup d'autres choses, souviens-toi, parce que, plus que jamais, il me fallait te garder.

Je t'ai dit être allée à l'échographie toute seule, et j'en ai mis une bonne couche, tu te souviens ?

« Je n'aurais pas supporté que le bébé n'ait pas tenu le coup. Je ne pouvais pas te laisser tomber encore une fois. »

Tu étais très gentil, mais je voyais bien que tu te forçais. Je savais que sans le sexe, sans l'intimité sous les draps, sans tes mains qui couraient sur mon corps, sans le vin et les grasses matinées du samedi matin, tu n'avais aucune envie de m'inclure dans ta vie. Ce bébé ne t'enthousiasmait pas, c'était évident. Je crois que tu espérais que je prendrais l'enfant comme un lot de consolation et que je disparaîtrais avec lui, comme une lionne subalterne qui se contenterait d'arracher un lambeau à une proie avant de s'éloigner lentement, la queue entre les pattes. Nous n'avions jamais été proches, pas dans le sens commun du terme, et les rares choses qui nous avaient permis de tenir pendant toutes ces années s'effritaient comme un vieux mortier. Je sentais que nous nous éloignions, et je ne savais pas quoi faire.

Mon seul espoir, c'était que tu tombes amoureux de ce bébé quand il serait là, que tu ne puisses plus t'en passer, et que nous soyons liés de nouveau. Pour toujours.

Chapitre 43

Avant

Son ventre était rond et tendu comme un ballon de baudruche, parcouru de veines bleues et séparé en deux par une longue ligne de poils châtain foncé. Parfois, elle voyait le contour d'un petit pied appuyer contre sa peau si fine, un coude ou un genou, et une fois, elle avait même reconnu la forme délicate d'une oreille. Le fœtus qui vivait à l'intérieur d'elle roulait, boulait, dansait, tapait. Il appuyait contre ses poumons, son œsophage, puis se retournait et appuyait sur sa vessie, ses intestins.

Noelle lui avait acheté des livres sur la grossesse et des médicaments pour soulager les indigestions, les constipations et les maux de dos. Elle lui avait apporté un coussin spécial, en forme de banane, pour maintenir ses jambes écartées pendant la nuit. Ellie aimait ce coussin, il ressemblait à une personne. Parfois, elle le prenait dans ses bras ou y posait sa joue. Noelle lui avait aussi donné un livre de prénoms qu'elle venait lui lire régulièrement. Avec un stéthoscope, elles écoutaient les battements de cœur du bébé. Noelle posait ses mains sur le ventre d'Ellie et disait ce qu'elle sentait.

— Dis donc, ce bébé a la bougeotte ! Il se déplace très bien. Je pense qu'il sera bientôt en position.

Quelques semaines après avoir senti le fœtus pour la première fois, Ellie avait compris qu'elle grossissait parce qu'elle était enceinte. C'était devenu de plus en plus évident au fil des jours. Un après-midi, alors que Noelle était avec elle, elle avait essayé de lui demander, même si elle redoutait la réponse.

— Quelque chose bouge dans mon ventre. J'ai peur.

Noelle avait posé sa tasse de thé et lui avait souri.

— Tu n'as aucune raison d'avoir peur, ma chérie. Aucune. Tu vas avoir un petit bébé, c'est tout.

Ellie s'était mise à caresser son ventre machinalement.

— C'est bien ce que je pensais. Mais comment est-ce possible ?

— C'est un miracle, Ellie. Maintenant tu sais pourquoi je t'ai choisie. Je ne pouvais pas avoir de bébé moi-même et j'ai demandé à Dieu de m'aider à concevoir. Il m'a dit que tu allais m'aider, que tu étais unique, que tu serais enceinte pour moi.

Noelle était euphorique et continuait son discours comme sur un petit nuage, les mains sur le cœur.

— Et regarde, regarde-toi. Une immaculée conception. Un bébé envoyé par le Saint Père. Un miracle !

— Mais je ne crois pas en Dieu.

Noelle se jeta sur elle, et Ellie était désormais trop grosse pour pouvoir l'éviter.

Bam.

La main de Noelle était venue s'écraser violemment à l'arrière de son crâne.

Puis elle était sortie de la cave en fermant les verrous avec fureur.

Pendant les semaines suivantes, Noelle refusa de répondre aux questions sur la provenance du fœtus qui grandissait en Ellie. Elle continuait à sourire, à parler de miracle, et à débouler dans la cave avec des tout petits vêtements de chez *Asda*, des chaussons en tricot achetés au magasin de la Croix-Rouge, un petit lit en osier avec un matelas blanc et un rideau en vichy ou un livre en tissu qui couinait, se froissait et tintait quand on tournait les pages. Elle avait aussi apporté à Ellie une crème pour ses pieds gonflés, et chantait des comptines à son ventre.

Puis un jour, au début du printemps, Ellie se réveilla d'une humeur étrange. Elle avait mal dormi parce qu'elle ne réussissait pas à trouver une position où le bébé ne lui écrasait pas un organe. Dans ses intervalles de sommeil, elle avait fait des rêves très réalistes et choquants. Elle donnait naissance à un chiot minuscule et sans poils, qui devenait rapidement un chien adulte, une bête de l'enfer aux yeux rouges qui montrait les dents. Il la détestait et rôdait derrière la porte, grognant et bavant, en attendant que Noelle ouvre la porte pour pouvoir enfin attaquer Ellie. Elle se réveilla de ce rêve trois fois, transpirant et respirant fort. Dès qu'elle se rendormait, le chien était de nouveau là, derrière la porte.

Elle avait vraiment envie de voir Noelle ce matin-là. La nuit lui avait semblé si longue, presque sans fin. Elle avait besoin de voir un autre être humain pour rompre le mauvais sort qu'elle s'était elle-même jeté. Mais Noelle ne lui rendit pas visite, ni le matin ni au déjeuner. Chaque minute, l'inquiétude et l'angoisse d'Ellie menaçaient de la submerger. Quand elle entendit enfin le bruit des verrous qui s'ouvraient en début de soirée, elle aurait pu se jeter au cou de Noelle pour l'enlacer.

Mais quand la porte s'ouvrit et qu'elle vit l'expression sur le visage de Noelle, Ellie se réfugia dans le cocon doux qu'était son lit.

— Tiens, lui dit Noelle sèchement en jetant un bol de céréales, un paquet de biscuits apéritifs et quelques Oreo sur la table de chevet. Je n'ai pas eu le temps de faire à manger.

Ellie était assise les jambes en tailleur, les bras autour de son ventre, et regardait Noelle avec un air surpris et peureux.

— Arrête un peu, avec tes grands yeux marron. Je n'ai pas que ça à faire. Mange.

— Ce n'est pas très équilibré, hasarda-t-elle.

Noelle faisait beaucoup d'efforts pour lui donner à manger des fruits et légumes depuis qu'elle était enceinte.

— Putain, mais ça va ! Un repas de merde ne va pas vous tuer, toi et le bébé.

Elle s'assit sur la chaise, furieuse.

Ellie attendit quelques minutes avant de reprendre la parole :

— Où êtes-vous allée ? lui demanda-t-elle en ouvrant le paquet de biscuits apéritifs.

— C'est pas tes oignons.

— Je m'inquiétais. Enfin, je me suis demandé ce qu'il se passerait s'il vous arrivait quelque chose à l'extérieur. Si vous aviez un accident ou étiez malade. Qu'est-ce que je deviendrais ?

— Rien ne va m'arriver, ne sois pas bête.

— Non, mais c'est une possibilité. Si vous aviez un traumatisme crânien, si vous oubliiez votre adresse. Je serais coincée ici, avec un bébé dans le ventre, sans que personne le sache, et nous mourrions tous les deux.

— Je ne vais pas avoir d'accident, Ellie, lui répondit-elle, exaspérée. S'il m'arrivait quoi que ce soit, je dirais que tu es là. D'accord ?

Ellie savait qu'elle était en train de perdre patience, qu'elle devait mettre un terme à cette conversation et se taire, mais ce que Noelle venait de dire, sur le fait qu'elle *dirait qu'elle était là*, c'était nouveau, inespéré et extraordinaire. Elle ne pouvait pas laisser passer cette chance.

— Vraiment ? insista-t-elle, à bout de souffle.

— Bien sûr. Tu penses que je te laisserais mourir ici ?

— Mais vous n'auriez pas peur…

Ellie hésitait.

— De la police ? D'être arrêtée, ou quelque chose comme ça ?

— Nom de Dieu, s'il te plaît, arrête ! Arrête avec tes bêtises. J'en ai déjà assez chié aujourd'hui, je n'ai pas besoin que tu en remettes une couche. Je passe ma vie à m'occuper de toi, et tout ce que tu fais c'est rester assise sur ton gros cul en te posant trois milliards de questions. J'ai tout mis entre parenthèses pour toi et ce bébé. Alors arrête de pleurnicher, et laisse-moi gérer ça ! Incroyable.

Ellie hocha la tête et contempla longuement le paquet, les yeux pleins de larmes.

— Et tes bêtes *puent*, au fait, marmonna Noelle en faisant un mouvement de la tête vers les cages. Nettoie-moi tout ça, ou je les noie dans les toilettes.

Et elle disparut. Ellie se retrouva de nouveau seule. Derrière la fenêtre, elle pouvait voir les arbustes effeuillés malmenés par le vent, pendant qu'elle mangeait son repas et priait pour que Noelle Donnelly soit renversée par un bus la prochaine fois qu'elle irait faire les courses, pour qu'elle reste à l'hôpital assez longtemps pour être contrainte de parler de la fille qu'elle séquestrait dans sa cave et du bébé miraculeux qui grandissait dans son ventre.

Noelle n'avait plus l'air de s'intéresser à l'enfant du tout. Plus Ellie grossissait, moins elle lui accordait d'importance. Plus de cadeaux, plus de noms de bébé, plus de vêtements ou de massages du ventre pour sentir le positionnement du fœtus. Elle venait toujours la voir trois fois par jour pour lui apporter de la nourriture (il n'était plus question de repas sains, bons pour le bébé, comme ça avait été le cas au début, de légumes bouillis ou de salades de concombres et de tomates, mais de viande frite sous une chapelure blanche, marron clair ou parfois orange) et, de temps en temps, elle venait discuter.

Ces conversations étaient souvent sans intérêt, mais contenaient parfois des fragments d'informations importants, comme la température extérieure, ce qui l'informait sur le temps qui passait, ou l'augmentation du nombre de ses élèves, ce qui faisait penser à Ellie que les examens approchaient. Ces discussions avaient une fonction cathartique pour Noelle, qui se délestait de ses soucis. Ellie avait d'abord trouvé ces changements d'humeur inquiétants, parce qu'elle ne savait jamais quelle version de Noelle l'attendait derrière la porte, mais au fur et à mesure, elle avait commencé à se faire une idée de la psychologie de Noelle, et savait de quoi elles allaient parler rien qu'au rythme de ses pas dans l'escalier de bois, au bruit de la clé dans la serrure, à la vitesse d'ouverture de la porte, à la forme de ses cheveux autour de son visage et au son de sa respiration lorsqu'elle s'apprêtait à lui dire bonjour.

Aujourd'hui, elle savait que Noelle allait se plaindre.

Flop, flop, flop, elle descendait l'escalier.

Pff, avant d'ouvrir la porte.

Clic, quand le verrou s'ouvrait doucement.

Et *pff* encore en refermant la porte derrière elle.

— Voilà, annonça-t-elle en tendant son repas à Ellie.

Deux tranches de pain de mie recouvertes de haricots en boîte avec des morceaux de saucisse, une crêpe au chocolat, une cannette de boisson énergisante et des bonbons.

Ellie se releva, prit le plateau des mains de Noelle et la remercia.

Elle se mit à manger en silence, tout en sachant que Noelle bouillonnait à côté d'elle.

Puis elle l'entendit respirer profondément.

— Je me demande pourquoi on fait tout ça. Pas toi ?

Ellie lui lança un regard furtif avant de se concentrer de nouveau sur ses haricots. Elle savait que mieux valait ne pas parler quand Noelle était dans cet état. Elle servait seulement de réceptacle.

— Chaque jour, tous les efforts qu'on déploie pour réussir à sortir du lit le matin, et ça ne s'arrête jamais. Allumer la bouilloire, se brosser les dents, continua-t-elle en mimant les actions. Choisir sa tenue, sa coiffure, cuisiner, débarrasser, vider les poubelles, faire les courses, répondre au téléphone, laver ses vêtements, les faire sécher, les plier, sourire à tous les connards du coin, tous les jours, encore et encore. Je comprends pourquoi certains vivent à la rue, franchement. Parfois, en les voyant entre leurs cartons, sous leurs couvertures sales, avec une cannette, je les envie. Ils n'ont aucune responsabilité, envers personne. J'étais folle de penser que je pouvais faire ça, poursuit-elle en montrant la pièce, le ventre d'Ellie et les hamsters. De nouvelles bouches à nourrir, encore plus de corvées, plus d'argent à dépenser pour acheter des vêtements, de la nourriture et faire le ménage. Je ne sais pas ce qui m'est passé par la tête, vraiment pas.

Elle soupira longuement et se leva. Elle allait partir, mais elle se retourna vers Ellie.

— Ça va ?

Elle ne s'attendait pas à une réponse. Elle ne voulait pas savoir qu'Ellie n'avait pas bien dormi depuis plusieurs jours parce que le bébé l'en empêchait. Elle ne voulait pas entendre parler de ses maux de dents, ou du fait qu'elle n'avait plus de sous-vêtements propres et devait laver ses culottes dans l'évier, ou qu'elle avait besoin d'un nouveau soutien-gorge parce que ses seins étaient gros comme des pastèques, ou du fait que sa mère lui manquait tellement qu'elle en avait mal au ventre, ou qu'elle savait que l'été approchait car les journées étaient de plus en plus longues, et qu'elle pleurait en pensant à l'odeur d'herbe fraîchement tondue, aux barbecues dans le jardin, à Jake sur le trampoline, à Terry Bear le chat allongé dans les flaques de lumière qui parsemaient le plancher. Elle ne voulait pas savoir qu'Ellie elle-même ne savait plus vraiment qui elle était, alors de là à dire comment elle allait… Elle était devenue une sorte de petite piscine de plasma, c'était tout. Parfois, elle avait l'impression d'aimer Noelle. Parfois, elle aurait aimé qu'elle la prenne dans ses bras en la berçant doucement, comme un bébé, mais le plus souvent elle voulait l'égorger et regarder le sang s'écouler lentement de son corps, entre ses doigts, et sentir son déclin, sa mort.

Ellie avait entendu parler du syndrome de Stockholm. Elle connaissait l'affaire Patty Hearst, et les risques d'une longue captivité. Ses sentiments étaient normaux, mais il fallait tout de même qu'elle lutte contre ses élans affectueux, contre ces moments où elle recherchait l'attention et l'approbation de Noelle, pour ne pas les laisser dominer. Ellie devait se raccrocher à la part d'elle-même qui voulait que Noelle meure. Car cette part forte et saine, c'est elle qui lui permettrait un jour de rentrer à la maison.

Chapitre 44

Ellie était enceinte de huit mois quand tu as mis un terme à notre histoire. Ou plutôt : *j'étais* enceinte de huit mois.

Je pense que, pour le bien-être du bébé, il vaut mieux qu'on pose des limites tout de suite.

Salaud. Tu m'as dit que notre relation avait déjà duré bien trop longtemps et que tu voulais faire partie de la vie du bébé. Qu'il valait mieux qu'on en reste là, nous deux. Que l'on devrait trouver un moyen de ne plus « être ensemble » avant l'arrivée du bébé.

Ne plus être ensemble.

Ah ! Mais qu'est-ce que ça veut dire, Floyd ?

Je crois que tu ne le savais pas non plus, honnêtement. Tu en avais marre de ne plus avoir de relations sexuelles, et tu voulais aller voir ailleurs pour sauter quelqu'un d'autre. Voilà ce que je crois.

Je ne t'ai pas supplié, je n'ai pas insisté. J'avais toujours mon joker, le bébé. Je suis restée très calme, tu te souviens ? Je suis montée dans ta chambre pour récupérer les affaires que j'y avais laissées au fil des ans. Une brosse à dents, à cheveux, un déodorant, des sous-vêtements de rechange. Ce genre de choses. J'ai fourré le tout dans un cabas, ça m'a rendue triste de les voir comme ça. Je portais l'un de tes grands tee-shirts, qui cachait à merveille mon faux ventre. J'ai pensé le garder un moment, puis je me suis dit que ça aurait plus d'effet si je le laissais sur ton lit, pour qu'en allant te coucher ce soir-là tu le voies et te dise : « Mon Dieu, Noelle… Mais qu'est-ce que j'ai fait ? » Quand je suis sortie de la pièce, ton horrible fille m'attendait sur le palier, me dévisageant avec ses yeux de film d'horreur.

Va te faire foutre, j'ai pensé en la dépassant. *Va te faire foutre.*

Parce que je savais ce qui nous attendait dans mon sous-sol. Je savais que ce serait bien mieux que celle-là. Et que ce nouveau bébé pouvait nous réunir en tant que couple.

Je n'avais pas perdu espoir.

Chapitre 45

Bon, ce ne fut pas vraiment une naissance dans les règles de l'art. Loin de là. J'avais lu tout ce qui existait sur les accouchements à domicile et j'étais préparée à toutes les éventualités, sauf s'il se passait quelque chose de trop grave et qu'il fallait aller à l'hôpital (j'avais pensé à tout : une nièce désespérée, trop honteuse pour avouer son état à sa famille en Irlande… Enfin, tu comprends l'idée). Mais ça ne s'est pas mal passé. J'ai réussi à sortir le bébé sans intervention médicale. Ce n'est pas un bon souvenir, pas du tout, mais l'enfant est né, vivant et criant. C'est tout ce qui compte, finalement.

Elle était très jolie, avec des cheveux châtains et une petite bouche rouge. J'ai laissé la fille choisir son nom. C'était la moindre des choses, après ce qu'elle avait vécu.

Poppy.

J'aurais préféré quelque chose de plus classique. Helen, peut-être, ou Louise. Mais c'est comme ça, on ne peut pas tout avoir dans la vie.

Les premiers jours, je les ai laissées ensemble. Je ne pouvais pas faire grand-chose, de toute façon. Quand elle a eu deux semaines, je l'ai emmenée à la maternité pour une visite médicale, une pesée, pour qu'elle devienne une vraie personne, pas un petit fantôme vivant dans ma cave.

On m'a posé beaucoup de questions bizarres, mais je les ai bien baratinés. Je ne savais pas que j'étais enceinte, je pensais que c'était la ménopause, je n'avais presque pas grossi, et j'avais donné naissance chez moi, avec mon compagnon. Tout était arrivé si vite, on n'avait pas eu le temps d'appeler une ambulance. Le bébé était arrivé d'un coup, donc non, je n'étais pas allée à l'hôpital. Non, elle n'avait pas encore de score d'Apgar. J'avais trop peur pour trouver la force de sortir de chez moi avec elle, et je pensais que ça ne posait pas de problème tant qu'elle avait l'air saine. Je me suis assise et j'ai écouté leurs remontrances. Je leur ai laissé le plaisir de me taper sur les doigts. « Je suis vraiment, vraiment désolée. Vous savez, j'étais vierge jusqu'à cette année (avec le plus fort accent irlandais possible), j'ai vécu toute ma vie isolée, je ne sais rien à rien. »

Ils étaient excédés et soupiraient à n'en plus finir. Je pense qu'ils ont dû ajouter une note à mon dossier : « Potentiellement folle à lier, attention ! », mais ils m'ont donné tous les documents pour aller déclarer l'enfant à la mairie, ont pris rendez-vous pour que je revienne cinq semaines plus tard pour le suivi postnatal (je n'y suis pas allée, évidemment, mais, si je l'avais fait, je pense qu'ils auraient été épatés par l'état impeccable de mes dessous) et m'ont informée de la visite à domicile d'une sage-femme plus tard dans la semaine. Quand elle a sonné, j'ai fait semblant d'être sortie et me suis cachée au fond de la maison pendant qu'elle jetait un coup d'œil par la fente de la boîte aux lettres. Elle est revenue la semaine suivante et m'a appelée des centaines de fois, avant d'abandonner. J'ai pris soin de ne rater aucun rendez-vous à la clinique pour le bébé. Elle était vaccinée, pesée et mesurée. J'ai fait ce qu'il fallait pour qu'ils ne se doutent de rien. Pour le dire dans le jargon des services sociaux, nous sommes passées entre les mailles du filet. Ce qui est assez inquiétant, quand on y pense.

Mais pendant ce temps-là, la fille… Disons que j'ai fait tout ce que je pouvais pour l'aider. Vraiment, mais elle n'allait pas bien. Ça ne s'arrêtait jamais. D'abord, elle a eu une infection à l'étage inférieur, qui s'est plus ou moins guérie toute seule, puis à l'un de ses seins, enfin c'est ma théorie. J'ai trouvé des articles sur Internet, et je lui ai conseillé de nourrir le bébé avec ce sein-là, encore et encore et encore. Elle avait très chaud, puis très froid. Je lui ai donné des médicaments sans ordonnance, mais ça n'a pas marché. Elle s'est désintéressée du bébé et j'ai dû commencer à nourrir Poppy moi-même. Puis elle a arrêté de manger. Elle pleurait et appelait sa mère *tout le temps*. Non-stop. Jour et nuit. C'était devenu insupportable.

Alors un jour, quand le bébé avait cinq mois, j'ai refermé la porte de sa chambre et je ne l'ai plus ouverte pendant très longtemps.

Chapitre 46

Joshua avait donné à Laurel le numéro de ses grands-parents à Dublin. Henry et Breda Donnelly. Ils étaient encore en vie tous les deux et continuaient à travailler.

— Ils sont incroyables, lui avait dit Joshua. Sincèrement. Ils sont hyper flippants par contre, je vous déconseille de les mettre en rogne. Mais vraiment épatants. Des forces de la nature, tous les deux.

Dimanche, Laurel décide de les appeler en revenant de chez Floyd.

Une femme décroche et parle si fort dans le combiné que Laurel sursaute.

— Allô ? Madame Donnelly ?

— Oui.

— Breda Donnelly ?

— Oui, c'est moi.

— Je suis désolée de vous déranger un dimanche. Vous n'étiez pas en train de manger, j'espère.

— Non, pas du tout. Qu'est-ce que je peux faire pour vous ?

— J'ai rencontré récemment votre petit-fils Joshua.

— Ah oui, le petit Josh. Comment se porte-t-il ?

— Il va bien, très bien. Je lui ai rendu visite chez votre fille, dans la maison de Noelle.

Un silence s'installe brièvement.

— Qui êtes-vous ? Vous ne vous êtes pas présentée.

— Excusez-moi, en effet. Je m'appelle Laurel Mack. Ma fille était l'une des élèves de Noelle, il y a une dizaine d'années. Et j'ai découvert par hasard que mon ami est l'ancien compagnon de Noelle. Floyd Dunn, le père de Poppy.

Le silence revient et Laurel retient son souffle.

— Oui, et... ? reprend Breda pour suggérer qu'elle a besoin de plus d'informations avant d'en livrer elle-même.

— Écoutez, poursuit Laurel après un soupir, je ne suis pas vraiment sûre de la raison qui me pousse à vous appeler, mais ma fille a disparu peu de temps après avoir pris des cours avec Noelle. Juste à côté de sa maison. Puis Noelle aussi a disparu, quelques années plus tard.

— D'accord.

— Je voudrais simplement parler de Noelle et vous demander ce qui lui est arrivé, selon vous.

— Vous ne travaillez pas pour un journal ?

— Pas du tout, je vous le jure. Vous pouvez taper mon nom dans Google. Laurel Mack. Ou celui de ma fille, Ellie Mack. Vous verrez que je ne mens pas.

— Elle nous avait dit qu'elle rentrait à la maison.

— Comment ? s'étonne Laurel.

— Cette semaine-là. Elle devait rentrer en Irlande. Avec sa fille.

— Je n'étais pas au courant. Floyd m'a dit qu'elle s'était évaporée. Il ne m'a jamais fait part de son projet de rentrer dans son pays.

— Peut-être qu'elle ne lui en avait pas parlé. Mais c'était prévu. Les journalistes s'en fichent. La police aussi.

Une quinquagénaire solitaire avec un ancien compagnon qui l'a déclarée instable psychologiquement. Je leur ai dit qu'elle avait prévu de revenir, mais ils m'ont dit que ce n'était pas important. Ils ont peut-être raison.

—Elle vous a dit qu'elle allait rentrer avec sa fille ?

—Oui, exactement. Avec Poppy. Elles devaient s'installer ici, chez nous. On était prêts à les accueillir. J'avais fait leurs lits. On avait acheté un ours en peluche pour la petite. Des yaourts, des jus de fruits. Mais du jour au lendemain, elle avait déposé l'enfant chez son père, fait son sac et disparu. On n'était pas tout à fait surpris non plus. C'était déjà assez peu crédible qu'elle ait eu un bébé, alors de là à l'élever toute seule…

—Vous pensez qu'elle a changé d'avis ? Qu'elle avait prévu de recommencer sa vie avec Poppy et vous, mais qu'elle a eu peur ?

—Oui, c'est possible.

—Et où pensez-vous qu'elle soit, madame Donnelly ? Si ce n'est pas indiscret.

—Alors ça… Si vous voulez mon avis, moi je pense qu'elle est morte.

Après ces mots terribles, Laurel attend un peu avant de poser sa question suivante.

—Quand l'avez-vous vue pour la dernière fois ?

—En 1984.

Laurel est de nouveau sous le choc.

—Elle est revenue à la maison quelques semaines après son doctorat. Puis elle est partie à Londres, et on ne l'a jamais revue depuis. Ses frères ont essayé de lui rendre visite, mais elle les gardait à distance. Elle trouvait toujours des excuses. Elle ne nous écrivait pas pour Noël, pas pour nos anniversaires. Nous, on lui donnait des nouvelles : les naissances, les diplômes, et tout ça. Mais elle ne nous a jamais répondu. Elle ne s'intéressait pas du tout à nous, à aucun de nous. Alors, à la fin, on a arrêté de s'intéresser à elle, nous aussi.

Chapitre 47

Je t'ai présenté le bébé pour la première fois quand elle avait six mois. Je l'avais habillée avec une tenue magnifique : un gilet de laine avec un col en fourrure spectaculaire, acheté en soldes. Elle avait aussi un tutu. Et des chaussures pour bébé ! Quelle idée ridicule… Mais ce bébé devait être le plus beau que tu avais vu de toute ta vie. Je voulais qu'elle t'en mette plein la vue.

Quand je l'ai emmenée chez toi la première fois, j'avais des papillons dans le ventre. Je t'avais appelé pour te prévenir. Je voulais que tu nous reçoives bien, avec une bonne tasse de thé, et que tu te sois préparé.

Le soleil brillait ce matin-là, et le monde était plein d'espoir, me semblait-il. Tu as ouvert la porte. Tu portais un pull atroce. Je suis désolée, mais il n'y a pas d'autre mot. Tu n'avais jamais eu beaucoup de style (ça nous faisait un point commun), mais là, c'était franchement épouvantable. Probablement un cadeau de Noël de ton horrible mère.

Tu ne m'as pas regardée. Tes yeux se sont directement posés sur le bébé dans le siège-auto que je portais à bout de bras. J'ai observé ton visage, je t'ai vu la dévorer des yeux, cette enfant toute potelée, au teint hâlé, aux cheveux châtains, qui était si différente de cette horrible chose que ta femme avait engendrée. Tu as souri. Et – Dieu soit loué – ce bon gros bébé t'a aussi souri. Ses petites chaussures satinées ont donné des coups de pied en l'air. Elle a gargouillé. C'était comme si elle savait que tout dépendait de ce moment.

Tu nous as invitées à entrer. J'ai posé le siège-auto sur le sol de ta jolie cuisine et j'ai regardé autour de moi, enveloppée instantanément par le sentiment de sainteté, par le bonheur de me trouver de nouveau dans ton espace personnel. Étrangement, il m'a semblé t'appartenir plus fort à cet instant-là que pendant toutes ces années où nous couchions ensemble. Tu m'as servi la tasse de thé que je rêvais que tu me proposes. Tu me l'as passée, tu t'es penché vers le bébé, et tu m'as regardée.

—Je peux?

—Bien sûr, vas-y. C'est ta fille, après tout.

Tu l'as détachée et elle a encore remué les pieds et tendu les bras vers toi. Tu l'as soulevée délicatement, avec assurance, et tu l'as prise dans tes bras. Je crois que tu pensais qu'elle était plus jeune qu'elle ne l'était vraiment, parce que tu ne l'avais pas vue après la naissance. Mais elle t'a prouvé que c'était déjà une vraie fille en se retournant dans tes bras et en posant sa main sur ta joue pour jouer avec ta barbe. Tu lui as fait des grimaces. Elle a ri.

—Elle est vraiment mignonne.

—Oui! Enfin, je ne suis pas très objective…

—Elle a six mois?

—Oui, six mois ce mardi.

—Poppy, c'est très joli, comme prénom.

—N'est-ce pas? Ça lui va bien, non?

—Oui, tu as raison.

Tu lui as tiré la langue et elle t'a regardé avec un air de béatitude totale.

—Comment ça se passe? Toi, tu vas bien?

— Ça a été…

Je me suis interrompue et je t'ai souri sans mentionner le cauchemar de toutes ces nuits où je ne pouvais pas dormir parce qu'il fallait aller lui donner le biberon deux, trois ou quatre fois. Je ne t'ai pas raconté ces fois où je la laissais dans son lit, descendais dans la cuisine et écoutais la radio à fond pendant une heure pour ne plus l'entendre pleurer. Et je n'ai pas évoqué ce jour où j'ai vraiment hésité à l'abandonner devant un hôpital comme tes parents l'avaient fait.

— Magnifique. Elle est adorable. Elle fait ses nuits, elle sourit, elle mange tout. Franchement, Floyd, je me demande pourquoi je n'ai pas fait ça plus tôt.

Ma réponse t'a beaucoup plu, je l'ai vu. Tu t'imaginais probablement que je serais devenue une vieille vache horrible et frigide dont tu avais bien fait de te débarrasser. Mais j'étais dans ta cuisine, en forme (j'étais allée chez le coiffeur et j'avais retrouvé ma couleur cuivre naturelle – c'était la première fois que j'allais chez le coiffeur pour autre chose que me faire couper les pointes depuis au moins vingt ans) avec ce bébé *irrésistible* que *de toute évidence* j'adorais, comme une femme tout à fait *normale*. Je sentais très bien que tu étais en train de changer d'avis sur moi, que tes préjugés se dissipaient, et que tout espoir n'était pas perdu.

Nous sommes restées une heure et demie, et quand nous sommes parties (à mon initiative, pour aller dîner chez une amie imaginaire), tu es sorti de la maison avec nous en portant le bébé dans son siège. Tu as insisté pour l'attacher sur la banquette arrière. Je t'ai regardé la harnacher en faisant attention à ce que ce ne soit pas trop serré pour ses petits bras potelés.

Tu as minaudé en lui envoyant un baiser du bout des doigts.

— Au revoir, ma belle Poppy. J'espère te revoir très, très vite.

Je t'ai adressé un sourire impénétrable, et je suis partie, te laissant complètement décontenancé au milieu de la rue.

Et c'était exactement l'effet escompté.

Chapitre 48

Laurel reçoit un appel de Bonny le lundi suivant, au travail. Elle reconnaît tout de suite sa voix assurée.

— On a un peu parlé de Noël, commence-t-elle.

Laurel s'empêche de protester. Elle n'arrive pas à penser aux fêtes avant la dernière semaine, quand les rues sont pleines de lumières, de musique, et que même le plombier de quartier a mis des décorations à sa fenêtre. Elle n'est pas prête du tout.

— Malheureusement, on sera chez ma belle-mère le 25. Elle a quatre-vingt-quatre ans, et elle est beaucoup trop faible pour venir jusqu'à Londres, donc on doit aller à Oxford. Mais je me disais qu'on pourrait peut-être faire le réveillon ici. Des cadeaux, des jeux, des cocktails et tout le toutim. La maison est assez grande pour une armée, donc on peut inviter tous les enfants, les compagnons, etc. Tu devrais inviter ton chéri et son adorable fille.

Elle s'interrompt pour respirer, et Laurel l'entend se détourner du combiné pour tousser.

— Alors, qu'est-ce que tu en penses ?

Laurel joue avec son pendentif.

— Tu as demandé à Jake ?

— Oui, oui, répond-elle avec un ton volontaire qui fait penser à Laurel que Paul et Bonny sont au courant de leur dispute.

— Il viendra ?

— Oui, normalement.

— Et Hanna ?

— Oui, elle est disponible.

L'estomac de Laurel se soulève. Dans son esprit, Hanna s'est complètement transformée : d'une princesse de glace qui ne fond jamais à une garce se jetant dans les bras des hommes des autres sans penser aux conséquences. Laurel ne sait plus que penser de sa fille.

— Je pense que c'est une très bonne idée, reprend-elle après une longue pause. Je vais proposer à Floyd. Normalement, lui et Poppy ne sortent pas pour le réveillon, mais je pense que je devrais réussir à les convaincre. Je te rappelle ?

— D'accord ! Mais assez rapidement, si possible. Il faut que je passe commande au *Waitrose* demain au plus tard.

Une commande au Waitrose. Laurel n'arrive pas à croire qu'à un moment, il y avait aussi des commandes au Waitrose dans sa vie.

Elle raccroche et inspire profondément.

Ce soir-là chez Floyd, Laurel lui demande comment Poppy a réagi quand Noelle l'a abandonnée sur le pas de sa porte avant de disparaître.

— Elle était plutôt contente ou triste ? Sa mère lui manquait ? Comment ça s'est passé ?

— Déjà, elle était dans un état horrible. Elle était en surpoids, elle ne laissait personne lui toucher les cheveux, la laver, lui brosser les dents. Ce n'était pas beau à voir. Et c'est pour ça que Noelle me l'a laissée. Elle avait eu un bébé parfait, et elle l'avait transformée en petite fille horrible parce qu'elle n'avait aucune idée de la façon dont on élève un enfant. Au bout de quatre ans, elle vivait avec un monstre. Non, Poppy n'était pas triste du tout. Elle adorait être ici avec moi. Elle se comportait bien. Elle ne faisait pas de caprice. Elle ne voulait pas étaler de la pâte à tartiner sur tout ce qu'elle mangeait. Elle était sage, on discutait, elle apprenait des choses, lisait, donc quand Noelle l'a laissée ici, elle était très contente. Vraiment ravie. Et puis, à ce moment-là, on ne savait pas qu'on ne la reverrait jamais. On pensait qu'elle reviendrait. Quand on a compris que ce ne serait pas le cas, on était déjà une équipe soudée. Je pense sincèrement qu'elle ne souffre pas de l'absence de Noelle. Je crois..., hésite-t-il. Je crois plutôt que ça a été une bénédiction.

Laurel le dévisage un instant avant de détourner le regard. Une pensée sombre lui traverse l'esprit, si rapide et impalpable qu'elle lui échappe immédiatement.

Poppy l'appelle dans la cage d'escalier. Elle s'accroche à la balustrade, la tête penchée sur le côté, les cheveux lâchés.

—Laurel, murmure-t-elle avec mystère. Vite, monte!

Laurel la regarde, intriguée.

—J'arrive!

—Viens vite, vite! continue Poppy en la prenant par la main.

Laurel n'a encore jamais vu sa chambre.

C'est une petite pièce carrée qui donne sur le jardin. Il y a un lit à baldaquin avec des rideaux de mousseline blanche. Les murs sont blancs. Sa couette est blanche, et les rideaux de la fenêtre sont blancs avec une fine rayure grise. Une lampe en chrome est posée sur sa table de chevet blanche et sa bibliothèque blanche est remplie de livres.

—C'est une décoration très minimaliste, commente Laurel en entrant.

— Oui, j'aime les choses simples. Assieds-toi, ordonne-t-elle en lui montrant sa chaise de bureau en bois. Regarde, mon cadeau de Noël pour papa est arrivé ! Qu'est-ce que tu en penses ?

Elle ouvre la porte de son armoire et en sort un colis Amazon.

À l'intérieur, il y a une grande tasse où est écrit : « AMATEUR DE CAFÉ INSUPPORTABLE ET SNOB ».

— C'est génial ! Il va l'adorer !

— Ça le décrit bien, non ? Il est ridicule avec son café, tu sais, il dit qu'il préfère boire de l'eau plutôt que quelque chose qui n'a pas poussé en Éthiopie, arrosé par des larmes d'anges...

Laurel sourit et lui dit qu'elle a raison, que beaucoup de gens sont difficiles avec le café, mais qu'elle-même ne comprend pas la différence, et d'ailleurs c'est la même chose pour le vin, ils ont tous le même goût pour elle, sauf si c'est une bouteille vraiment mauvaise, et pendant qu'elle parle son regard s'arrête sur un détail de la chambre de Poppy. Elle s'interrompt immédiatement et plaque sa main sur sa poitrine.

— Poppy, souffle-t-elle en traversant la pièce, ils viennent d'où, ces chandeliers ?

Poppy lève les yeux vers le dernier étage de sa bibliothèque, où trônent deux gros chandeliers symétriques en argent.

— Je ne sais pas. Ils ont toujours été là.

Laurel tend le bras pour en attraper un. Il pèse très lourd, comme elle s'y attendait, parce que ce sont ses chandeliers, ceux qu'on lui a volés lors du cambriolage quatre ans après la disparition d'Ellie, ceux que Laurel pensait que sa fille était venue chercher.

— Je ne les aime pas trop, je crois qu'ils étaient à ma mère. Tu peux les prendre, si tu veux.

— Non, se reprend Laurel en le remettant sur la bibliothèque, toute chamboulée. Ils sont à toi, tu devrais les garder.

Chapitre 49

Avant

Ellie était allongée sur le lit. La lumière bleutée de la lune l'éclairait. Une brise forte faisait frémir les feuillages qui craquaient et sifflaient comme des feux d'artifice lointains. Elle essaya de faire tomber ses jambes sur le côté, mais elle n'avait pas assez de force. Elle n'arrivait plus à se souvenir de la dernière fois qu'elle avait mangé. Il y a six jours ? Sept ?

Elle était en proie au délire depuis quelque temps, mais elle avait tout de même conscience de l'abandon ignoble dont elle était victime. Elle entendait son bébé pleurer plusieurs fois par jour, et une peine immense surgissait de son cœur et emportait tout son corps. Elle n'avait plus de voix pour l'appeler et plus assez de volonté pour vivre. Son cerveau palpitait, lui faisait mal, lui envoyait d'étranges images, des flashs, des scènes de nuit éclairées par des éclairs. Sa mère remuant un sachet de thé dans une tasse. Son père remontant la fermeture d'une veste. Theo jetant une balle à son petit chien blanc. Noelle corrigeant ses exercices, remontant ses lunettes sur son nez. Une maison qu'ils avaient louée sur l'île de Wight un été. Le poney à la robe alezan dans le champ au bout du jardin qui mangeait des pommes dans leurs mains. Poppy, allongée sur le dos sur son lit, faisant un O avec sa petite bouche rouge. Hanna faisant de grands cercles avec sa tête, sa longue queue-de-cheval tournoyant autour de son visage comme une hélice. Son enterrement. Sa mère en pleurs. Son père en pleurs. Les cadavres des hamsters morts jetés sur son cercueil comme des poignées de terre.

Elle se voyait flotter au-dessus de son cercueil.

De plus en plus haut. Et, sous elle, la chambre. Le canapé-lit. Les draps sales, froissés, la couette roulée en boule. Les cages en plastique débordant de mort, la poubelle débordant de paquets de chips vides. Les toilettes bouchées, pleines de rouille et de bactéries.

Elle replia ses bras sur sa poitrine.

Elle ferma les yeux.

Elle se laissa flotter de plus en plus haut, jusqu'à ce qu'elle puisse sentir la caresse des nuages sur sa peau, jusqu'à ce qu'elle sente l'étreinte des bras de sa mère et son souffle chaud contre sa joue.

Chapitre 50

Quand Poppy avait deux ou trois ans, j'ai décidé de vendre. Tu me donnais un petit peu d'argent de temps en temps pour l'élever, mais j'avais trop de fierté pour te demander plus. Je n'avais pas fait ça pour ça, pas du tout. Enfin, à cette époque-là, j'étais pauvre, Floyd. Vraiment pauvre. Je ne pouvais travailler qu'à mi-temps, lorsque Poppy était avec toi. J'avais besoin d'argent. Et nous n'avions pas besoin d'une maison à deux étages. Un petit appartement nous suffirait.

C'est à ce moment-là que je me suis rappelé qu'il y avait un hic.

Cette fille. Cette satanée fille.

Elle avait fini par mourir à un moment. Je ne savais pas quand. C'était mieux pour tout le monde, selon moi. C'était plus simple ainsi. L'enquête n'était plus une priorité pour la police. Les enquêteurs pensaient qu'elle avait fugué. Je leur ai donné ce qu'ils voulaient trouver.

J'avais gardé le sac qu'elle portait quand elle était arrivée. Ce qui prouve que j'avais plus ou moins l'intention de la laisser partir à un moment, ce n'était pas censé finir si mal. J'ai trouvé les clés de chez elle, et, un jour, j'ai vu sa mère sortir de la maison avec un sac de piscine, alors je me suis introduite par la porte du jardin et j'ai dérobé des choses que, me disais-je, la fille aurait pu prendre si elle essayait de quitter le pays. Un vieil ordinateur, un peu d'argent, des chandeliers qu'elle aurait pu essayer de vendre. Ils m'avaient toujours plu, ces chandeliers. Ils étaient sur le piano, à côté de la table où l'on travaillait. Je les avais regardés un jour, et la fille m'avait dit qu'ils pensaient les faire expertiser pour voir ce qu'ils valaient.

J'ai aussi pris un gâteau. En le voyant, je me suis souvenue d'un après-midi où la mère nous avait apporté deux tranches tièdes de gâteau au chocolat plutôt que les biscuits chic de d'habitude, et la fille avait demandé si sa sœur Hanna l'avait fait. La mère avait répondu : « Oui, il sort du four. » La fille s'était tournée vers moi.

— Ma sœur est la meilleure pâtissière du monde. Vous ne mangerez jamais de gâteau au chocolat comme ça.

Je ne me souviens pas particulièrement de ce gâteau, je ne sais plus si c'était le meilleur du monde, mais j'ai bien en tête le visage de la fille quand elle m'avait dit ça, l'impatience qui brillait au fond de ses yeux, le plaisir absolu ressenti en le mangeant.

Il y a quelque chose de bizarre. Tu vois, quand je repense à cette époque où je lui donnais des cours, j'ai l'impression de m'être vraiment fait un film, parce que, sur la fin, je n'arrivais plus à comprendre ce que je lui trouvais, à cette fille. Aucune idée.

C'était juste une fille, rien de plus.

J'ai cherché son passeport partout. J'en avais absolument besoin. Mais pas moyen de mettre la main dessus. Et là, j'ai eu un éclair de génie. J'avais aperçu sa sœur quand je surveillais leur maison, et elles étaient presque identiques, toutes les deux. Je suis allée dans la chambre de la grande, et je l'ai trouvé. Je l'ai mis dans le grand sac avec l'ordinateur, les chandeliers et le gâteau. Dix minutes plus tard, j'étais partie.

C'est difficile pour moi de parler de ce qui s'est passé ensuite, parce que ça a été assez barbare, soyons honnêtes. Quelques années plus tôt, quand l'odeur provenant du sous-sol était devenue un problème (mes voisins étaient venus me demander ce que c'était peu de temps après sa mort : les égouts), j'avais déplacé son corps dans un coffre du grenier. Une nuit où Poppy était chez toi, j'ai descendu la fille (et je dis « fille », mais à ce stade il serait plus correct de parler de « chose ») jusqu'au coffre de ma voiture, avec son sac à dos, dans lequel j'avais fourré ses vieux vêtements et le passeport, puis j'ai conduit jusqu'à Douvres. J'ai trouvé une route isolée, au milieu de nulle part, et j'ai déposé une partie des os sur la chaussée. J'ai roulé dessus, puis je les ai jetés dans un trou avec son sac à dos. J'ai recouvert le tout de feuilles, de terre, et je suis rentrée en quatrième vitesse. Le reste, je l'ai foutu dans une décharge municipale à quelques kilomètres de là.

Je pensais qu'ils allaient la trouver tout de suite. Je l'avais à peine cachée. Je voulais qu'ils la trouvent, que ce soit fini. Inconsciemment, je voulais qu'ils m'arrêtent. Je n'avais même pas pensé à ces histoires d'empreintes et d'ADN. Je n'avais pas pensé aux traces de pneus, de pas, à ce genre de choses. Mais des mois et des mois passèrent, et toujours rien. Apparemment, j'étais tirée d'affaire.

À ce moment-là, le marché immobilier à Londres n'était pas très intéressant, et j'ai décidé de ne pas vendre. La vie reprit son cours normal.

Enfin normal, si l'on peut dire, parce qu'il n'y a rien de normal quand on vit avec un enfant en bas âge. Elle m'en faisait voir de toutes les couleurs. Un monstre. Tout ce qu'elle voulait, le matin, le midi, le soir, c'était du sucre.

Sur ses céréales, sur ses fruits, il fallait du Nutella sur tout sans quoi elle refusait de manger et de dormir. À la crèche, elle faisait peur aux autres enfants. Elle les frappait et leur faisait des croche-pieds. On m'appelait sans cesse. Mais quand je l'amenais chez toi pour sa visite hebdomadaire, alors là, un vrai petit ange. Papa ceci, papa cela. Au début, je n'y ai pas vu d'inconvénient puisqu'elle était mon cheval de Troie pour te reconquérir, ce qui fonctionnait plutôt bien. Mais, au bout d'un moment, je me suis rendu compte que vous aviez fait un pacte sans moi. Comme toi et SJ. Elle s'asseyait sur tes genoux, jouait avec tes cheveux puis me regardait comme si j'étais une moins-que-rien. Une sous-merde.

Parfois, quand je venais la chercher après que vous aviez passé une journée ensemble, elle se cachait derrière tes jambes, dans sa chambre ou n'importe où dans la maison et refusait de sortir.

— Je ne veux pas partir ! criait-elle. Je veux rester ici.

Alors je me disais *merde, allez vous faire foutre tous les deux*, et vous restiez ensemble. Vous refermiez la porte derrière moi, vous rentriez dans votre nid confortable et faisiez des choses passionnantes. Elle mangeait tout ce que tu préparais. Elle rentrait chez moi et me parlait de légumes sautés, de crevettes croquantes, de ragoûts de restaurants africains. Chez toi, il n'y avait pas de sucre, pas de cochonneries, pas de télé, pas de consoles faisant un bruit à vous rendre fou. Il n'y avait rien de ce à quoi j'avais recours pour la faire taire. Seulement des livres, de la musique et des promenades au parc.

Mais un jour, et tu vas t'en souvenir parce que c'était quand même quelque chose, tu m'as dit que tu voulais éduquer Poppy toi-même. Je venais de faire les démarches pour qu'elle ait une place dans l'école primaire du quartier à la rentrée. Ce n'était pas assez bien pour toi, apparemment. Rien n'était jamais assez bien pour ta petite Poppy. Sauf toi, bien sûr. Sauf toi.

« Ma mini-moi. »

C'est comme ça que tu l'appelais.

Comme si moi, je n'avais rien à voir avec cette enfant, mais rien du tout. Comme si seul un bambin qui t'imitait parfaitement méritait ton amour.

— Elle est très intelligente, sincèrement. Elle est probablement surdouée. Je ne pense pas qu'une école normale lui convienne. Et si je m'occupe de son éducation, ce serait mieux qu'elle s'installe chez moi.

Je crois que tu pensais que ça me soulagerait. Que je me dirais : *Super, ça me fait un poids en moins.* Tu savais qu'elle était très difficile avec moi, que c'était dispute sur dispute. Tu avais compris que je n'étais pas une bonne mère, que je ne l'aidais pas à se développer.

Mais tu ignorais ce que j'avais fait pour t'offrir cette enfant. Tu n'en avais pas la moindre idée. Tu ne savais pas que je n'avais pas vraiment de vie en dehors de la seule lumière qui éclairait mon chemin – toi, Floyd. Si tu avais la garde de Poppy, à quoi je te servirais ? Tu n'aurais plus de raison de me voir. Je ne ferais plus partie de ta vie.

Je ne pouvais pas te laisser la prendre. C'était mon seul sésame pour accéder à toi.

Nous avions commencé cette discussion comme des adultes respectueux, mais elle s'acheva finalement dans une colère noire.

Je savais que tu n'allais pas abandonner. Tu as attendu le bon moment, et tu as attaqué.

Je ne supportais plus de l'avoir avec moi. C'était un vrai boulet. Dans les magasins, elle voulait que je lui achète tout. Vraiment *tout*. Il n'y avait pas un seul magasin qui ne vendait pas quelque chose qu'elle devait avoir à tout prix. Si je ne le lui achetais pas, j'étais « méchante » ou « horrible », et elle se mettait à crier comme un cochon qu'on égorge. J'allais faire mes courses quand elle était à la crèche. Mais, cet après-midi-là, je devais acheter du ketchup. Pas pour moi, ça non, je pouvais manger sans ketchup sans en faire toute une histoire, mais pas madame. Alors je l'ai laissée. Dix minutes, peut-être quinze.

Elle avait grimpé sur le plan de travail pour trouver quelque chose à manger, évidemment, parce que si elle ne mangeait pas pendant dix minutes, elle en serait morte, et elle était tombée, forcément. Elle s'était cogné la tête contre l'angle du meuble et il y avait une plaie. Elle saignait, alors j'ai appelé les urgences, ils m'ont dit quoi faire, de l'amener à l'hôpital si ça ne s'améliorait pas, et j'ai fait tout ce qu'il fallait, Floyd, tout. Je me suis comportée comme un parent responsable. Mais, bien sûr, quand tu l'as vue, elle avait un œil au beurre noir, des égratignures et des bleus, et « Maman est sortie et elle m'a laissée toute seule, et j'avais faim et je voulais des céréales, snif, snif ». Tu m'as lancé un regard meurtrier.

— C'est bon, Noelle. On arrête là.

Je savais très bien ce que ça signifiait, ce qui allait se passer. J'ai pris ma décision. Il fallait partir. Poppy et moi. Si tu nous voulais, tu viendrais nous chercher.

J'avais tout préparé. J'allais ramener ma fille pimpante en Irlande ! Mes parents n'en reviendraient pas ! Mes frères diraient : « Regarde cette enfant, c'est la plus jolie Donnelly de sa génération. » Après quelques semaines, je t'appellerais pour te dire où on était, et tu prendrais le premier avion pour Dublin. Tu me verrais baignée dans la lumière éclatante de l'île d'émeraude, au sein de ma famille, avec notre fille aux joues roses, et je te montrerais la jolie petite école du village où j'étais allée. Tu rencontrerais mes parents, qui sont les gens les plus intelligents que je connaisse, et mes frères, ces intellos, et tu verrais les bibliothèques de notre grande maison victorienne remplies de livres, de trophées, de médailles, et tu comprendrais que c'était le lieu idéal pour élever notre enfant, qu'il n'y avait pas d'autre possibilité, que tu ne pouvais pas l'emmener alors qu'elle était si heureuse ici, si bien intégrée, entourée de ses cousins, de moutons, de la mer et de l'air pur des plaines d'Irlande.

Dans mes rêves, tu décidais de rester avec nous. Tu t'installais dans une petite maison au bord d'une falaise et au bout de quelque temps, parce que nous étions si heureux, que tout se passait si bien, tu nous proposais de venir vivre avec toi. Et rien ne changeait jusqu'à notre dernier jour. Tous les trois, ensemble. Une famille parfaite.

Chapitre 51

— D'où viennent les chandeliers de Poppy ? Ceux en argent, dans sa chambre ?

Floyd lève les yeux de son journal. C'est le mardi matin, ils s'apprêtent à prendre le petit déjeuner. Laurel a failli rentrer chez elle hier soir, prétextant une migraine et le besoin de dormir dans son propre lit. Mais quelque chose l'a poussée à rester, peut-être la promesse d'une bouteille de vin à partager, la proximité de Poppy ou toutes ses questions sans réponse.

— Style Art déco ?

— Oui, dans sa bibliothèque.

— Je les ai trouvés chez Noelle en allant chercher ses affaires. Ils sont beaux, n'est-ce pas ?

Elle inspire et se force à sourire.

— J'en avais deux, exactement comme ça.

— J'ai pensé qu'ils avaient peut-être de la valeur. C'est pour ça que je les ai pris. Ça m'a surpris parce que Noelle n'avait *rien* chez elle. Juste son bazar. Mais elle avait ça. Je crois que ce sont des vrais. Je voulais les faire expertiser, mais je n'ai jamais fait la démarche.

Laurel continuait à lui sourire.

— Les miens avaient de la valeur. Des amis nous les avaient offerts en cadeau de mariage. Ils les avaient eus aux enchères, et ils étaient très fortunés. Ils nous avaient recommandé de les faire assurer, mais on ne l'a jamais fait.

Elle n'ajoute rien et attend la réponse de Floyd.

— Peut-être qu'elle a laissé quelque chose à Poppy, alors.

— Et sa maison ? Elle n'appartient pas à Poppy, légalement ?

— La maison de Noelle ? Elle n'était pas propriétaire, c'était une location.

— Vraiment ? Je pensais que…

Elle s'interrompt. Elle n'est pas censée connaître cette maison.

— Je ne sais pas, je pensais qu'elle était propriétaire. Et la famille de Noelle ? Tu les as déjà rencontrés ? Poppy les connaît ?

— Non. Elle n'avait pas vraiment de famille, en tout cas elle ne m'en parlait pas. Elle n'était peut-être plus en contact, ou alors ses parents étaient décédés. Si elle avait des frères et sœurs, je n'étais pas au courant. Mais ça ne m'étonnerait pas, venant d'elle.

Laurel acquiesce, digérant lentement ce mensonge.

— Quand tu es allé récupérer les affaires de Poppy, c'était comment ?

— Glauque, répond-il en frissonnant. Vraiment glauque. Délabré, froid, sale. La chambre de Poppy ressemblait à celle d'un orphelinat. Il y avait un papier peint très bizarre. Tout était rose bonbon. Et le pire, c'était…

Il plante ses yeux dans les siens et se mord les lèvres.

— Je n'en ai jamais parlé à personne, parce que c'est tellement horrible, immonde… *pervers*. Au sous-sol, elle avait stocké des hamsters ou des gerbilles, enfin quelque chose comme ça. Je ne suis pas sûr. Des souris, peut-être.

Dans des cages empilées. Il y en avait une vingtaine, et au moins douze par cage. Toutes mortes. Cette *odeur*... Nom de Dieu ! s'exclame-t-il pour chasser ce souvenir. Enfin, quel genre de femme ferait un truc pareil ?

Laurel secoue la tête, les yeux écarquillés, feignant la surprise.

— C'est ignoble, vraiment.

— Elle était folle à lier, je ne vois pas d'autre explication, soupire-t-il. Quelle pauvre femme...

— J'ai comme l'impression que le seul aspect positif de sa vie, c'était d'avoir Poppy.

Floyd baisse ses yeux noirs, hantés, vers ses genoux.

— Oui, tu as raison.

Chapitre 52

J'ai été très gentille avec toi, les jours qui ont suivi cette dispute. Je t'ai fait croire que je prenais le temps de réfléchir à l'éventualité que Poppy vive avec toi, que c'était une *solution raisonnable*. Mais, pendant ce temps, je préparais méticuleusement notre évasion.

Pendant qu'elle était avec toi, j'avais tout arrangé. Nos affaires pour partir à Dublin étaient prêtes, le réservoir de la voiture était plein, je n'aurai pas à m'arrêter. Ma mère nous attendrait à 9 heures le lendemain, au terminal des ferries. C'était un plan infaillible.

Mais je t'avais sous-estimé. Tu avais compris ce que je tramais. Poppy n'était pas là quand je suis venue la chercher. Tu l'avais éloignée. Tu m'attendais.

— Entre, s'il te plaît. Il faut qu'on parle.

Je ne sais pas s'il existe une phrase plus terrifiante que celle-là.

Tu m'as fait asseoir dans la cuisine, sur la chaise où je m'étais assise quand je t'avais présenté Poppy. Cette pièce m'avait rendue si heureuse. Mais, cet après-midi-là, elle me brisait le cœur. Je savais ce que tu allais me dire. J'en étais sûre.

— J'ai réfléchi à la situation, à Poppy, à l'avenir. On ne peut pas continuer comme ça. Je vais être très franc avec toi, Noelle, et c'est horrible, mais j'ai peur pour elle quand elle est avec toi. Je crois que…

Et voilà. Et voilà.

— Tu es toxique.

Toxique.

Doux Jésus.

— Ce n'est plus seulement à propos de lui faire école à la maison, Noelle. C'est un ensemble. Poppy te déteste, tu le sais ? Elle me l'a dit. Et pas seulement quand elle est énervée contre toi, plusieurs fois. Souvent. Elle a peur de toi.

Tu m'as regardée, les yeux lourds de reproches.

— Elle n'aime pas ton odeur. Elle m'a dit ça. Et ça, ce n'est pas normal, Noelle. Un enfant ne devrait pas être capable de distinguer son odeur de celle de sa mère à cet âge-là. Ça me fait penser qu'il y a des différences irréconciliables entre vous, que le lien est rompu. J'ai demandé à une assistante sociale ce que je pouvais faire, elle m'a conseillé d'éloigner Poppy pendant un moment, le temps qu'on règle ça, alors elle va vivre chez un couple d'amis pendant quelques jours.

— Des amis ? lâchai-je avec aigreur. Quels amis ? Tu n'en as pas.

— Peu importe. Il faut vraiment qu'on trouve un accord tous les deux, entre adultes, avant qu'elle revienne. Noelle, tu es sa mère. Est-ce que tu pourrais…

Tu as eu du mal à trouver les mots, je me rappelle.

— Est-ce que tu pourrais te mettre en retrait ? S'il te plaît ? Tu pourrais toujours la voir, bien sûr. Sous ma supervision, en ma présence. Et sans que cela interfère avec son éducation.

Moi aussi, j'ai lutté pour te répondre. Ce n'était pas tant le contenu de tes propos (pourtant graves) que le ton employé. Ce n'était pas du « Désolé, Noelle, mais j'ai confié notre fille à des étrangers et maintenant je veux que tu te casses à tout jamais ! », non. Tout dans ta voix laissait penser que ta solution était complètement raisonnable.

— Non, non, ai-je réussi à articuler. Floyd, je ne peux pas accepter ça. Rends-moi ma fille. Tout de suite. Tu n'as *pas le droit* de faire ça, c'est impossible. C'est mon bébé et…

Tu as levé la main pour m'interrompre.

— Je sais bien. Mais, Noelle, il faut que tu acceptes que tu n'es pas assez solide pour être une bonne mère. Tu l'as élevée en la mettant devant la télé, tu l'as gavée de malbouffe, sans lui donner aucune preuve d'affection. Et en plus tu la laisses seule chez toi ! C'est à la limite de la négligence. En tout cas, c'est comme ça que les services sociaux verraient les choses. Ses dents sont dans un état épouvantable. Elle a des poux sans arrêt, et tu ne fais rien. Ça ne va pas dans ta tête, Noelle. *Ça ne va pas.* Tu ne peux pas élever cette enfant.

Et voilà, j'y étais. Au bout du bout.

J'avais le cerveau en ébullition. J'ai vu les os de la fille étalés sur la route sombre près de Douvres, éclairés par les phares de ma voiture, et mon pied sur l'accélérateur. Je me suis rendu compte de ce que j'étais devenue pour toi. Je n'avais jamais eu envie d'avoir un enfant. C'est toi que je voulais. À ce moment-là, je t'ai regardé, et tu étais si calme, si pondéré que j'ai su que tu me haïssais, que tu voulais que je disparaisse, et j'ai voulu te faire mal, te faire vraiment mal.

— Comment tu peux être si sûr que c'est vraiment ta fille, Floyd ? Tu ne t'es jamais demandé pourquoi elle ne nous ressemble pas du tout ?

L'expression de ton visage valait le coup de lui assener la révélation finale. Je ne le regrette pas.

— Ce n'est ni ta fille ni la mienne, ai-je continué, enfonçant les griffes de mes mots dans ton cœur. Je l'ai faite pour toi, avec le corps d'une autre femme et le sperme d'un autre homme.

Je ne pouvais plus m'arrêter. Je n'avais plus rien à perdre.

— C'est elle, le vrai monstre de Frankenstein, Floyd. Cette enfant que tu adores est à peine humaine, en réalité.

— Noelle, je ne…

Ma voix frénétique a recouvert la tienne et repris le contrôle, répondant à tes questions avant même que tu ne les aies posées.

— Sa mère était encore une fille. Ellie. Je n'ai jamais été enceinte, sombre crétin. Comment est-ce que vous avez pu passer à côté de ça, toi et ton gros cerveau ? Ellie a eu ce bébé, c'était elle, la mère. Le père, c'était un inconnu qui vendait son sperme sur Internet pour 50 livres le flacon.

Franchement, Floyd, tu ne pouvais pas vraiment penser que cette enfant était de toi, si ? Ce magnifique bébé n'aurait jamais pu être le fruit de tes vieux gènes fatigués. Évidemment que non. Tu ne t'es jamais posé la question ? Vraiment ? Mais enfin, Floyd, le père de Poppy était un homme jeune, un doctorant. Son profil sur le site disait qu'il avait moins de trente ans, qu'il faisait un mètre quatre-vingt-cinq, qu'il avait les yeux verts et les cheveux noirs. J'avais en tête le petit ami d'Ellie quand je l'ai choisi. Theo. Puis je suis venue chez toi avec mon chemisier en satin, mes talons hauts, et je t'ai séduit d'une façon inoubliable. Mais tout ça, c'était une mise en scène ! Et tu es tombé dans le panneau, vieille sous-merde sans couilles ni âme. La tête la première.

— Tu peux la garder, enfoiré. Tu la gardes, tu paies pour elle, et tu sauras toute ta vie, dès que tu la regarderas, que c'est juste un gros tas de cellules et d'ADN qui appartiennent à d'autres personnes. Bon courage !

J'ai attrapé mon sac à main. J'avais terminé. C'était fini. Mon cerveau avait tellement chauffé que je me souvenais à peine de mon prénom. J'étais euphorique.

Je t'ai lancé un dernier regard, et j'ai vu une tempête passer sur ton visage, ta peau passer de son gris habituel au violet de la haine. Tu t'es levé d'un bond, puis tu t'es jeté sur moi par-dessus la table. Tu m'as attrapé le cou, et je suis tombée à la renverse avec ma chaise en me débattant. Ma tête a cogné le sol dur et j'ai vraiment pensé que tu voulais me tuer, mon Dieu.

Chapitre 53

Laurel passe devant l'appartement d'Hanna en rentrant de chez Floyd. Elle espère l'apercevoir avec Theo, marchant vers les transports en commun pour aller au travail. Mais il n'y a pas de lumière, pas de mouvement à l'intérieur. Au moins, Laurel sait où sa fille a passé la nuit. Dans le lit de Theo Goodman.

Il est prof maintenant. Ironiquement, c'est Hanna qui le lui a appris l'année dernière. Elle l'avait croisé par hasard, lui avait-elle dit. Laurel ne se souvenait plus des détails. C'est probablement à ce moment-là que leur histoire a commencé.

C'est injuste, mais Laurel ne peut pas supporter ce nouveau coup du sort.

Theo et Ellie. Ils étaient faits l'un pour l'autre. Ils se complétaient parfaitement, comme une paire de gants roulés ensemble. Elle en veut à sa fille. Elle est tellement en colère qu'elle se demande ce qu'il peut bien lui trouver, comparée à Ellie. Au fil de ses pensées irrationnelles et injustifiées, elle s'imagine qu'il a vu en elle un lot de consolation.

Puis elle se rappelle cette femme blonde devant le supermarché dimanche matin, ce sourire éblouissant qui n'avait rien à voir avec la fille désabusée qui ouvre nonchalamment sa porte à sa mère, cette enfant coincée qui ne rit jamais aux blagues, cette personne fatiguée qui soupire quand elle entend la voix de Laurel au téléphone.

Et elle se rend compte pour la toute première fois qu'Hanna n'est peut-être pas intrinsèquement quelqu'un de malheureux.

C'est peut-être qu'elle ne l'aime pas, elle, tout simplement.

Elle décide d'appeler Paul dans l'après-midi. Il est au travail, et elle entend le bruit de son bureau en fond sonore.

— Paul, est-ce que je peux te poser une question ? C'est à propos d'Hanna.

Il laisse passer une seconde avant de lui répondre.

— Bien sûr.

Il sait, pense-t-elle. Il est déjà au courant.

— Elle t'a dit qu'elle avait un copain ?

Un nouveau silence.

— Oui.

Elle expire bruyamment.

— Quand ?

— Il y a quelques mois.

— Et tu sais qui c'est ?

— Oui, je sais.

Laurel ferme les yeux.

— Elle t'a dit de ne pas m'en parler ?

— Quelque chose dans ce goût-là, oui.

C'est au tour de Laurel de se taire un moment.

— Paul, reprend-elle. Tu crois qu'elle me déteste ?

— *Quoi ?* Non, bien sûr que non. Hanna ne déteste personne. Pourquoi est-ce que tu dis ça ?

— Parce que, avec moi, elle est toujours tellement… à cran. Distante. Je pensais que c'est parce qu'elle n'arrivait pas à évoluer parce qu'elle avait perdu Ellie en entrant dans l'âge adulte. Mais je l'ai vue l'autre jour avec Theo. Elle était tellement souriante et heureuse. C'était une autre personne.

— Oui, elle est très amoureuse, on dirait.

— Mais quand elle est avec toi et Bonny, comment est-elle ? Agréable ? Amusante ?

— Oui, je dirais ça. En général.

— Alors tu vois, j'ai raison. C'est *moi* le problème. Elle ne me supporte pas.

— Ce n'est pas vrai, pas du tout.

— Mais si, Paul ! Tu ne sais pas de quoi je parle. Tu ne sais pas comment elle se comporte avec moi quand on est toutes les deux. Elle est… *vide*. Elle n'a plus rien, à part son regard éteint. Qu'est-ce que j'ai fait de mal, Paul ?

Elle l'entend inspirer.

— Rien, tu n'as absolument rien fait de mal. Mais, d'une certaine façon, à ce moment-là, elle a perdu plus qu'Ellie. Elle t'a perdue toi aussi.

— Moi ?

— Oui. Tu t'es éloignée de nous tous. Tu as arrêté de faire à manger. Tu as arrêté d'être sa mère.

— Je sais ! Je sais ça ! Je me suis excusée un million de fois pour ce que je suis devenue à ce moment-là. Pourquoi est-ce que tu crois que je vais chez elle toutes les semaines pour faire le ménage ? Je fais tellement d'efforts, Paul. Tout le temps, et ça ne change rien.

— Laurel. Ce dont Hanna a besoin, c'est de ton pardon.

— Mon pardon ? Pour quoi ?

Un long silence s'installe, que Paul brise avec délicatesse.

— Parce que tu lui reproches, sans même t'en rendre compte, de ne pas être Ellie.

Les mots de Paul libèrent un flot de pensées et de sentiments ignorés et enfouis si profondément que Laurel se retrouve plongée immédiatement dans les minutes et les heures qui ont suivi la disparition d'Ellie. Elle se souvient de l'âpre ressentiment de rester avec Hanna, de refuser qu'elle mange les lasagnes qu'Ellie s'était appropriées, comme elle s'était approprié tant de choses chez eux. Ils se battaient tous pour obtenir son attention, pour être mêlés à son aura étincelante. Mais cette lumière s'était éteinte, et ils s'étaient tous éloignés, comme des étoiles mortes à la dérive.

Laurel n'avait jamais accepté de se consoler avec Hanna. C'était impossible. Elle avait donc la relation qu'elle méritait avec sa fille. Maintenant qu'elle l'a compris, elle peut enfin changer les choses.

Elle l'appelle. Messagerie, comme d'habitude. Mais Laurel ne peut pas attendre. Il faut qu'elle parle.

— Ma chérie, je voulais te dire que je suis très fière de toi. Tu es la femme la plus extraordinaire que je connaisse, et j'ai tellement de chance que tu fasses partie de ma vie. Je voulais aussi te dire que je suis désolée, sincèrement désolée, si j'ai fait des choses qui t'ont donné l'impression que tu n'étais pas ma priorité absolue. Parce que tu l'es, et je ne pourrais pas survivre sans toi. Et…, hésite-t-elle. Et je t'ai vue l'autre jour, avec Theo. Je trouve ça formidable et il a énormément de chance, vraiment. Voilà ce que je voulais te dire. Je suis désolée de ne pas l'avoir fait avant. Je t'aime. On se voit à Noël. Je t'aime, à très vite.

Elle coupe la conversation et pose son téléphone sur le plan de travail, assaillie par une vague de soulagement et de légèreté. Un poids qu'elle ne savait même pas qu'elle portait en elle la quitte.

Chapitre 54

Quand elle arrive chez Floyd ce soir-là, Laurel se sent mieux, plus vivante. Elle se rend compte que même si Noël est dans trois jours, il n'y a pas de sapin chez eux. En fait, il n'y a aucune décoration.

— Vous ne faites pas le sapin ? s'enquiert-elle en déposant son manteau dans l'entrée.

— *Faire* quoi ?

— Vous ne décorez pas de sapin ?

— Non. On le faisait, avant, mais ça fait des années qu'on a arrêté. Mais si tu en veux un, c'est possible. Je peux aller en chercher un.

Elle rit.

— C'était plutôt pour Poppy, tu sais !

— Poppy ! appelle-t-il. Tu voudrais un sapin de Noël ?

Des bruits de pas rapides résonnent. Elle apparaît en haut des escaliers.

— Oui, s'il te plaît ! s'écrie-t-elle.

— C'est parti ! On aura un sapin. Je vais braver les éléments, en digne père de famille, et rapporter à la maison le plus beau des arbres de Noël. Tu viens avec moi, Poppy ?

— Oui ! Attends, je mets mes chaussures.

— Il nous faudrait aussi des guirlandes. Et des boules de Noël. Vous en avez ?

— Il me semble que oui, au grenier. Quand Kate et Sara-Jade vivaient ici, on en faisait toujours un. Ça doit être dans une boîte. Je vais fouiller.

Il grimpe les escaliers deux à deux et revient quelques minutes plus tard avec deux grands sacs de courses remplis de décorations. Puis ils sortent, s'installent dans la voiture et disparaissent dans la nuit sombre. Laurel se retrouve seule chez Floyd pour la première fois.

Elle allume la télé et trouve une chaîne qui passe des chants de Noël. Elle commence à sortir des sacs des choses pour le moins surprenantes. Des boules en plastique éraflées, un renne en laine à trois pattes, un gros flocon piquant qui fait un trou dans son pull, des soldats en bois au visage triste, et une bande de nymphes un peu grunge en chapeaux pointus et chaussons à grelot.

Elle les laisse tous dans le sac et sort les deux guirlandes lumineuses. L'une est multicolore, l'autre blanche. La première s'allume quand elle la branche, l'autre non.

Elle va dans la cuisine pour voir s'il n'y a pas un fusible dans les tiroirs. Elle cherche également dans le meuble de l'entrée. Des menus de restaurants, une carte de parking, des clés, un rouleau de sacs-poubelles, mais pas de fusible.

Puis ses yeux se posent sur la porte du bureau de Floyd. C'est là qu'il donne ses cours à Poppy, c'est là qu'il écrit ses livres et ses articles. Dans son ancienne maison, ils avaient abattu les murs pour faire un double séjour. Floyd a décidé de garder cette pièce en l'état et de respecter l'organisation victorienne d'origine. Laurel n'y est jamais entrée, mais elle a entrevu le bureau quand il ouvrait la porte. Elle a le sentiment, sans savoir pourquoi, que Floyd ne voudrait pas qu'elle s'y introduise sans son accord, alors elle reste devant la porte fermée, la main sur la poignée, en essayant de se persuader que c'est une pièce comme les autres, que Floyd ne peut pas vivre sans elle, et que bien sûr elle peut pénétrer dans son bureau pour chercher un fusible.

Elle tourne la poignée.

La porte s'ouvre.

Le bureau est une pièce agréable, bien meublée. Le plancher est recouvert de petits tapis orientaux. Les meubles sont anciens et solides. Il y a deux lampes à arc en métal sur le bureau avec des abat-jour en verre, l'un blanc, l'autre vert. Un ordinateur portable est ouvert. Des paysages défilent sur l'écran de veille. Elle ouvre rapidement les tiroirs.

Des stylos, des cahiers, des pièces étrangères, des CD, des clés USB, le tout compartimenté avec soin. Elle aperçoit un autre bureau placé sous la fenêtre qui donne sur le jardin. Les tiroirs sont fermés à clé. Elle soupire et soulève machinalement des papiers qui sont posés sur le bureau. Elle sait qu'elle ne cherche plus un fusible. Elle cherche quelque chose qui lui permettrait de se tirer du malaise dans lequel elle est plongée depuis plusieurs jours.

Soudain, elle trouve ce qu'elle cherchait. Des coupures de journaux parlant de l'épisode de « Crimewatch » sur Ellie du 26 mai. Son visage, celui de Paul, celui de sa fille. L'interview qu'elle a accordée au *Guardian*, celle qu'ils ont donnée ensemble à un journal local. Elle se souvient de Floyd dans sa cuisine, lui avouant honteusement qu'il l'avait cherchée sur Internet après leur premier rendez-vous. Et pourtant, six mois avant même de l'avoir rencontrée, il achetait des journaux et découpait les articles qui parlaient de la disparition d'Ellie. Elle range les documents dans la pile de papier en entendant le bruit d'une portière de voiture se refermant, et sort en vitesse du bureau.

Floyd et Poppy rentrent un instant plus tard avec un sapin d'un mètre quatre-vingts.

— Alors ? l'interroge Floyd, les joues rosies par l'effort de le transporter dans la maison, relevant l'arbre pour que Laurel puisse apprécier la taille. C'est à la hauteur de tes attentes ?

— Waouh ! s'exclame-t-elle en se pressant contre le mur pour le laisser passer dans le salon. C'est un sapin et demi ! Il va nous falloir plus de guirlandes.

— Madame est servie ! annonce fièrement Poppy en apparaissant derrière son père, un sac plein de nouvelles décorations dans les bras.

— Génial ! Vous avez vraiment pensé à tout.

La télévision passe toujours des chants de Noël, et « Stop the Cavalry » de Jona Lewie résonne dans le salon.

Floyd découpe le filet qui enserre l'arbre, et ils regardent ses branches se déployer. Floyd semble extrêmement réjoui par la situation.

— Alors, qu'est-ce que vous en pensez ? Il est bien, non ?

Elles lui assurent qu'il a fait le bon choix, puis elles commencent à décorer le sapin pendant qu'il va préparer le dîner dans la cuisine.

— Vous ne faites pas ça, d'habitude ?

— Non. Je ne sais pas trop pourquoi. On n'est pas très Noël dans la famille, j'imagine.

— Mais Sara-Jade et sa mère en font un ?

— Oui ! s'écrie Poppy, le visage illuminé. Kate est *folle* de Noël. Complètement zinzin. Leur maison ressemble à une carte de vœux ! C'est un peu trop, je trouve.

— Ça a l'air super !

Poppy lui sourit.

— Il y aura un arbre chez Bonny ? Pour le réveillon ?

— Bien sûr, je n'en doute pas une seconde. Je pense qu'il sera même très gros.

Le sourire de Poppy s'élargit.

— J'ai tellement hâte ! C'est vraiment chouette de fêter Noël normalement pour une fois.

— Qu'est-ce que vous faites d'habitude ?

— Rien de spécial. On mange, on échange des cadeaux, on regarde un film.

— Tous les deux ?

Poppy acquiesce.

— Vous ne le fêtez pas avec votre famille ?

— On n'a pas de famille.

— Et SJ alors ?

— C'est juste une personne. On n'a pas de vraie grosse famille, je veux dire. Comme la tienne. Parfois j'aimerais bien…

Elle s'interrompt, jette un coup d'œil vers la porte fermée et baisse la voix.

— J'adore être avec papa. Mais j'aimerais bien avoir un peu plus.

— Plus de quoi ?

— De gens. De bruit, répond-elle en haussant les épaules.

Quelques minutes plus tard, elles font un pas en arrière pour apprécier leur travail. « Fairytale of New York » des Pogues résonne dans le salon. L'arbre est terminé, Laurel allume les guirlandes.

Floyd entre dans la pièce et pousse un cri de surprise.

— Mesdames, commence-t-il en les prenant par les épaules, c'est un triomphe ! Splendide !

Il éteint le plafonnier et se retourne vers le sapin.

— Regardez-moi ça !

Ils restent ainsi tous les trois, bercés par la musique, baignés dans la lumière scintillante de l'arbre. Le bras de

Floyd pèse lourd sur les épaules de Laurel, et elle le sent frissonner. Elle le regarde ; il pleure. Une seule larme, qui reflète un millier de petites lumières de Noël, dévale sa joue. Il l'essuie, puis sourit à Laurel.

— Merci. Je ne savais pas que ce sapin me rendrait si heureux.

Il se penche vers elle et lui dépose un baiser dans les cheveux.

— Tout est parfait grâce à toi. Je t'aime, tu sais ?

Elle est décontenancée par cet aveu. Pas par ce qu'il a dit, mais parce qu'il l'a dit devant sa fille.

Elle jette un regard à Poppy pour guetter sa réaction. La fillette la regarde avec un grand sourire, attendant sa réponse. Elle ne sait pas que c'est trop dur pour Laurel. Ils la regardent tous les deux, impatients qu'elle leur offre quelque chose. C'est Noël, il fait sombre, et quelque chose d'essentiel, de sinistre, qu'elle ne comprend pas, la pousse à parler. Elle sourit.

— Je vous aime aussi, tous les deux.

Poppy la prend dans ses bras, et Floyd les rejoint. Ils ne bougent pas pendant quelque temps, tous les trois enlacés, leurs souffles chauds se rejoignant au cœur de leur étreinte. Puis ils se séparent.

— C'est ce que je voulais pour Noël, annonce Floyd en souriant. Exactement ça. Et rien d'autre.

Laurel se force à sourire. Elle pense aux articles sur son bureau. Elle pense au gâteau partagé dans le café près du salon de coiffure, à sa confiance en lui débordante quand il avait ouvert la porte et qu'il l'avait vue. Puis elle se souvient du coup de téléphone de Blue.

« Ton copain a une très mauvaise aura. Très sombre. »

Une certitude l'envahit soudainement, irrépressible.

Tu n'es pas celui que tu prétends être, Floyd. Tu mens.

Chapitre 55

En allant au travail le lendemain matin, elle passe voir si sa mère est toujours vivante.

—Alors, tu t'éternises ? plaisante-t-elle en s'asseyant.

Ruby lève les yeux au ciel.

—Vendredi, c'est Noël. Tu sais que tu n'as pas le droit de mourir avant et de gâcher les fêtes pour tout le monde ? Il aurait fallu que tu meures la semaine dernière pour que ce soit acceptable.

—La semaine prochaine, c'est bon ? demande sa mère en riant.

—Oui, ça devrait aller. Il ne se passe jamais grand-chose cette semaine-là.

Laurel lui prend la main.

—Nous allons fêter le réveillon tous ensemble, chez Paul et Bonny. Il y aura Hanna, Jake, mon copain, sa fille. Je voudrais que tu viennes.

—Non merci ! répond-elle, et Laurel explose de rire.

—Bon, je ne t'en veux pas.

—Comment va ton n-n-nouveau copain ?

Le visage de Laurel se fige immédiatement. Comment répondre à cette question ?

—Il va très bien, tout va très bien.

Elle sent son mensonge lui brûler les lèvres. Sa mère aussi.
— Vraiment ? insiste-t-elle, l'air inquiet.
— Oui.
Ruby hoche la tête.
— Si tu le dis…

Laurel appelle Jake en quittant la maison de retraite.
Il décroche immédiatement
— Maman ? demande-t-il d'une voix soucieuse.
— Tout va bien, ne t'inquiète pas. Je voulais simplement prendre des nouvelles.
— Je suis désolé, tu sais, pour ce qu'on t'a dit avec Blue l'autre jour. C'était déplacé.
— Non, ce n'est pas grave. Sincèrement, Jake. J'ai mal réagi. J'étais tellement surprise moi-même d'être dans une relation, après tant d'années. J'étais à cran, je voulais que tout soit parfait, tu comprends ? Mais rien n'est jamais parfait.
— Non, répond-il, la voix lourde de choses impossibles à dire. Non, c'est vrai.
— Tu viens demain chez Bonny ?
— Oui, on sera là.
— Floyd vient aussi. Ça ne vous pose pas de problème ?
— Non, répond-il un peu trop vite. Ça ira.
Elle inspire profondément avant d'exposer la vraie raison de son appel.
— Blue est dans le coin ? J'aimerais lui dire un mot.
— Oui, elle est là. Tu ne vas pas…
— Non. Jake, c'est oublié, tout ça. Je veux juste lui poser une question.
— OK.
Elle l'entend appeler Blue, qui s'approche du téléphone.
— Bonjour, Laurel. Comment ça va ?
— Très bien, merci. Et toi ?

— Ça va. Je suis pas mal occupée, comme d'habitude.

Laurel hésite.

— Blue, je voulais te demander de m'excuser pour la dernière fois. Ma réaction était disproportionnée.

— Ça arrive.

— Non, j'insiste. Je suis désolée. Et je… je me suis demandé… Je ne sais pas. J'aurais voulu savoir pourquoi tu as eu ce sentiment-là quand tu l'as rencontré.

— Toi aussi, tu l'as ressenti.

Laurel pâlit et porte une main à sa gorge. Elle se sent prise au piège.

— Non, mais…

— Je t'ai déjà expliqué, l'interrompt Blue. Je vois les auras des gens. Si tu n'en as jamais vu de ta vie, tu vas penser que je suis folle. Je comprends. Mais j'ai cette faculté, et si tu veux savoir ce que je pense, il faut que tu me croies.

— D'accord. Je veux savoir ce que tu as vu.

— Les nuances de son aura sont très étranges, continue Blue avec assurance, et très sombres. Il y a du vert foncé, par exemple, qui est le signe d'une mauvaise estime de soi, du ressentiment. Du bordeaux, la colère, et du rose sombre, l'immaturité et la malhonnêteté. Des traits de caractère opposés à sa façon de se présenter aux autres. Le contraste entre son aura et son apparence est très prononcé. On dirait qu'il prononce les répliques d'autres personnes. Il n'est pas naturel. Sa façon d'interagir avec sa fille n'est pas saine non plus. Il la regarde en permanence, tu as remarqué ? On dirait qu'il lui souffle ses répliques, comme si elle aussi jouait un rôle et qu'il devait intervenir pour l'empêcher de faire une erreur, de se révéler sous son véritable jour. Je ne crois pas… Je ne suis pas sûre qu'il l'aime, pas comme un père normal. J'ai l'impression qu'il a besoin d'elle, qu'elle est ce qui le rend humain. Poppy est son bouclier.

Laurel hoche la tête et prend le temps de réfléchir à ce que vient de dire Blue.

— Tu as dit qu'il était peut-être dangereux. Pourquoi ?

— Je pense qu'un homme incapable d'aimer mais qui a absolument besoin d'affection est un être redoutable. Je me méfie de Floyd parce qu'il ment pour obtenir ton amour.

Laurel frisonne. Blue trouve les mots qui décrivent ce qu'elle a ressenti la veille près du sapin de Noël.

— Et Poppy, comment est son aura ?

— C'est un véritable arc-en-ciel. Poppy a tout pour elle, mais il faut qu'elle s'éloigne de son père avant qu'il ne ternisse ses magnifiques couleurs.

— Et moi ?

Blue met longtemps à répondre.

— Ton aura est tellement effacée que je n'arrive pas à en voir les nuances, Laurel.

Chapitre 56

En arrivant au bureau, Laurel se rend compte qu'elle est la seule à ne pas porter de pull de Noël.

— J'ai loupé une info, je crois.

— En effet ! lui répond Helen, qui a des guirlandes lumineuses incorporées dans son gilet, et porte des boules de Noël en guise de boucles d'oreilles. Il y a eu un mail la semaine dernière, tu ne l'as pas reçu ?

Laurel soupire. Elle l'a certainement reçu, et même lu, avant de le ranger mentalement dans une zone inaccessible de son cerveau.

— Tiens, lui propose Helen en lui tendant un morceau de guirlande. Mets-toi ça dans les cheveux.

Laurel s'exécute et sourit.

— Merci !

Aujourd'hui, une chorale est venue faire résonner des chants de Noël dans le centre commercial. La direction a acheté des tartelettes, des chocolats, et à 17 heures tout le monde échangera des cadeaux et boira du vin chaud.

Laurel n'a qu'une hâte : rentrer chez elle.

Elle s'arrête au supermarché sur le chemin du retour, achète deux bouteilles de champagne, deux bougies parfumées et deux boîtes de chocolats. Elle décidera à qui les offrir quand elle les emballera.

Toute la journée, dès qu'elle a croisé quelqu'un, elle a essayé de voir les couleurs autour d'eux, les auras dont parle Blue. Après leur discussion du matin, Laurel était convaincue. Ça lui semblait tout à fait raisonnable. Floyd avait une aura sombre, bien sûr. Bien sûr qu'il prétendait être quelqu'un qu'il n'était pas.

Mais au bout de quelques heures, alors que Laurel n'a toujours pas vu d'aura, que Floyd lui envoie des messages drôles, réjouissants, avec des symboles de Père Noël et de branches de houx, que les chants de la chorale infusent en elle, que le vin chaud émousse ses certitudes, que ses ciseaux découpent le papier cadeau brillant dans son salon, que la lumière du sapin des voisins se reflète dans ses fenêtres, cette théorie commence à lui paraître franchement douteuse.

Qu'est-ce qu'elle est bizarre, cette fille, se dit-elle en se déshabillant et en ôtant la guirlande de ses cheveux avant d'éteindre les lumières. *Vraiment très étrange.*

Chapitre 57

Laurel se réveille tard. Elle a reçu deux messages de Floyd, l'un pour demander ce qu'il doit apporter, l'autre comment s'habiller.

Prends du fromage. Qui sent fort, c'est mieux. Un pull élégant dans les tons chauds. Moi, je serai en vert.

Il lui répond immédiatement.

Fromage vert et pull qui pue. C'est noté !
Andouille… !

Puis elle prend sa douche.
Quand elle en sort, elle a reçu un nouveau message.

Tu pourrais passer à la maison avant ? J'ai un cadeau pour toi, mais il est trop gros pour que je l'emporte à la soirée.

Cette nouvelle l'inquiète. Pourquoi est-il si impatient de lui offrir son cadeau ? Elle n'aime pas les grands gestes romantiques. Mais ce qui la déstabilise le plus, c'est ce changement de plan soudain. Les paroles de Blue lui reviennent en tête : « Un homme incapable d'aimer mais qui a absolument besoin d'affection est un être redoutable. » Elle se souvient des mensonges de Floyd à propos de la maison de Noelle Donnelly, de sa famille. Elle pense au ventre plat un mois avant d'accoucher, au baume à lèvres dans la cave, aux articles découpés dans le bureau, aux chandeliers dans la chambre de Poppy. Elle est convaincue que Floyd ne l'invite pas chez elle pour un cadeau de Noël.

Elle envoie un message à Paul et à Hanna.

Je passe chez Floyd sur le chemin, mais je ne serai pas en retard. Si c'était le cas, appelez-moi tout de suite. Si je ne réponds pas, venez me chercher, s'il vous plaît. Je serai au 18 Latymer Road, à Stroud Green. Je vous expliquerai plus tard.

Puis elle répond à Floyd.

D'accord, pas de souci. J'arrive dès que je suis prête.
Super ! À tout à l'heure !

Elle met ses cadeaux et les bouteilles de champagne dans le coffre de sa voiture et se met en route à 11 heures.

Elle reçoit un message d'Hanna.

Maman ?

Elle ne répond pas.

Il y a foule dans la rue. Les gens sortent du cinéma de High Barnet, font leurs dernières courses de Noël, et il y a un pauvre renne fatigué à Highgate que des enfants caressent pendant qu'un Père Noël essaie de les contrôler.

En s'approchant de Stroud Green, Laurel sent une boule se former dans sa gorge. Chaque rue, chaque vitrine et virage lui rappellent des souvenirs de Noëls passés. Leur marche traditionnelle jusqu'à la pizzeria le soir de Noël, pour être toujours assis à la même table. La course de dernière minute au bazar de la rue principale pour acheter du papier cadeau. Le petit square où ils emmenaient les enfants après le repas pour qu'ils se dépensent. La porte des voisins, sous laquelle ils glissaient des cartes de vœux le matin du 25 décembre.

Tous ces souvenirs si précieux avaient tous disparu, en cendres.

Elle se gare devant chez Floyd et coupe le moteur.

Mais elle reste un moment dans la voiture sans bouger, à sentir l'air se refroidir lentement une fois le chauffage coupé, à regarder le vent déranger les branches des arbres au-dessus d'elle. Le temps de se préparer à l'affronter.

Cinq minutes plus tard, elle inspire profondément et marche jusqu'à la porte d'entrée.

Cinquième partie

Chapitre 58

Laurel Mack.

Quelle femme éblouissante !

Fascinante.

Je ne pouvais pas croire qu'elle me laisse la toucher, qu'elle vienne chez moi, dans mon lit.

Elle avait le parfum d'un hôtel cinq étoiles. Sous mes doigts, ses cheveux soyeux étaient des draps de satin. Sa peau douce comme une pêche scintillait à la lumière. Elle avait le goût des matins froids d'hiver. Elle passait ses mains, ses belles mains, dans mes cheveux et les caressait. Elle riait à mes plaisanteries. Elle souriait quand je prononçais son nom. Elle avait passé un week-end entier chez moi. Puis un autre. Elle avait parlé de moi à sa mère mourante. Elle m'avait invité à un anniversaire avec sa famille. Elle cherchait leur approbation, ils la lui avaient donnée. Elle avait fait les magasins avec ma fille. Elle me touchait les fesses en me dépassant dans l'escalier. Elle se réveillait la tête sur ma poitrine, mettait mes vêtements, marchait pieds nus chez moi, buvait son café dans mes tasses, garait sa voiture dans ma rue, et revenait encore et toujours, chaque fois plus admirable, plus belle que dans mes souvenirs, et je vivais dans une incompréhension totale et béate, me demandant ce qu'une femme comme elle faisait avec un homme comme moi.

Mais aujourd'hui c'est Noël, et je suis assis dans mon salon, vêtu d'un pull Paul Smith et d'un pantalon trop serré. Poppy est dans sa chambre, elle fait ses cadeaux et choisit ses vêtements. Laurel est assise dans sa voiture, et je vois son air si sérieux depuis ma fenêtre, sa mâchoire légèrement décalée, ses paupières qui se ferment lentement quand elle trouve la force de venir jusqu'à la maison. Je sais qu'elle a compris.

Je ne suis pas la personne qu'elle croyait que j'étais.

On sonne à la porte. Je vais ouvrir.

Chapitre 59

Floyd l'accueille en lui faisant la bise. Elle lui adresse un grand sourire.

— Tu es très beau. Et tout à fait dans l'esprit de Noël !

Ce qui est vrai. Il est élégant et fringuant. Ce pull vert lui va à ravir. Cependant, le cœur de Laurel bat à tout rompre, et elle déploie des efforts surhumains pour dissimuler sa respiration tremblante.

— Toi, tu es magnifique, comme d'habitude. J'adore ta veste.

— Merci, répond-elle en faisant courir ses mains sur le vêtement en velours de soie. Où est Poppy ?

— Dans sa chambre. Elle est en train d'emballer ton cadeau.

— Oh, c'est gentil !

— Suis-moi, dit-il en s'avançant vers la cuisine. J'ai une bouteille de champagne au frais. Tu veux un mimosa ?

Laurel acquiesce. Un verre l'aidera à se détendre.

Floyd aussi a l'air tendu, remarque-t-elle. Il est moins naturel que d'habitude. Elle le regarde attentivement préparer le cocktail, vérifie que le verre sort bien du placard, qu'il ne le cache pas en servant le champagne puis le jus d'orange.

Il porte un toast.

— À toi, qui es une femme extraordinaire. La personne la plus exceptionnelle que j'aie jamais rencontrée. J'ai énormément de chance de t'avoir à mes côtés. À ta santé, Laurel Mack.

Laurel se force à sourire. Elle sait qu'elle devrait répondre quelque chose, mais tout ce qui lui vient à l'esprit, c'est « Merci, tu n'es pas mal non plus », ce qui serait assez pathétique.

Elle fait un mouvement de tête vers l'étage.

— Poppy ne vient pas ? demande-t-elle d'une voix tremblante.

— Si, si, répond-il simplement.

Elle lui tend le sac avec le cadeau qu'elle lui a fait.

— Tiens. Autant que tu l'aies maintenant, comme ça tu n'auras pas à l'emporter chez Bonny.

Il l'ouvre. C'est un miroir de rasage. Il la remercie longuement puis se rapproche d'elle, les bras tendus, et la prend dans ses bras. Elle frissonne, se met à respirer plus rapidement, l'adrénaline monte en elle. Elle est prête à le repousser, à s'enfuir. Elle n'arrive pas à croire qu'elle ait pu un jour trouver son contact agréable. Ou qu'elle ne l'ait pas trouvé terrifiant.

— Pour toi, dit-il en lui tendant une enveloppe. Lis ça d'abord. Je vais chercher le cadeau dans ma voiture.

— D'accord.

Il s'arrête dans l'entrée et se retourne pour la regarder, avec un petit sourire.

— Au revoir.

Laurel entend la porte s'ouvrir et se refermer.

Maintenant que Floyd est parti, la maison est complètement silencieuse.

Elle ouvre l'enveloppe et en sort une carte.

Sur le devant, un dessin de colombe en vol. Ça n'a rien à voir avec Noël.

À l'intérieur de la carte, une lettre, qu'elle lit.

Laurel,

Tu commences à te fatiguer de moi. Je crois que tu t'es rendu compte de ce que cent femmes avant toi avaient déjà compris. Je ne suis pas assez bien pour toi.

Ce n'est pas grave, parce que, pour ma part, je sais que tu étais trop bien pour moi, et que je dois sortir de ta vie. Mais avant je dois t'avouer une vérité atroce et inimaginable. J'ai quelque chose qui t'appartient. On ne me l'a pas donné, mais j'en ai hérité au terme d'événements terribles. Je voudrais que tu saches que, quand j'ai reçu cette chose si précieuse, elle avait été dramatiquement négligée par quelqu'un d'autre, et pendant cinq ans je m'en suis occupé du mieux possible. Je l'ai préservée, élevée et aimée.

Le moment est venu que je te la rende. Je suis très heureux que nous ayons pu passer ce temps ensemble. J'espère que tu m'auras vu comme un homme normal, digne de ton affection, et non comme un monstre. Même si cela n'aura duré que quelques semaines. Après une longue traversée du désert sur le plan affectif, ça a été un véritable bonheur. Un cadeau d'une valeur inestimable. Je ne pourrai jamais assez te remercier. Et je suis heureux que tu aies eu une chance de me connaître et, j'espère, de me considérer comme quelqu'un qui aura su prendre soin de ce que tu as de plus cher.

La porte de mon bureau est ouverte. Tu trouveras sur mon ordinateur une vidéo que j'ai enregistrée pour toi. Regarde-la, et tu comprendras tout.

Bien à toi, très sincèrement,

Floyd Dunn

Laurel pose la carte sur la table et regarde par la porte de la cuisine. Elle se dirige lentement vers le bureau de Floyd. Elle s'assied devant l'ordinateur et attrape la souris nerveusement. Quand elle la touche, l'écran s'allume, et Floyd apparaît, portant le même pull qu'il avait tout à l'heure, son visage arrêté sur une expression de chagrin sans fond. Elle lance la vidéo et écoute sa confession.

Chapitre 60

Laurel, j'ai tant de choses à te dire. Mais d'abord tu dois savoir que quand je suis entré dans ce café en novembre, quand je me suis assis à la table à côté de la tienne, quand je t'ai complimentée sur tes cheveux et que je t'ai proposé du gâteau, je n'essayais pas de te séduire. Tu étais beaucoup trop belle, trop délicate. Je n'avais pas cette prétention.

Tout ce qui est advenu après notre rencontre n'était pas planifié, mais était, je m'en rends compte maintenant, terriblement égoïste.

Il y a quelques mois, je regardais les informations à la télévision et j'ai vu une annonce pour le programme qui allait commencer, « Crimewatch ». D'habitude, je ne regarde pas ce genre de choses. Je n'aime pas ça. Ils disaient qu'ils allaient montrer une reconstitution de la disparition d'une adolescente du nom d'Ellie Mack. Une photo de cette jeune fille est apparue et mon cœur s'est arrêté. La disparue ressemblait à s'y méprendre à Poppy, en plus âgée, mais tout de même.

Alors j'ai regardé l'émission.

« Il y a dix ans, dans le nord de Londres, une jeune fille de quinze ans nommée Ellie Mack disparaissait sur le chemin de la bibliothèque. Ellie était une adolescente populaire, appréciée à l'école, elle avait un petit ami depuis huit mois, ils étaient très heureux ensemble, et sa famille l'adorait. Selon ses enseignants, elle devait faire un carton plein aux concours qu'elle allait passer ce mois-là. Il n'y avait aucune raison pour que cette jeune fille souriante et positive quitte son foyer un matin et ne revienne jamais.

» En 2005, nous faisons un appel à témoins pour aider l'enquête, en vain. Aujourd'hui, alors que personne n'a vu Ellie depuis dix ans et qu'aucun indice ne permet d'alimenter la piste de l'enlèvement, nous allons vous montrer une reconstitution de la scène. Mais avant cela, Laurel et Paul Mack, les parents d'Ellie, vont nous parler de l'enfant qui leur manque cruellement. »

Le présentateur s'effaçait au profit d'un enregistrement. Dans une belle cuisine, un couple à l'air épuisé était assis. La mère avait les cheveux blond vanille, coupés au carré et dégagés par une pince. Elle portait un haut noir simple avec les manches relevées, une montre classique, pas de bague. Lui avait un style urbain et classique : une chemise bleu pâle, le cou déboutonné, des cheveux gris épais, courts sur les côtés et plus longs au sommet du crâne, et un visage doux, poupin, probablement rasé de près deux fois par semaine chez le barbier.

C'était vous. Paul et toi.

C'est toi qui as commencé à parler. Tu t'adressais à quelqu'un hors champ. Ta voix était sérieuse, mûre, comme celle d'une journaliste, et tu avais le même front large et le même écart entre les yeux qu'Ellie et Poppy. J'aurais pu tracer une ligne qui vous reliait toutes les trois, c'était flagrant. Tu parlais de sa joie de vivre, de sa réussite annoncée, de son rire, de ses rêves, des lasagnes qu'elle t'avait demandé de lui garder en partant ce matin-là. Tu baissais les yeux au fur et à mesure, et te frottais nerveusement les mains, ces si belles mains, longues, élégantes et féminines.

Paul s'exprima après toi. Sans vouloir lui manquer de respect, j'ai tout de suite vu qu'il était assez tête en l'air. Plein de bonnes intentions, mais inefficace. Vous n'étiez plus ensemble, c'était évident. Tu te tenais en retrait. Il parlait du lien qu'il entretenait avec sa fille, avec *tous ses enfants*, s'était-il repris. Ellie n'avait pas de secrets, elle disait tout à ses parents, à son frère et à sa sœur. Ses yeux s'embuèrent, et il cligna rapidement des paupières en te lançant un regard furtif. Il aurait voulu que tu le rassures, c'est certain, mais tu ne l'as pas fait. Pendant que vous parliez, des photos d'Ellie apparaissaient. Enfant au bas d'un toboggan en plastique ; à l'arrière d'une vedette, le bras de son père autour d'elle, les cheveux en bataille ; le jour de Noël avec un chapeau ridicule ; au restaurant, la main posée sur l'épaule d'une vieille dame qui était probablement sa grand-mère.

Cette fille a l'air beaucoup trop vivante pour être morte, avais-je pensé. Même dans ces vieilles photos un peu floues, je pouvais sentir sa vitalité, sa personnalité solaire. Ça devait être une coïncidence, forcément. Une adolescente avec un prénom assez commun qui avait disparu avant la naissance de Poppy, et qui lui ressemblait étrangement.

L'interview était terminée, la reconstitution commençait.

Et c'est à ce moment-là que j'ai su, que toutes les pièces du puzzle se sont assemblées. Ce n'était pas une coïncidence. Il y avait Stroud Green Road, le café à l'angle de la rue de Noelle, le magasin de la Croix-Rouge où elle achetait ses horribles vêtements. Un long panoramique montrait les alentours, et je distinguais même le cerisier en fleur au loin, devant chez elle. J'étais sous le choc.

Parce que, vois-tu, Noelle m'avait dit un jour, lors d'une grosse dispute, qu'elle n'était pas la mère de Poppy, et qu'une certaine Ellie avait eu le bébé pour elle. Je n'avais jamais su si c'était la vérité ou si elle parlait sous l'effet de la colère. Je ne l'avais jamais vue nue quand elle était enceinte, elle ne me laissait pas la toucher. Mais ça restait trop fou pour être vrai, alors je n'avais jamais vraiment cru à cette théorie.

Et si ç'avait été vrai, je m'imaginais que cette Ellie aurait été une toxicomane désespérée, une fille paumée que Noelle aurait trouvée dans la rue, et qu'elle aurait payée pour avoir le bébé à sa place. Mais, sur mon écran de télévision, je voyais les photos d'une jeune fille magnifique qui aurait dû avoir toute la vie devant elle, et qui avait disparu du jour au lendemain, juste devant la maison de Noelle.

Aucune adolescente n'aurait abandonné sa famille, son copain et son avenir pour avoir un enfant pour une inconnue. Pas de son plein gré. Ce qui m'avait fait repenser aux jours qui avaient suivi la disparition de Noelle, quand j'étais allé chez elle pour prendre les affaires de Poppy. À cette lugubre pièce au sous-sol, sans rien d'autre qu'un canapé-lit taché, des hamsters morts, une télé avec un lecteur de DVD intégré, et les trois verrous sur la porte.

Et j'avais su, soudain, que Noelle était capable d'enlever un enfant.

Et j'avais su, soudain, ce que j'avais à faire.

Chapitre 61

Tu sais, Laurel, toute ma vie j'ai voulu me sentir comme les autres. J'arrivais dans un nouveau pays, dans une nouvelle école et je voyais tous ces enfants qui avaient grandi ensemble, dont les parents se retrouvaient pour boire du vin le week-end, ces gamins sûrs d'eux avec leurs blagues incompréhensibles pour moi, leurs rendez-vous dans les caves de leurs maisons, leurs surnoms. Je me demandais comment devenir comme eux, comment ça marchait. Je n'étais jamais resté assez longtemps quelque part pour avoir un surnom, à part « le nouveau », tous les deux ans. « Eh, toi, le nouveau. » Et être presque surdoué ne m'aidait pas beaucoup non plus. Personne n'aime les intellos, et ça, on peut dire que j'en étais un. Je suintais l'intelligence.

Et je n'étais pas mignon *du tout*. J'étais nul en sport et c'était le cadet de mes soucis. J'avais ces parents ambitieux prêts à tout sacrifier pour leurs carrières, et qui n'avaient vraiment, vraiment pas l'air de savoir qu'un enfant a besoin de passer du temps avec sa famille. Ils m'étouffaient avec des activités extrascolaires, persuadés que, tant que j'étais occupé, j'étais heureux.

Il y a eu une école, dans une petite ville allemande, que j'aimais bien. Un collège international avec des enfants du monde entier. Bon nombre d'entre eux ne parlaient pas anglais. Le flux était constant : les élèves arrivaient et repartaient en permanence. Cette fois, j'étais à mon avantage : je connaissais la langue. J'y suis resté pendant presque quatre années, de mes onze à mes quatorze ans. En arrivant, j'étais l'un des petits, mais à la fin, j'étais l'un des grands. C'était génial. Très formateur, presque transformateur. Je voyais les autres enfants arriver, les petits, les étrangers, les Coréens, Indiens ou Nigérians, pour qui l'anglais n'était pas forcément une évidence, ni la culture allemande. Je me sentais enfin normal.

J'ai même eu une petite copine. Mathilde, une Française. Jolie. On s'est embrassés plusieurs fois, et si mes parents ne m'avaient pas à ce moment-là tiré par la peau du cou une fois de plus pour déménager, j'aurais peut-être pu m'épanouir dans cette normalité, devenir un garçon équilibré.

Je crois que je n'avais jamais aimé personne avant que Poppy entre dans ma vie.

Et je ne suis pas sûr d'utiliser le terme approprié pour décrire mes sentiments pour elle.

Je ne peux pas comparer.

Pourquoi n'ai-je pas immédiatement appelé la police après avoir vu Ellie dans « Crimewatch » ? Tu dois te poser cette question, non ? Cela me paraît légitime.

D'abord, à ce moment-là, je ne savais pas si elle était vivante ou morte. Je ne savais pas combien de temps elle avait été enfermée dans le sous-sol de Noelle, si c'était bien ce qui lui était arrivé. Selon l'émission, il y avait une petite chance qu'elle soit l'auteure d'un cambriolage chez toi, quatre ans après sa disparition. Elle avait pris de l'argent et des objets de valeur. Ellie était peut-être quelque part, et mon histoire ne se tenait pas.

Mais ce n'est pas une assez bonne raison pour ne pas partager avec la police mes découvertes. Ce qui m'inquiétait particulièrement, c'était le rôle que j'avais tenu dans cette affaire. Car le jour où Noelle m'a avoué qu'elle n'était pas la mère de Poppy, elle m'a aussi dit que je n'étais pas son père. Que le bébé avait été conçu avec du sperme acheté sur Internet. J'avais rejeté cette hypothèse avec les autres et j'avais fait l'autruche depuis, vivant dans le déni. Poppy était la seule chose, je te jure, la seule chose positive qui me soit arrivée. Ma joie, ma fierté, *ma raison d'être*. Tu sais que ma relation avec Sara-Jade a toujours été très compliquée. Quand elle était enfant, elle me détestait. Elle me crachait au visage, me mordait, me griffait. Je pensais qu'être père, c'était ça. Que j'avais l'enfant que je méritais. Puis Poppy est arrivée. Elle était incroyable, brillante, et m'adorait. Pour la première fois, j'avais quelque chose de beau et précieux que personne d'autre n'avait, personne. Si je ne l'avais plus, alors ma vie n'avait plus de sens.

Mais après avoir regardé l'émission, je me suis rendu compte que si Poppy était mon enfant biologique et que je racontais à la police ce que je savais sur Noelle et Ellie, aucun agent, aucun inspecteur, aucun juge, aucun juré ne pourrait croire qu'Ellie avait été fécondée par mon sperme sans ma complicité. Ç'aurait été impossible, vraiment. Je serais condamné pour complicité d'enlèvement et séquestration, au minimum. Probablement pour viol sur mineure. Une mineure que je n'avais jamais vue de ma vie.

Je me suis dérobé à mes obligations. Je n'ai pas fait de test ADN, même si, dans le cas où je n'étais pas le père biologique de Poppy, je pourrais tout raconter à la police. Je ne voulais pas la perdre, Laurel. J'en suis désolé.

Quelques jours après l'émission, j'ai lu une interview de toi dans le *Guardian*, dans le cadre d'un reportage sur la disparition. Tu disais, je te cite : « L'enfer, c'est de ne pas savoir. Ne pas pouvoir avancer. Je ne peux pas reprendre ma vie tant que je ne sais pas où elle est. Je marche dans des sables mouvants, les yeux fixés sur l'horizon, mais je ne peux jamais aller de l'avant. Je suis une morte-vivante. »

Un mois plus tard, en lisant les journaux, j'apprenais la nouvelle. « LES RESTES D'ELLIE ENFIN RETROUVÉS ». C'était fini. Je suis venu à l'enterrement, en me tenant à l'écart. J'ai vu tes jambes flancher, ton mari t'aider à marcher jusqu'au crématorium. Je t'ai vue manquer de tomber de nouveau en sortant. Apparemment, tu allais devoir reprendre ta vie avec une caisse d'os et rien d'autre. Moi, je pouvais te donner quelque chose pour te sortir des sables mouvants, pour aller de l'avant. Je pouvais te donner Poppy.

Chapitre 62

Tu es devenue mon obsession, Laurel. Je fouillais sur Internet pour trouver des articles sur toi, des photos, des extraits de la conférence de presse donnée le lendemain de la disparition d'Ellie. Tu étais tellement raffinée. Tu parlais bien, clairement, tu ne disais que le nécessaire, sans épanchement exagéré. Tes belles mains, jointes l'une à l'autre ; ta coupe de cheveux impeccable ; tes vêtements parfaitement ajustés, sans dentelle, boutons ni broches. Même dans ta façon de t'habiller, il n'y avait rien de superflu.

En t'observant, j'ai aussi découvert Paul. Les chemises d'apparence classique mais qui avaient une touche de fantaisie, avec un motif liberty à l'intérieur du col. Les boutons de manchettes : des petites têtes de chien. Les lunettes en écaille à la forme légèrement inhabituelle. Des chaussettes en soie à motif géométrique dans des chaussures faites sur mesure.

En me penchant un peu plus sur ses vêtements, je me suis rendu compte qu'ils venaient surtout de chez Paul Smith et Ted Baker. J'ai commencé par des chaussettes et un mouchoir en soie. Puis je suis allé me faire raser chez le barbier. C'était la première fois de ma vie. D'ailleurs, je me rasais assez rarement. Je laissais mes poils de barbe pousser jusqu'au moment où ça commençait à me gratter, et là j'enlevais le tout avec un vieux rasoir émoussé. Résultat, le travail était bâclé, tout n'était pas rasé, et j'attendais que ça repousse. Je n'avais vraiment pas l'habitude d'aller faire les magasins. En général, je passais chez *Marks & Spencer* deux fois par an, c'est tout. Mais, petit à petit, j'ai commencé à apprécier les boutiques pour hommes et leurs vendeurs qui se déhanchaient et se pliaient en quatre pour vous aider. Ensuite, je me suis fait couper les cheveux, et je me suis mis à utiliser des produits qui compensaient ma calvitie naissante et l'implantation douteuse de mes cheveux pour leur donner une apparence de volume et d'abondance. J'ai acheté des lunettes en écaille pour achever ma transformation.

Ce fut un processus progressif, étalé sur deux mois. Je n'ai pas changé d'apparence du jour au lendemain comme dans l'une de ces horribles émissions de relooking. Je pense que les gens que je voyais régulièrement n'ont même pas remarqué.

Je voulais que tu aimes mon apparence quand je t'aborderai, c'est tout. Je voulais te paraître familier, et que tu acceptes de partager un gâteau avec moi. Je voulais que nous devenions amis, et que tu aimes Poppy. À ce moment-là, j'avais réussi à trouver la force de faire le test ADN, et je savais avec une certitude de 99,98 pour cent qu'elle n'était pas ma fille, et qu'elle devait être avec toi.

Je ne pouvais pas imaginer que tu me trouverais attirant. Je ne pensais pas que tu glisserais tes mains dans mes manches au restaurant, que tu me suivrais dans ma chambre et te réveillerais dans mes bras le lendemain matin. Les femmes comme toi n'aiment pas les hommes comme moi. Et je…

Non, il n'y a aucune excuse valable. Aucune. J'ai profité de toi. Un point c'est tout.

Mais je suis tout de même heureux que tu aies pu rencontrer Poppy dans un contexte à peu près normal, pas au cours d'une opération de police, pas dans le bureau glauque d'une assistante sociale, mais comme une petite-fille et sa grand-mère au petit déjeuner, allant faire les magasins, dînant avec le reste de ta famille. J'espère que cela aidera à son assimilation rapide parmi les Mack. Je lui ai déjà un peu parlé. Tu décideras de ce qu'elle a besoin de savoir. Sache que cette maison et tout ce qu'elle contient lui appartiennent. Ça devrait lui permettre de bien commencer dans la vie.

Je dois maintenant t'avouer la dernière et, d'une certaine façon, la plus forte des raisons qui m'ont poussé à ne pas appeler la police en mai dernier. Si tu regardes par la fenêtre sur ta droite, tu verras un parterre où les fleurs sont plus récentes, plus hautes que les autres. Tu vois, au fond du jardin ? Je l'ai creusé début novembre, juste avant de te rencontrer.

Noelle Donnelly est en dessous.

Avant, elle était dans un congélateur dans ma cave. Et ce depuis le soir où elle m'a avoué pour Ellie. Quand elle m'a révélé que Poppy n'était pas ma fille.

Je ne voulais pas la tuer, Laurel, je te jure. C'était un accident. Je me suis jeté sur elle, je voulais lui faire peur, je voulais lui faire mal. Je suis sûr que tu peux comprendre ce que j'ai ressenti, manipulé par cette femme, ce monstre, quand, dans ma cuisine, elle m'a arraché le cœur. Si tu avais été là, tu aurais voulu qu'elle souffre aussi, j'en suis convaincu. Mais *je ne voulais pas* la tuer. Sa chaise est tombée en arrière, sa tête a tapé contre le sol et…

Enfin. Tu sauras quoi dire à la police. À Poppy. Je ne pouvais pas partir sans le dire, et je sais que tu feras le meilleur choix possible.

S'il te plaît, Laurel, pardonne-moi. Pardonne-moi pour tout. Pour la rencontre avec Noelle, pour l'avoir fait entrer dans ma vie, pour ne pas lui avoir posé plus de questions quand elle était enceinte, plus de questions sur sa cave, pour ne pas avoir appelé la police quand j'ai découvert qui était la mère de Poppy, pour être tombé amoureux de toi, et pour te voler ces dernières semaines alors que je n'en avais aucun droit. S'il te plaît, pardonne-moi.

L'horizon est maintenant à ta portée, Laurel. Tu peux enfin avancer, avec Poppy à tes côtés.

Chapitre 63

La vidéo est terminée. Le silence reprend ses droits sur la maison. Laurel jette un coup d'œil par la fenêtre et remarque que la voiture de Floyd n'est plus là. Lui non plus. Elle retourne dans le bureau. Au fond d'elle, elle suffoque. Sa fille. Sa fille chérie. Elle n'a jamais parcouru les petites routes d'Angleterre avec son sac à dos. Elle était retenue prisonnière dans la cave de Noelle Donnelly, enceinte pour elle. Combien de temps y est-elle restée ? Comment était-elle traitée ? Comment est-elle morte ? Et comment aurait-elle pu savoir, elle, sa mère ? Combien de fois a-t-elle marché dans cette rue depuis la disparition d'Ellie ? Combien de fois est-elle passée devant cette maison, admirant la floraison rose du cerisier devant la fenêtre de la cave ? Combien de fois s'était-elle retrouvée à quelques mètres de sa fille sans sentir, malgré la puissance de leur lien, qu'elle était juste là ?

Des larmes de rage explosent en elle, et elle frappe le bureau de Floyd de toutes ses forces, jusqu'à ce que ses poings bleuissent. Elle s'apprête à crier une nouvelle fois quand elle entend un bruit derrière elle, le craquement de la porte qui s'ouvre. Poppy apparaît. Elle porte la petite robe en jersey et en mousseline que Laurel lui a achetée chez H&M quand elles ont fait les magasins ensemble. Elle tient ses cheveux d'une main, et dans l'autre un élastique et une brosse.

— J'essaie de me faire une queue-de-cheval, annonce-t-elle en s'avançant vers Laurel. Haute, qui se balance. Mais je n'y arrive pas, et ça fait des bosses sur le dessus.

Laurel sourit et se lève.

— Viens, ma chérie. Assieds-toi là. Je vais t'aider. Ça fait très longtemps que je n'ai pas fait de queue-de-cheval haute.

Poppy obéit et lui donne la brosse et l'élastique. Laurel attrape les cheveux et commence à les coiffer. Ses muscles retrouvent la mémoire de ce geste oublié. Combien de matins, combien de fois, combien de queues-de-cheval a-t-elle déjà faites ? Ces jours où elle jouait à la coiffeuse n'appartiennent peut-être plus à son passé désormais. Encore une fois, Laurel est mère, et, dans son cœur, une fleur chaude et délicate éclôt.

— Où est papa ?

— Il n'est pas là, il avait une course à faire, répond-elle avec précaution.

Poppy hoche la tête.

— À cause de ce qu'il m'a dit hier soir ?

— Que t'a-t-il dit ?

— Que Noelle n'était pas ma mère. Que ma mère, c'est ta fille.

Poppy se retourne vers Laurel soudain, les yeux rouges et gonflés par une nuit passée à pleurer silencieusement dans sa chambre.

— C'est vrai ? C'est vrai que tu es ma grand-mère ?

Laurel hésite, avale sa salive.

— Tu voudrais que ce soit vrai ?

Poppy acquiesce.

— Oui, c'est vrai. Ta maman s'appelait Ellie. C'était ma fille. C'était l'enfant la plus extraordinaire, heureuse et parfaite du monde. Et tu es exactement comme elle.

Poppy ne dit rien pendant un moment, détourne le visage, puis regarde de nouveau Laurel, les yeux écarquillés par la peur.

— Elle est morte ?

Oui.

— Et mon père ?

— Ton père... ?

— Mon vrai père.

— Comment ça ?

— L'homme qui a eu un bébé avec Ellie. Pas le père qui m'a élevée.

— Floyd t'en a parlé ?

— Oui. Il m'a dit qu'il ne savait pas qui c'était. Il a dit que personne ne savait, pas même toi.

Laurel se concentre de nouveau sur les cheveux de Poppy. Elle lui fait une queue-de-cheval la plus haute possible et trois tours d'élastique.

— Je ne sais pas si ton vrai père est mort, Poppy. On ne saura peut-être jamais.

Elle ne répond pas.

— Tu as fini ?

— Oui, voilà.

Poppy descend de la chaise et va se regarder dans le miroir accroché au mur du couloir. Elle touche les cheveux de son reflet du bout des doigts.

— Je lui ressemble ?

— Oui, beaucoup.

Elle regarde son reflet avec intensité, le menton un peu relevé.

— Elle était jolie ?

— Elle était magnifique.

— Aussi jolie qu'Hanna ?

Laurel est sur le point de répondre : « Beaucoup plus jolie qu'Hanna », mais s'en empêche.

— Oui, aussi jolie qu'Hanna.

Poppy prend un air satisfait.

— On va quand même au réveillon ?

— Qu'est-ce que tu préfères ?

— Je veux voir ma famille, ma vraie famille.

— Alors on y va.

— Laurel ?

— Oui, ma chérie ?

— Est-ce que papa va revenir ?

— Je ne sais pas, Poppy. Je ne sais vraiment pas.

Poppy baisse la tête, puis regarde de nouveau Laurel, les yeux pleins de larmes. Tout à coup, l'inquiétant détachement qu'elle affichait s'envole et Poppy éclate en sanglots, les épaules tremblantes, ses mains appuyées contre ses yeux.

Laurel la prend dans ses bras, la serre contre elle, lui embrasse les cheveux, et sent l'immense amour qu'elle a pour cette enfant s'abattre sur elle comme une violente et splendide averse d'été.

Chapitre 64

J'ai mon passeport et un pistolet, un sac avec des vêtements de rechange et un téléphone chargé. J'ai prévu de m'éloigner le plus possible du nord de Londres, puis de quitter le pays ou de me faire sauter la cervelle. Je déciderai le moment venu. Je ne sais pas ce qui est pire : briser le cœur de ma fille, ou briser le cœur de ma fille et passer le reste de ma vie en cavale ou en prison. Cela dit, il n'y a pas d'enterrement dans la seconde option.

J'ai enfin mis un terme à l'horrible bordel que tu avais créé, Noelle. Au moment où je parle (ou pense, ou écris… je ne sais pas ce qu'on fait quand l'interlocutrice est déjà morte), Laurel et sa petite-fille doivent être en train de célébrer le lien qui les unit lors d'un réveillon étincelant digne de *Love Actually*, dans une maison splendide du beau quartier de Belsize Park. Imagine un peu leurs visages, Noelle, ces deux belles femmes marchant l'une à côté de l'autre avec leurs sourcils épais, leur intelligence rayonnante, et leur beauté éblouissante et indéniable. Imagine.

J'aimerais avoir la chance de les voir.

Je me suis ôté cette joie quand j'ai privilégié mon bonheur et mes besoins à ceux de Laurel.

Je ne suis plus à Londres maintenant, Noelle. J'ai choisi l'Ouest. Voilà, j'ai dépassé Slough. Je me sens bien, non, je me sens extrêmement bien. Je me suis enfin débarrassé de toi comme on mue d'une vieille peau.

Je touche du bout des doigts le pistolet caché dans l'inoffensif sac de courses *Sainsbury's* posé sur le siège passager. Je caresse ses arêtes droites, sens la froideur du métal à travers le plastique. Je pense à son canon, appuyé fort contre mon palais, la retenue de la gâchette contre mon doigt. Le soleil brille encore. Je m'imagine quitter l'autoroute dans quelques heures pour entrer dans un petit village endormi de Cornouailles éclairé par la lune, chercher une chambre pour la nuit, ou dormir dans ma voiture. Demain je me réveillerai. Le jour de Noël. Le monde autour sera silencieux, comme toujours pour Noël, avec toutes ces vies bruyantes retranchées derrière des millions de portes. Où irai-je ? Que ferai-je ? Et le jour suivant ? Et le jour suivant ?

Je me sens propre et pur, expurgé et neuf. J'ai fait la plus belle chose que je ferai de toute ma vie. Est-ce que j'ai envie d'être encore dans les parages quand les journaux en parleront ? Hein ? Imagine les horribles photos de nous qu'ils vont ressortir. Ah, ça, on fera pâle figure à côté de Bonnie et Clyde.

Je dépasse la colline de Glastonbury. Le soleil descend de plus en plus et le ciel se pare d'une teinte gris perle. Un pâle rayon de lumière dorée illumine les pierres de la tour en haut de la butte et les silhouettes menues de quelques promeneurs. Je prends la sortie suivante et reviens vers la colline. Je trouve un champ où me garer. De là, je peux observer le coucher de soleil, l'ombre des pierres de Glastonbury qui s'allonge ou rapetisse dans la lumière changeante. Je pense aux visages ouverts et rayonnants de Laurel et Poppy éclairés par les bougies de la table à manger chez Bonny, puis à toi et moi.

Au lien inextricable qui nous unira pour l'éternité, à nos portraits côte à côte en une des journaux. Je ne veux pas voir ça. Je me rappelle Poppy, son courage quand je l'ai prise dans mes bras et que je lui ai dit la vérité, sa mâchoire qui ne tremblait pas alors qu'elle refoulait ses émotions, son léger hochement de tête après avoir écouté les mots qu'aucune enfant de son âge ne devrait jamais entendre. Elle va apprendre à vivre sans moi, brillamment. Je sais qu'elle va s'épanouir. Je pense à mes parents à Washington, à leurs visages fatigués, aux mots imprononçables qui traverseront leur esprit : « Nous aurions dû le laisser à l'hôpital. » Et je comprends que je vis mon dernier coucher de soleil, ici, maintenant, la veille de Noël, face aux flammes rouge et or qui embrasent l'horizon. Mes derniers instants.

Et tout va bien.

Tout va absolument bien.

Je plonge une main dans le sac en plastique et en sors le pistolet.

Chapitre 65

Huit mois plus tard

Theo et Hanna marchent main dans la main jusqu'à un arc de roses blanches et de gypsophiles. Des confettis pastel flottent autour d'eux, le bruit métallique des cloches d'église retentit dans les rues de Finsbury Park, et le soleil réussit à se frayer un passage parmi les nuages qui l'occultent depuis ce matin.

Laurel tient la main de Poppy dans la sienne et regarde sa fille tout juste mariée saluer les amis venus la féliciter devant l'église. Elle est tout en blanc, et ses cheveux ornés de perles brillent au soleil. Elle est magnifique. Son mari se tient à ses côtés, beau et heureux, la main posée dans le creux de son dos, le visage éclatant de fierté.

Comment a-t-elle pu seulement penser qu'Hanna était le lot de consolation de Theo ? Comment a-t-elle pu s'autoriser un tel jugement ?

Rapidement, la trentaine d'invités montent à bord d'un vieux bus londonien rouge. Poppy s'assied sur les genoux de Laurel, sa main serrée autour du bouquet qu'elle a dû porter dans l'église, en tant que demoiselle d'honneur. Laurel entoure la taille de sa petite-fille de ses bras et la tient fermement quand le bus démarre. Poppy ne l'appelle pas mamie, pas maman, pas Laurel, mais « mama ». C'est elle qui a décidé. Poppy est la jeune fille la plus courageuse et intelligente qui soit. Elle a pleuré quand il le fallait. Elle s'est mise en colère quand il le fallait. Floyd lui manque en permanence. Mais elle a aussi été la joie et les rires, le soleil autour duquel Laurel et sa famille tournent. Poppy est miraculeuse.

À bord du bus, l'ambiance est aux bavardages surexcités. Paul et Bonny sont assis devant et le chapeau immense de cette dernière bloque presque entièrement la vue. Derrière eux se trouvent Jake et Blue, qui porte un chiot sur ses genoux. Il s'appelle Monsieur et il paraît qu'il ne sera pas plus grand qu'un petit lapin. Elle et Jake se comportent avec lui comme si c'était un bébé depuis qu'ils sont arrivés du Devon hier soir.

Sara-Jade est assise à côté de Laurel. Poppy a demandé si elle pouvait l'inviter, même si elle ne connaît pas vraiment Hanna et Theo. Elle sait que SJ n'est pas sa sœur biologique, mais elle voudrait l'inclure dans sa famille. La jeune femme est toujours aussi fine et décalée dans sa robe rose sans forme et son blouson argenté. Elle est venue avec un homme barbu, nommé Tom, qui est ou n'est pas son compagnon. Pour l'instant, elle le présente comme un ami. En face sont assises Jackie et Bel, avec un jumeau chacune à leurs côtés. Les garçons n'ont que deux ans de plus que Poppy, et Laurel trouve extrêmement réjouissant de vivre de nouveau sur le même rythme que ses meilleures amies.

Les parents de Theo sont assis de l'autre côté de la travée. Si le père a vieilli, Becky Goodman a l'air bien plus jeune qu'elle ne l'est. Laurel observe les marques de peau tirée vers les oreilles et garde cette découverte éclairante pour elle.

Autour d'eux, elle reconnaît des amis d'école d'Hanna, le père de Paul, et des jeunes d'une vingtaine d'années qu'elle n'a jamais vus, mal à l'aise dans leurs tenues ou trop maquillées. Des amis de Theo, ou des collègues d'Hanna, imagine-t-elle.

Et il y a, comme à chaque mariage, ceux qui manquent. Les fantômes et les ombres.

La mère de Laurel les a finalement quittés huit mois plus tôt, après avoir rencontré Poppy.

— Je savais qu'il y avait une raison qui me faisait rester ! s'était-elle exclamée en lui prenant la main. Je savais que tu étais ici, je le savais.

Une infirmière avait pris une photo d'elles trois ce jour-là. Elles auraient dû être quatre, bien sûr, mais c'était toujours mieux que deux. Ruby était morte la semaine suivante.

Le frère de Laurel, ce cas désespéré, n'est pas là non plus. Il est revenu de Dubaï pour l'enterrement de sa mère et a prétexté ne pas pouvoir faire deux allers-retours la même année.

Et, bien entendu, il leur manque Ellie.

Laurel n'a pas dit toute la vérité à Poppy. Elle lui a dit qu'elle avait fugué, qu'elle s'était fait renverser, puis avait été abandonnée dans un bois. Mais avant sa mort elle avait eu un bébé que Noelle avait adopté, avant de le confier à Floyd quand elle n'arrivait plus à s'en occuper.

Elle n'a pas non plus parlé à Poppy du corps dans le jardin de Floyd. Elle est allée prendre ses affaires et l'a installée chez elle, dans son appartement à Barnet, pendant qu'on montait une tente en plastique sur le parterre de fleurs et qu'un hélicoptère stationnait au-dessus de la maison. Elle lui a dit que Floyd avait mis fin à ses jours à cause de la culpabilité qu'il ressentait pour avoir prétendu être son père alors qu'il ne l'était pas. Poppy avait ravalé ses larmes et hoché la tête avec son air courageux et sombre.

— Je m'en fichais de ça, moi. C'était un excellent papa. Il n'aurait pas dû se sentir coupable. Il n'aurait pas dû mourir.

— Non, lui avait répondu Laurel en essuyant l'unique larme qui coulait sur la joue de Poppy avant de la prendre dans ses bras. Il n'aurait pas dû.

Le bus s'arrête devant le restaurant au bord du canal où Theo et Hanna organisent leur fête de mariage. Les invités descendent du bus et lissent leurs jupes, reboutonnent leurs vestes, ajustent leurs cheveux décoiffés par le vent fort qui hérisse la surface de l'eau. Paul s'approche d'elles.

— Ça va ? demande-t-il à Laurel en posant la main sur son bras.

Elle hoche la tête. Oui, elle va bien. Sa vie est différente en tous points. Elle se retrouve à nouveau mère à cinquante-cinq ans. Elle prépare des sandwichs le matin et note les dates des vacances scolaires dans son agenda. Elle va à l'école deux fois par jour et les besoins de Poppy sont devenus ses priorités. Mais elle est traumatisée par les révélations des derniers mois sur la fin de la vie d'Ellie. Certaines nuits, quand elle ferme les yeux, elle se retrouve dans ce sous-sol, prisonnière de ces murs de pin, contemplant sans espoir cette petite fenêtre que personne d'autre ne voit. Heureusement, ses cauchemars se font de plus en plus rares.

Sa fille est morte, sa mère est morte et son mari vit avec une femme qui est largement mieux qu'elle, mais elle va bien. Laurel va bien. Vraiment. Parce qu'elle a Hanna, Jake, et maintenant Poppy et Theo. Sa relation avec Sara-Jade s'est aussi approfondie dans les mois suivants la mort de Floyd. Elle la voit régulièrement, pour Poppy mais aussi pour elle. Elle reconnaît quelque chose d'elle-même chez cette jeune femme, quelque chose d'important, quelque chose dont elle doit prendre soin.

Hanna vit avec Theo. Elle loue son misérable appartement de Woodside Park et Laurel ne fait plus son ménage. Leur relation s'est complètement transformée. Elles sont amies. Et Hanna et Poppy s'entendent à merveille, malgré l'horreur de la disparition d'Ellie. Hanna est l'héroïne de Poppy, et elle adore sa nièce. Elles sont inséparables.

Laurel croise le regard de sa fille en allant s'asseoir. Elle lui sourit. Hanna lui fait un clin d'œil et lui envoie un baiser. Sa magnifique fille. Sa fille chérie.

Laurel attrape le baiser et le porte à son cœur.

ÉPILOGUE

La femme tient fermement la feuille de papier dans sa main et regarde fixement la policière assise de l'autre côté de la porte vitrée d'un air désespéré. Elle lui a dit qu'elle n'en avait que pour une minute, mais ça fait déjà une demi-heure, et elle doit vraiment partir ou elle va recevoir une contravention et les surgelés vont fondre dans son coffre.

— Excusez-moi, ose-t-elle une minute plus tard. Je suis désolée mais mon ticket de stationnement va bientôt expirer et il faut que j'y aille. Je peux vous laisser ça ?

Elle lui montre le morceau de papier.

La policière la regarde, puis tourne les yeux vers l'objet.

— Pardon ? répond-elle comme si elle ne l'avait jamais vue, ou qu'elle n'avait jamais entendu parler de cette lettre.

— Ce mot, explique à nouveau la femme, en essayant de garder un ton calme. Ce mot que j'ai trouvé dans un livre au magasin de la Croix-Rouge.

— D'accord, donnez-le-moi.

Elle lui tend la lettre et la regarde la lire. Elle voit son visage passer de l'indifférence à la panique, à la tristesse, puis au choc.

— Où avez-vous trouvé ça ?

— Je vous l'ai déjà dit, répète la femme avec impatience. J'ai acheté un livre la semaine dernière le magasin de la Croix-Rouge de Stroud Green Road. Un roman de Maeve Binchy.

Je l'ai commencé hier soir, et ce mot en est tombé. C'est elle qui l'a écrit, n'est-ce pas ? Cette pauvre fille qui a eu un bébé dans une cave ?

La policière lève les yeux vers elle, et la femme voit qu'elle pleure.

— Oui, c'est elle.

Les deux femmes baissent les yeux vers la lettre et gardent le silence en la lisant encore une fois, plissant les yeux pour lire les mots minuscules griffonnés sur le morceau de papier.

À celui ou celle qui trouvera ce mot, je m'appelle Ellie Mack.

J'ai dix-sept ans. Noelle Donnelly m'a enlevée le 26 mai 2005 et me retient prisonnière dans sa cave depuis un an et demi. J'ai eu un bébé. Je ne sais pas qui est le père, et je crois que je suis toujours vierge. Elle s'appelle Poppy. Elle est née en avril 2006. Je ne sais pas où elle est maintenant et qui s'occupe d'elle, mais s'il vous plaît, retrouvez-la. Retrouvez-la, occupez-vous d'elle, et dites-lui que je l'aime. Que je l'ai tenue dans mes bras autant que j'ai pu, et qu'elle était le plus beau bébé du monde.

S'il vous plaît, transmettez ce message à ma famille. Ma mère s'appelle Laurel Mack et mon père Paul. J'ai un frère, Jake, et une sœur, Hanna. Dites-leur que je suis désolée, que je les aime plus que tout au monde et qu'ils ne doivent pas s'en vouloir de ce qui m'est arrivé parce que je suis courageuse, intelligente et forte.

Bien à vous,

Ellie Mack

Remerciements

J'ai achevé ce roman en décembre 2016. Je l'ai relu plusieurs fois, et je trouvais qu'il y avait quelque chose de bizarre. Je n'arrivais pas à trouver quoi, et je l'ai envoyé à mon éditrice sans savoir si elle allait l'accepter.
Quelques jours plus tard, elle m'a proposé un rendez-vous et m'a fait une suggestion radicale. Elle avait réussi à mettre le doigt sur le bizarre.
Avec une autre éditrice, elles avaient passé des heures à réfléchir à la structure du livre, à comment mieux l'équilibrer. Elles avaient eu une révélation, mais il fallait changer beaucoup de choses.
Je l'ai remerciée en lui disant que c'était une très bonne idée, et que j'allais l'intégrer à mon livre.
Je voudrais donc remercier à nouveau Selina Walker et Viola Hayden, pour leur présence d'esprit et leurs efforts, pour les heures passées avec mon manuscrit bizarre à discuter et réfléchir pour enfin trouver et m'expliquer précisément ce qu'il fallait faire. On pense souvent que l'auteur est le maître de son texte, que personne ne le connaît mieux que lui, mais c'est complètement faux. Parfois, l'auteur est la personne la moins capable de trouver la solution, et c'est l'éditeur le génie. C'est exactement le cas pour ce roman. Merci infiniment, je vous suis tellement reconnaissante.
Merci à toute l'équipe d'Arrow, bien sûr : Susan Sandon, Gemma Bareham, Celeste Ward-Best, Aslan Byrne et le service commercial.

Merci à mon agent, Jonny Geller, qui a porté ce projet avec moi. Merci à tout le monde chez Curtis Brown, pour le soutien que vous m'avez accordé depuis le début de ma carrière. Vous êtes géniaux.
Merci à mes éditeurs américains, qui, avec amour et passion, m'aident à tracer mon chemin aux États-Unis. Merci à Judith Curr, Sarah Cantin, Ariele Fredman, Lisa Sciambra et Haley Weaver. J'ai tellement hâte de vous rencontrer !
Merci à mon agente américaine, Deborah Schneider, qui travaille si dur pour moi, et que je ne connais pas encore ! Si je pouvais, je la prendrais dans mes bras et on ne pourrait plus m'en détacher !
Merci à tous mes éditeurs étrangers. Mes livres ont la chance immense d'être publiés par des gens fantastiques dans le monde entier. Merci en particulier à Pia Printz, en Suède, de me publier, de m'avoir invitée dans son pays et d'avoir passé une soirée mémorable en ma compagnie ! Merci à Anna, Frida et Christoffer. Vous êtes adorables.
Merci aux libraires, aux bibliothécaires et à tous ceux qui permettent à mes livres d'atteindre leurs lecteurs. Merci aux blogueurs littéraires, merci pour vos critiques, pour vos photos et vos tweets. Vous êtes géniaux ! Un grand merci à Tracy Fenton du mythique groupe « The Book Club » sur Facebook. Vous êtes indispensables aux lecteurs et aux auteurs.
Et enfin, merci à ma famille et à mes amis, qui sont tous exceptionnels. Et une pensée particulière à ceux du Board. On s'améliore tous avec l'âge !

Achevé d'imprimer en octobre 2022
Par CPI Brodard & Taupin à La Flèche
N° d'impression : 3049817
Dépôt légal : novembre 2022
Imprimé en France
38122556-1